Fantasy

Herausgegeben von Friedel Wahren

Von **R. A. Salvatore** erschienen in der Reihe
HEYNE SCIENCE FICTION & FANTASY:

DIE LUTHIEN-TRILOGIE

Das Joch der Zyklopen · 06/5953
Luthiens Wagnis · 06/5954
Blutrote Schatten · 06/5955

R. A. Salvatore

Das Joch der Zyklopen

*Erster Roman
der Luthien-Trilogie*

Aus dem Amerikanischen übersetzt von
MICHAEL WINDGASSEN

Deutsche Erstausgabe

WILHELM HEYNE VERLAG
MÜNCHEN

HEYNE SCIENCE FICTION & FANTASY
Band 06/5953

Besuchen Sie uns im Internet:
http://www.heyne.de

Titel der Originalausgabe
TRE SWORD OF BEDWYR
Übersetzung aus dem Amerikanischen von
MICHAEL WINDGASSEN

Das Umschlagbild malte
OLIVIERO BERNI

Umwelthinweis:
Dieses Buch wurde auf chlor- und
säurefreiem Papier gedruckt

Redaktion: Diethild Deschner
Copyright © 1995 by R. A. Salvatore
Erstausgabe bei Warner Books, Inc., New York
Copyright © 1997 der deutschen Ausgabe und der Übersetzung
by Wilhelm Heyne Verlag GmbH & Co. KG, München
Printed in Germany 1997
Umschlaggestaltung: Atelier Ingrid Schütz, München
Technische Betreuung: M. Spinola
Satz: Schaber Datentechnik, Wels
Druck und Bindung: Presse-Druck, Augsburg

ISBN 3-453-13348-X

INHALT

Das sind die Inseln von Avonsee: schroffe Bergspitzen und sanfte Hügel, milde Regenschauer und tobende Winde, die von den Gletschern über die Dorsal-See herbeifegen. Da ist das stille Baranduine, das fruchtbare Regenbogenland, bewohnt von einfachen Leuten und Zauberwesen. Da sind die Fünf Wächter, die Windbrecher: kahle Bergriesen, weidende Schafe und bunte Flechtengewächse, die unheimlich leuchten, wenn die Sonne untergeht. Mögen sich alle Seefahrer hüten vor den Felsenriffen der Meerenge.

Da ist Prätoria, hochzivilisiert und dichtbesiedelt; hier blüht der Handel mit dem Festland, und das Land ist von Städten übersät.

Und da ist das wilde Eriador, ein Land der Kriege, dessen Bewohner mit Schwert und Pflug gleichermaßen vertraut sind, ein Land der Clans mit engen Blutbanden; wer gegen einen aus ihren Reihen kämpft, nimmt es gleich mit der ganzen Sippe auf.

Eriador, ungebändigt, wo die Wolken tief über geschwungene, üppig bewachsene Hügel hinwegziehen, getrieben von heftigen Winden, die selbst zur Hochsommerzeit bitterkalt sind. Wo auf geheimen Hügelkuppen Elfen tanzen und Zwerge Waffen schmieden, die unweigerlich binnen eines Jahres vom Blut des Feindes benetzt sind.

Lang sind die Geschichten über die barbarischen Horden, die Huegoths, bei allen wohlbekannt und von nachhaltigem Einfluß. Doch noch nie haben die Huegoths das Land in Besitz nehmen, das Volk von Eriador unterwerfen können. Es heißt, daß sich beide Seiten niemals etwas schuldig geblieben sind, daß jedes Opfer gerächt wurde, Auge um Auge, Zahn um Zahn.

7

Aus den Schluchten des Eisernen Kreuzes stiegen die Zyklopen herab, einäugige Monstren, wild und unbarmherzig. Sie zogen über das Land, brandschatzten, plünderten und mordeten alle, die ihrer Wut nicht entkommen konnten. Da erhob sich ein Mann mit dem Namen Bruce MacDonald; er stiftete Einheit unter den Clans von Eriador, führte Männer und Frauen zusammen und gab dem Krieg die entscheidende Wende. Und als die Gebiete im Westen befreit waren, soll, so heißt es, Bruce MacDonald mit dem Schwert eine Schneise geschlagen haben durch die nördlichen Ausläufer des Eisernen Kreuzes, um mit seinen Streitkräften hinauszustürmen nach Osten und die Zyklopen zu vernichten.

Das war vor sechshundert Jahren.

Aus Gascony, dem großen Königreich im Süden der Inselgruppe, kamen mächtige Soldatentruppen übers Meer. Und so wurde Avon, das einstige Elkinador, befriedet und ›zivilisiert‹. Doch es gelang den Gasconen nie, Eriador, den Norden der Insel, zu bezwingen. Eine der gasconischen Flotten fiel der wilden Dorsal-See zum Opfer, die mit ihren hohen Wellen die Schiffe zu Treibholz zerschmetterte; große Wale zerstörten eine zweite Flotte. »Bruce MacDonald!« so tönte der Schlachtruf, als sich das Volk von Eriador in Erinnerung an den Helden von einst um jeden Fleck des kostbaren Landes zur Wehr setzte. So entschlossen war sein Widerstand, daß die Gasconen abzogen und eine Mauer bauten, die den unbeugsamen Norden vom Rest des Landes abtrennte.

Weil der Widerstand Eriadors andauerte und auch im Süden immer wieder Kämpfe ausbrachen, verloren die Gasconen schließlich ihr Interesse an den Inseln und zogen ab. Zurück blieben ihre Sprache, Religion und Sitten, die sie unter den Menschen von Avon verbreitet hatten. Nicht so in Eriador, dem unbezähmbaren Land, wo eine Religion gepflegt wird, die älter ist als Gascony, und wo Treue so kostbar ist wie Blut.

Das war vor dreihundert Jahren.

Im Avonschen Carlisle am River Stratton gelangte ein Hexerkönig an die Macht, der danach trachtete, die ganze Inselgruppe unter seine Kontrolle zu zwingen. Sein Name war Grünspatz. Er verfolgte seine Ziele mit allen Mitteln und schloß deshalb einen unheilvollen Pakt mit Cresis, dem Befehlshaber über die Zyklopen. Ihn ernannte er zu seinem ersten Herzog und gewann die kriegerischen Einaugen für seine Streitkräfte. Innerhalb von nur zwei Wochen eroberte Grünspatz ganz Avon; er unterdrückte jeden Widerstand und richtete dann seinen Blick auf Eriador. Doch auch seinem Heer erging es nicht anders als den Barbaren, den Zyklopen und Gasconen.

Schließlich machte sich über Eriador eine Dunkelheit breit, die weder Schwert noch Kampfesmut zu vertreiben vermochte: die schwarze Pest, von der hinter vorgehaltener Hand behauptet wurde, daß sie durch böse Zauberkräfte heraufbeschworen worden sei. Avon blieb verschont, doch im freien Eriador, auf dem Festland wie auf den vorgelagerten Inseln, grassierte sie um so schlimmer. Ihr erlagen zwei Drittel der Bevölkerung, und von den wenigen, die überlebten, waren viele zu geschwächt, um kämpfen zu können.

Und so dehnte Grünspatz seine Herrschaft auch auf die Gebiete im Norden des Eisernen Kreuzes aus. Er ernannte einen achten Herzog, der Montfort regieren sollte, jene Bergwerksstadt, die früher zu Ehren des Einheitsstifters Caer MacDonald genannt worden war.

Für Eriador brachen düstere Zeiten an; die Elfen zogen sich zurück, die Zwerge wurden versklavt.

Das war vor zwanzig Jahren. Das war, als Luthien Bedwyr zur Welt kam.

Und dies ist seine Geschichte.

1. KAPITEL

Ethans Zweifel

Ethan Bedwyr, der älteste Sohn des Grafen von Bedwydrin, stand auf dem Balkon des väterlichen
Hauses in Dun Varna und schaute hinaus auf ein zwei-
mastiges Schiff mit schwarzem Segel, das langsam in
den Hafen glitt. Der stolze Mann zog die Stirn kraus,
noch ehe die Flagge zu erkennen war – jenes Emblem
aus überkreuz geschlagenen, offenen Handflächen
über einem blutunterlaufenen Auge. Denn er wußte:
Nur die Schiffe des Königs oder die der Barbaren aus
dem Nordosten wagten es, durch die dunklen und kalten Gewässer der Dorsal-See zu fahren, so benannt
nach den schwarzflossigen, fleischfressenden Walen,
die in räuberischen Rudeln umherzogen. Und er
wußte auch, daß die Barbaren niemals ohne Geleitschutz segelten.

Bald kam eine zweite Standarte in Sicht – ein starker
Arm, im Ellbogen eingewinkelt und in der Faust eine
Grubenhacke gepackt.

»Besucher?« fragte jemand aus dem Hintergrund.

Ethan erkannte die Stimme seines Vaters, und ohne
sich umzudrehen, antwortete er mit unverhohlenem
Abscheu: »Ausgeflaggt mit dem Wimpel des Herzogs
von Montfort.«

Gahris Bedwyr trat neben den Sohn ans Balkongeländer. Ethan warf ihm einen Blick zu und erschrak.
Die Erscheinung des Alten war unverändert stattlich
und stolz. Im Licht der aufgehenden Sonne leuchteten

11

seine zimtbraunen Augen, der Wind vom Meer fuhr durch sein silberweißes Haar. Das Gesicht war faltig und gebräunt, gegerbt von der Sonne und zahllosen Stunden der Fischerei auf gefährlicher See. Gahris war nicht kleiner als Ethan, und der überragte die meisten Männer der Insel Bedwydrin, die wiederum im Durchschnitt größer waren als die männlichen Bewohner der Nachbarinseln. Nach wie vor waren seine Schultern breit, die Arme kräftig dank unermüdlicher Arbeit in der Jugend.

Als aber die schwarzen Segel auf die Docks zutrieben und die Zyklopen mit heiserem Gebrüll die Männer am Kai zur unterwürfigen Aktion antrieben, strafte Gahris' Blick seine stolze Erscheinung Lügen.

Ethan wandte sich von ihm ab und schaute zurück auf den Hafen; es schmerzte ihn zu sehen, wie sehr der Mut des Vaters gebrochen war.

»Ich glaube, da kommt der Cousin des Herzogs«, bemerkte Gahris. »Es war zu hören, daß er Urlaub macht und die nördlichen Inseln bereist. Tja, wir müssen zusehen, daß er sich gut amüsiert.« Gahris machte sich auf den Weg zurück ins Haus, blieb aber noch einmal stehen. »Wirst du zur Unterhaltung des Gastes in der Arena kämpfen?« fragte Gahris, obwohl er wußte, wie Ethan antworten würde.

»Nur, wenn er sich mir selbst als Gegner stellt«, antwortete der Sohn allen Ernstes. »Und wenn der Tod über Sieg oder Niederlage entscheidet.«

»Du mußt zu akzeptieren lernen, was ist«, ermahnte ihn der Vater.

Ethan bedachte ihn mit zornigem Blick, einem Blick, mit dem auch Gahris vor einem Vierteljahrhundert noch geantwortet hätte, bevor das unabhängige Eriador unter die brutale Herrschaft des Königs von Avon gefallen war. Gahris zögerte einen Moment lang und rief sich in Erinnerung, wieviel für ihn und sein Volk auf dem Spiel stand. Den Bedwydrinern und auch den

Bewohnern der Nachbarinseln ging es nicht schlecht, denn Grünspatz war hauptsächlich mit den Problemen in Avon beschäftigt, dem Land südlich jenes Gebirgszugs, der das Eiserne Kreuz genannt wurde. Und auch Morkney, der Herzog von Montfort, der das Volk auf dem eriadorischen Festland unter seine eiserne Knute zwang, ließ die Insulaner weitestgehend unbehelligt, solange sie ihre Abgaben pünktlich entrichteten und seinen Vertretern mit Respekt begegneten, wenn diese die Inseln besuchten.

»Wir dürfen mit unserem Leben zufrieden sein«, sagte Gahris in der Absicht, den Zorn des stolzen Sohnes zu besänftigen, denn er fürchtete, daß Ethan dem Cousin des Herzogs offen entgegentreten könnte, vor Hunderten von Zeugen und trotz der zahlreichen Prätorianer.

»Zufrieden mag nur sein, wer sich der Knechtschaft beugt«, knurrte Ethan und machte aus seiner Wut kein Hehl.

»Du bist von vorgestern«, murmelte Gahris, und damit rechnete er den Sohn jenen Kräften zu, die ihren Sinn in die Vergangenheit richteten auf die erbitterten Unabhängigkeitskriege, da sich Bedwydrin gegen jeden Versuch der Fremdherrschaft erhoben hatte. Die Geschichte der Insel war eine fast ununterbrochene Folge von Kämpfen, Kämpfe gegen räuberische Barbaren, zyklopische Horden und selbstherrliche Könige, die immer wieder darauf gedrungen hatten, sämtliche Inseln mit Waffengewalt zu vereinen; Kämpfe auch gegen die mächtige gasconische Flotte, die das große Königreich im Süden ausgeschickt hatte, um die Völker im Norden zu unterwerfen. So war auch Avon einst in dessen Hände gefallen, doch die Krieger von Eriador hatten den Eroberern so sehr zugesetzt, daß diese eine Mauer errichteten, um sich gegen die Provinz im Norden, das Land der Unbezähmbaren, abzuschotten. Seit alters her waren die Bedwydriner stolz

13

darauf, daß kein gasconischer Soldat je ihre Insel betreten und lebend wieder verlassen hatte.

Doch längst waren andere Zeiten angebrochen, und Gahris hatte sich den Veränderungen fügen müssen.

»Ich bin ein Bedwydriner«, antwortete Ethan wie zur Erklärung seines Trotzes.

»Immer ein hochtrabender Rebell«, schalt ihn der Vater. »Ohne Rücksicht auf die Folgen. Dein Stolz macht dich blind!«

»Mein Stolz zeichnet mich aus als Sohn dieser Insel«, entgegnete Ethan, und seine zimtfarbenen Augen, das Erkennungsmerkmal des Clans, blitzten gefährlich auf in der Morgensonne.

Gahris wußte sich vor diesem Blick in acht zu nehmen und lenkte ein. »Nur gut, daß dein Bruder bereit ist, unsere Gäste zu unterhalten«, sagte der Alte ruhig und ging davon.

Ethan blickte auf den Hafen hinunter. Das Schiff hatte angelegt. Zyklopen sprangen von Bord, um die Seile festzumachen. Mit roher Gewalt stießen sie jeden zur Seite, der ihnen im Weg stand oder zu nahe kam. Sie trugen nicht die schwarz-silbernen Uniformen der prätorianischen Garde; es waren einfache Wachen, wie sie ein jeder Edelmann als Begleitschutz mit sich führte. Selbst Gahris hatte zwei Dutzend davon; sie waren ihm vom Herzog von Montfort geschenkt worden.

Verächtlich wandte sich Ethan von der Hafenszene ab und blickte hinüber auf den Übungsplatz, der linkerhand unterhalb des Balkons lag. Dort würde, wie er wußte, Luthien zu finden sein, sein einziger und um fünfzehn Jahre jüngerer Bruder, der jede freie Minute nutzte, um sich im Schwertkampf und Bogenschießen zu üben. Er war der Stolz und die Freude seines Vaters, und sogar Ethan mußte zugeben, daß es landein, landaus keinen zweiten gab, der so zu kämpfen verstand wie Luthien.

Das lange, wellige Haar hatte einen rötlichen Schimmer. Selbst von weitem gab der junge Mann ein beeindruckendes Bild ab. Er war um zwei Zoll größer als sechs Fuß, hatte eine breite Brust, muskelstrotzende Arme und goldbraune Haut, die Zeugnis davon ablegte, daß er sich fast ausschließlich unter freiem Himmel aufhielt.

Ethan beobachtete, wie Luthien geschickt und mit Leichtigkeit seine Trainingsgegner bezwang, die ihn von zwei Seiten gleichzeitig zu attackieren versuchten.

Eine Gruppe von Kämpfern am Rand des Übungsfeldes zollte jubelnd Beifall, den Luthien mit tiefer Verbeugung entgegennahm.

Ja, dachte Ethan voller Groll; Luthien wird die »Gäste« gewiß zu unterhalten wissen. Der Gedanke stieß dem stolzen Mann bitter auf. Einen Vorwurf konnte er dem Bruder allerdings nicht machen. Luthien war noch jung und naiv. Er hatte mit seinen zwanzig Jahren noch nicht erfahren können, was wahre Freiheit bedeutet, und wußte nichts von der einstigen Größe, die sein Vater eingebüßt hatte, als Hexerkönig Grünspatz an die Macht gekommen war.

Da trat Gahris auf den Übungsplatz hinaus und winkte Luthien zu sich. Lächelnd nickte er in Richtung Hafen. Luthien antwortete mit breitem Schmunzeln, eilte unverzüglich los und rieb sich unterwegs den Oberkörper mit einem Handtuch trocken. Gefällig wie immer.

»Du tust mir leid, lieber Bruder«, flüsterte Ethan ohne jede Ironie, denn er wußte, daß sich Luthien eines Tages der Wahrheit über sein Land würde stellen müssen und den Vater in seinem Kleinmut durchschauen.

Ein Ruf lenkte Ethans Aufmerksamkeit zurück zur Anlegestelle, und er sah, wie ein Zyklop einen einheimischen Fischer zu Boden stieß. Zwei weitere Zyklopen kamen hinzu, und zu dritt schlugen und traten sie auf den Mann ein, bis es diesem schließlich gelang, auf allen vieren davonzulaufen. Lauthals lachend kehrten die Monstren an die Hafenmauer zurück, um das Schiff festzutäuen.

Ethan hatte genug gesehen. Außer sich vor Wut wirbelte er herum; es hätte nicht viel gefehlt und er wäre mit zwei Wachen zusammengeprallt, die im Dienst seines Vaters standen.

»Erbe von Bedwyr«, grüßte der eine Zyklop, grinste breit und zeigte gelbe Zähne.

Ethan registrierte wohl den respektlosen Tonfall in der Stimme des Monstrums. Die Anrede, obgleich sie der gebotenen Form entsprach, klang hohl aus dem Mund eines Zyklopen, der letztlich nur dem König von Avon und dessen Hexerherzögen gehorchte. Ethan wußte wie jeder andere auch: Diese vom Herzog von Montfort ›geschenkten‹ Wachen waren nichts weiter als Spione. Doch auf Bedwydrin wagte es keiner, dieses offene Geheimnis beim Namen zu nennen.

»Was habt ihr in den Privatgemächern meiner Familie zu suchen?« herrschte Ethan die beiden an.

»Wir sind gekommen, um Euch davon zu unterrichten, daß der Cousin des Herzogs von Montfort angekommen ist«, entgegnete der eine.

Ethan musterte das häßliche Wesen mit starrem Blick. Zyklopen waren zwar kleiner als die meisten männlichen Vertreter der Menschen, aber sehr viel stämmiger gebaut, und selbst die kleinsten unter ihnen wogen an die zweihundert Pfund; die größeren brachten bis zu dreihundert Pfund auf die Waage. Der Ansatz des dichten, drahtigen Haars reichte tief in die fliehende Stirn, die sich zu einem knochigen Wulst mit buschiger Braue aufwarf, unter der das eine, stets blutunterlaufene Auge hervorstach. Die Nase war flach und breit; die Lippen traten kaum in Erscheinung. Statt dessen zeigten sich ständig diese tierischen, gelben Zähne. Von einem Kinn konnte bei einem Zyklopen nicht die Rede sein.

»Wir wissen Bescheid«, entgegnete Ethan mit grimmiger, fast bedrohlicher Stimme. Die beiden Zyklopen sahen einander an und kicherten; doch das Grinsen verschwand von ihren Gesichtern, als sie auf Ethan zurückblickten und bemerkten, daß dessen Hand zum Schwert langte. Zwei junge Burschen, menschliche Diener der Familie, kamen zufällig hinzu, nahmen aber kaum Notiz von dem, was hier vor sich ging.

»Seltsam, daß Ihr ein Schwert tragt in Euren Privatgemächern«, sagte einer der Zyklopen.

»Dazu zwingt die Vorsicht vor stinkenden Einaugen«, erwiderte Ethan laut und deutlich, ermutigt durch die Anwesenheit der zwei menschlichen Zeugen. »Und ich will kein Wort mehr von euch hören«, forderte er. »Euer Atem widert mich an.«

Die beiden Wachen schäumten vor Wut, hielten aber an sich. Immerhin war Ethan der Sohn des Grafen, und ihm hatten sie, die Zyklopen, zumindest dem Anschein nach Folge zu leisten. Sie wandten sich ab und stampften davon.

Auch die Jungen suchten das Weite, aber Ethan sah, daß sie übers ganze Gesicht grinsten. Das ist die Jugend von Bedwydrin, dachte er; die Jugend eines stolzen Volkes. Und er schöpfte Hoffnung daraus, daß die beiden ihr sichtliches Vergnügen daran hatten, wie er mit den häßlichen Zyklopen umsprang.

Doch sofort kam die Ernüchterung, als sich Ethan klarmachte, daß er dem Vater wieder einmal Grund gegeben hatte, ihn zu schelten.

Zwei Edelmänner und deren Damen

Ein zyklopischer Soldat, gerüstet mit einem Schild, auf dem das Wappen von Montfort – gebeugter Arm und Grubenhacke – prangte, betrat die Empfangshalle im Haus von Gahris Bedwyr. Es war ein großer, rechtwinkliger Raum, ausgestattet mit einigen bequemen Sesseln und einer riesigen Feuerstelle.

»Vicomte Aubrey«, ließ der einäugige Herald verlauten, »Cousin des Herzogs Morkney von Montfort, sechster von achten und viertrangig in der Folge von …« Und so ging es für etliche Minuten lang weiter; der Zyklop zählte jedes noch so unwichtige Detail aus der Abstammung des Vicomtes auf, jedes Heldenstück, jeden Gnadenakt und jede Ruhmestat (die, und war sie noch so übertrieben dargestellt, einen Mann wie Gahris kaum beeindrucken konnte, hatte der doch mit seinen über sechzig Jahren im wilden Land von Bedwydrin schon so manche schwere Prüfung zu bestehen gehabt).

Im stillen dachte der Inselgraf: soso, ein Vicomte; in Eriador scheint jeder vierte Mann diesen Titel zu führen, diesen oder den eines Baron.

»Und sein Gefährte, Baron Wilmon«, fuhr der Zyklop fort, und Gahris seufzte tief in Reaktion auf diese nicht ganz unerwartete Erklärung, die sich wie eine Bestätigung seines Gedankens ausmachte. Glücklicherweise war Wilmons Vorstellung nicht gar so lang wie die von Aubrey. Und auf seine weibliche Begleitung ging der Zyklop nur mit den Worten ein: »die Damen Elenia und Avonese.«

»Ellen und Avon«, murmelte Gahris leise vor sich hin, denn er wußte um das anmaßende Gehabe, das sich unter den sonst eher nüchternen Menschen auf den Inseln breitgemacht hatte.

Herein marschierten der Vicomte und sein Gefolge. Aubrey war aufs vortrefflichste gekleidet, ein Mann Mitte Vierzig mit graumeliertem Haar. Wilmon, wohl an die zwanzig Jahre jünger, hatte sich geckenhaft herausgeputzt. Beide waren bewaffnet mit Schwert und Dolch, doch beim Händeschütteln bemerkte Gahris, daß diese weichen, schlaffen Pfoten wohl kaum imstande sein würden, ein schweres Schwert zu schwingen. Die Damen machten auf den Grafen einen geradezu lächerlichen Eindruck. Übermäßig dick aufgetragen waren Kosmetik und Parfüm, über den voluminösen Polsterungen drohten die engen, seidenen Kleider zu platzen, und eine Überfülle von Geschmeide klapperte mit jeder Bewegung, die sie in aufreizender Absicht taten. Avonese zählte an die fünfzig Jahre, und kein einziges Jahr ließ sich trotz Farbe und Puder verhehlen. Obwohl sie es darauf anlegte – oh, wie sehr sie es versuchte, dachte Gahris fast mitleidig.

»Vicomte Aubrey«, sagte er höflich und lächelte. »Es ist mir eine Ehre, Euch als meinen Gast begrüßen zu dürfen, Euch, der Ihr das Vertrauen des hochgeschätzten Herzogs besitzt.«

»So ist es«, antwortete Aubrey gelangweilt.

»Darf ich erfahren, was Euch so hoch in den Norden führt?«

»Nein.« Weiter kam der Vicomte nicht, denn Avonese schlüpfte unter seinem Arm hinweg und ergriff Gahris' Hand.

»Wir machen eine Urlaubsreise«, lallte sie, und dem Grafen schlug eine Weinfahne entgegen.

»Zuletzt waren wir auf der Insel Marvis«, erklärte Elenia. »Uns wurde gesagt, daß die Banketts, die der Graf von Marvis auszurichten versteht, unübertroffen sind. Er hat uns nicht enttäuscht.«

»Und was uns da für köstliche Weine angeboten wurden!« fügte Avonese schwelgerisch hinzu.

Aubrey schien das Geplapper der Frauen ebenso zu ermüden wie Gahris. Nur Wilmon schien keine Notiz davon zu nehmen, so sehr war er mit einem Nietnagel an seinem Gürtel beschäftigt.

»Der Graf von Marvis steht zu Recht in dem Ruf, ein exzellenter Gastgeber zu sein«, bemerkte Gahris ohne Ironie. Bruce Durgess war ihm ein teurer Freund, ein Leidensgefährte in der dunklen Zeit der Herrschaft des Hexerkönigs.

»O ja«, bestätigte Aubrey. »Und ich gehe davon aus, daß Ihr es ihm gleichzutun versucht und uns mit Eurer vielgepriesenen Porreesuppe bewirtet und vielleicht auch mit einer knusprig gebratenen Lammkeule.«

Gahris fiel auf die Schnelle keine passende Antwort ein. Die beiden erwähnten Gerichte zählten neben diversen Fischdelikatessen in der Tat zu den Spezialitäten des Landes.

»Ich hasse Lauchsuppe«, sagte Aubrey. »Aber zum Glück haben wir genügend Proviant an Bord der Schiffe, und ich schätze, wir werden uns in Eurem Haus nicht lange aufhalten.«

Gahris zeigte sich bestürzt, um zu verhehlen, wie erleichtert er war über diese Ankündigung.

»Aber ich dachte ...«, hob der Graf in betrübtem Tonfall an.

Aubrey fiel ihm ins Wort. »Ich habe in Kürze eine wichtige Audienz bei Morkney und hätte Euer mieses, kleines Eiland gewiß links liegenlassen, wenn mir auf Marvis geboten worden wäre, was ich zu sehen wünsche. Wie ich hörte, leben auf den Inseln die tüchtigsten Kämpfer von ganz Eriador. Doch jene Exemplare,

20

die mir auf Marvis vorgeführt wurden, hätten sicherlich sogar gegen einen verkrüppelten Zwerg aus den Bergwerken von Montfort das Nachsehen gehabt.«

Gahris schwieg und dachte im stillen, daß diesem Vicomte für die beleidigende Bezeichnung Bedwydrins als »mieses, kleines Eiland« in früheren Zeiten die Zunge abgeschnitten worden wäre.

»Ich hoffe sehr, daß mir Eure Kämpfer eine bessere Vorstellung bieten können«, sagte Aubrey abschließend.

Avonese betatschte Gahris' Arm; die kräftigen Muskeln schienen ihr zu gefallen. »Kämpfer inspirieren mich ungemein«, flüsterte sie ihm ins Ohr.

Für den heutigen Morgen war zwar kein Kampf in der Arena angesetzt, aber Gahris wollte seinen Gästen gern diesen Gefallen tun. Der Vicomte würde hoffentlich zufrieden sein mit der Vorstellung und noch vor dem Mittagessen wieder aufbrechen. So könnte der Graf es sich ersparen, ihnen ein Mahl vorzusetzen, sei es Lamm oder Lauchsuppe.

»Ich werde mich sogleich persönlich darum kümmern«, sagte Gahris und zog seinen Arm behutsam aus Avoneses fingernagelbewehrter Umklammerung. »Meine Diener werden Euch zeigen, wo Ihr Euch nach der langen Schiffsreise erfrischen könnt. Ich bin bald wieder da.«

Und gleich darauf eilte er durch die steinernen Flure des großen Hauses. Bald hatte er Luthien ausfindig gemacht, der nach seinem morgendlichen Training frisch gewaschen und sauber angezogen war.

»Zurück in den Hof mit dir!« sagte Gahris zur sichtlichen Verwirrung des Sohnes. »Sie sind gekommen, um einen Kampf zu sehen. Mehr nicht. Danach wollen sie wieder abziehen.«

»Ich soll kämpfen?«

»Wer könnte das besser?« fragte Gahris. Er klopfte Luthien auf die Schulter und führte ihn mit sanftem

Nachdruck auf den Weg zurück, den er gekommen war. »Wir veranstalten zwei Vorkämpfe mit je einem Zyklopen. Dann kommst du an die Reihe.« Gahris stockte und krauste die Stirn. »Wer käme da als stärkster Gegner in Frage?«

»Ethan«, antwortete Luthien, ohne zu zögern, doch Gahris schüttelte den Kopf. Ethan wollte nicht mehr in der Arena kämpfen und schon gar nicht zur Unterhaltung solcher Gäste.

»Garth Rogar vielleicht«, sagte Luthien. »Er ist zur Zeit sehr gut in Form.«

»Wirst du ihn denn auch schlagen können?«

Die Frage schien den stolzen jungen Mann zu kränken.

Gahris antwortete selbst. »Natürlich wirst du das. Aber ich bitte dich, biete den Gästen ein dramatisches Schauspiel. Wir wollen doch, daß Bedwydrin und du, mein Sohn, vor dem Herzog von Montfort in den höchsten Tönen gelobt werden.«

Gahris blieb zurück, als Luthien loseilte, voller Ehrgeiz und Zuversicht, sowohl den Vater als auch die vornehmen Besucher zufriedenstellen zu können.

»Wie schmachvoll wird es für Luthien sein, wenn ich ihn vor den Augen seines Vaters und der Gäste zu Boden strecke«, dröhnte der riesenhafte Mann und erntete dafür beifälliges Gelächter der anderen Kämpfer. Sie saßen in einer niedrigen, nach Schweiß riechenden Kammer am Ende des Tunnelgangs, der in die Arena hinausführte. Ungeduldig wartete ein jeder darauf, zum Kampf nach draußen gerufen zu werden.

»Was könnte schmachvoll sein an einem Sieg?« entgegnete der junge Bedwyr mit gespielter Verwunderung.

Rogar Garth war ein Hüne; er überragte Luthien um Haupteslänge, und seine Arme waren so kräftig wie die Beine des Jungen. Er ließ das Tuch fallen, mit dem er seine Schwertklinge poliert hatte, und stand auf. Zwei Schritte brachten ihn vor Luthien zu stehen. Der junge Mann saß und warf den Kopf in den Nacken, um zu Rogar aufzublicken.

»Heute wirst du mir unterliegen«, versprach der Barbar. Er musterte den Gegner mit strengem Blick und wandte sich langsam von ihm ab. In der Kammer war es mucksmäuschenstill.

Luthien hob sein Schwert und schlug Garth Rogar mit der Breitseite auf den Rücken. Nun prusteten alle vor Lachen, einschließlich Rogar. Der riesige Nordländer wirbelte herum und markierte einen Scheinangriff, doch Luthien parierte. Das Auge konnte nicht folgen, so schnell flog sein Schwert in die Höhe und lenkte den Stoß des anderen ab.

Sie alle waren befreundet miteinander, die jungen Kämpfer, abgesehen von den wenigen Zyklopen, die abseits in der Ecke hockten und das Spiel der beiden mit geringschätzigen Blicken verfolgten. Bis auf Garth Rogar stammten sie alle aus Bedwydrin. Der junge Barbar war vor vier Jahren schiffbrüchig in den Hafen von Dun Varna geschwemmt und von den Inselbewohnern freundlich aufgenommen worden. Und nun erlernte er wie jeder junge Mann von Bedwydrin das Kriegshandwerk. Für die Burschen war's ein Spiel, wenngleich ein tödlich ernstes. Auch in Friedenszeiten – und andere kannten sie nicht – kam es nicht selten vor, daß Banditen und gefährliche Monstren der Dorsal-See entstiegen.

»Ich werde dir demnächst die Lippen aufschneiden«, sagte Garth. »Und dann wirst du nie mehr Katerin O'Hale küssen können.«

Das Gelächter brach ab; es wurde nur noch hinter vorgehaltener Hand gekichert. Auf Kosten Katerins zu scherzen wagte niemand. Sie kam von der anderen Seite Bedwydrins und war aufgewachsen unter Fischerleuten, die den Stürmen der offenen Avonsee

23

trotzten. Zäh und hartgesotten waren sie, und Katrin stand den Mitgliedern ihrer Sippe in nichts nach. Ein Lederbündel flog durch den Raum und prallte gegen den Rücken des barbarischen Hünen. Garth Rogar sprang herum und sah sich Katerin gegenüber, die mit verschränkten Armen dastand, die verdeckte Hand am Heft des gegürteten Schwertes.

»Wenn du frech wirst, werde ich dir was abschneiden«, versprach die rothaarige junge Frau, und ihre grünen Augen funkelten bedrohlich. »Das Küssen wäre das letzte, woran du dann in Zukunft noch dächtest.«

Wieder brach schallendes Gelächter aus. Garth Rogar lief vor Verlegenheit rot an im Gesicht; er wußte, daß er in einem Wortgefecht gegen Katerin der Unterlegene sein würde. Wie zur Abwehr hob er die Arme und kehrte auf seinen Platz zurück, um seine Waffen zu pflegen.

Die in Schaukämpfen eingesetzten Waffen waren allesamt echt, wenngleich mit abgestumpfter Spitze, die zwar verletzen, nicht aber töten konnten. Zugegeben, auch in der Arena waren schon Kämpfer zu Tode gekommen, doch der letzte Unglücksfall dieser Art lag mehr als ein Jahrzehnt zurück. Schaukämpfe hatten einen festen Platz im traditionsbewußten Leben auf Bedwydrin wie überall in Eriador, und niemand scheute sich vor den möglichen Kosten, die ihm ein solcher Kampf abverlangen mochte. Die Wunden, die den jungen Männern und Frauen im jahrelangen Training und in den Arenen beigefügt wurden, lehrten sie Respekt vor gegnerischen Waffen und Verständnis für diejenigen, die im Ernstfall an ihrer Seite kämpfen würden. Verlangt wurden nur drei Jahre Ausbildung, aber die meisten fügten freiwillig ein weiteres Jahr hinzu, und wie Luthien nahmen sich manche sogar vor, ein Leben lang zu trainieren.

Er hatte bislang an die hundert Mal in der Arena gefochten und alle Gegner schlagen können, bis auf einen: seinen Bruder Ethan. Zu einem zweiten Kampf zwischen ihnen war es nie gekommen, denn Ethan hatte kurz darauf der Arena für immer den Rücken gekehrt. Luthien war enttäuscht über die hartnäckige Weigerung des Bruders, ihm Revanche zu gewähren, doch das tat seinem Respekt und seiner Liebe für ihn keinen Abbruch. Nach Ethans Abtritt rückte Luthien als Bester in der Gruppe vor. Katerin O'Hale war schnell und geschmeidig wie ein Katze; Bukwo, der Zyklop, konnte einstecken wie kaum ein anderer; und Garth Rogar besaß die mit Abstand größte Kraft. Luthien aber hatte alles, was einen wahren Kämpfer auszeichnet: Er war schnell und stark, beweglich und ungemein gewandt in der Handhabung seiner Waffe; er verkraftete schwerste Gegenschläge und ließ sich auch durch heftigste Schmerzen nicht in die Knie zwingen. Und dennoch: Er hatte bislang weniger Wunden davongetragen als jeder andere Kämpfer, abgesehen von denen, die erst am Anfang ihrer Laufbahn standen.

Eine Scharte auswetzend, fuhr er mit einem Schleifstein über die fein geschmiedete Klinge; dann streckte er das Schwert aus, um die Balance zu prüfen.

Der erste Kampf, in dem sich zwei Zyklopen, mit Knüppeln bewaffnet, gegenüberstanden, hatte bereits begonnen, als Gahris seine vier Gäste zu den Ehrenplätzen auf dem Balkon führte. Er selbst setzte sich in deren Mitte. Elenia und Avonese nahmen ihn sogleich in die Zange und schmiegten sich an ihn. Dem Grafen war äußerst unbehaglich zumute, zumal drei Zyklopen aus Aubreys Begleitschutz unmittelbar hinter ihm saßen. Einer von ihnen trug eine Armbrust, was für einen Zyklopen äußerst ungewöhnlich war. Da sie nur ein einziges Auge hatten, mangelte es ihnen an räumlichem Sehvermögen, und darum konnten ihnen weitreichende Waffen kaum von Nutzen sein. Doch dieser Zyklop schien mit seiner Waffe durchaus vertraut zu sein, und Gahris bemerkte, daß auf dem Schaft eine merkwürdige Zielvorrichtung angebracht war, bestehend aus zwei winklig zueinanderstehenden Spiegeln.

Seufzend mußte Gahris zur Kenntnis nehmen, daß sich nur eine Handvoll von Insulanern auf den Rängen rund um die Arena eingefunden hatte. Ihm wäre eine große, johlende Zuschauermenge natürlich lieber gewesen, und es dauerte ihn, daß ihm keine Zeit geblieben war, um für die heutige Veranstaltung zu werben.

Aubrey rutschte ungeduldig auf dem Platz hin und her. Ihm lag nichts an diesem Spektakel, und er war nur deshalb hier, weil er das fordernde Gemaule seiner Gemahlin Avonese nicht länger hatte ertragen können.

»Zyklopen?« rief Avonese verärgert. »Wenn ich balgende Zyklopen sehen will, werfe ich ein Stück rohes Fleisch unter die Wachen von Schloß Montfort.«

Gahris stöhnte. Nein, so konnte es nicht weitergehen.

»Ihr habt doch hoffentlich besseres zu bieten als zwei Zyklopen, die aufeinander eindreschen«, sagte Aubrey, und sein Blick, den er dem Grafen zuwarf, war drohend und bittend zugleich. »Cousin Morkney, der Herzog von Montfort, wäre sehr enttäuscht, wenn er erführe, daß mir der Aufenthalt auf Eurer Insel ganz und gar mißfallen hat.«

»Das ist nur ein Vorkampf«, versuchte Gahris zu erklären, doch der Unmut seiner Gäste wuchs zusehends. Schließlich gab der Graf klein bei. Er winkte dem Marschall der Arena zu, worauf sich dieser von seinem Platz am Bühnenrand erhob, den Kampf abbrach und die beiden Monstren aufforderte, den Platz zu verlassen. Wie es so Brauch war, verbeugten sich die Kämpfer vor der Ehrentribüne und zogen ab. Sie hatten den Tunnelgang noch nicht erreicht, als sie sich schon wieder in den Haaren lagen.

Ihren Auftritt hatten nun die rothaarige Katerin und eine junge Frau aus dem Südosten der Insel, die zwar noch unerfahren war im Kampf, sich aber Hoffnungen machen konnte auf eine glänzende Karriere. Avonese und Elenia brüllten empört, noch ehe der Kampf begonnen hatte.

Im stillen rügte sich Gahris dafür, daß er diese Reaktion nicht vorhergesehen hatte. Die beiden Kämpferinnen waren ungemein schön, voller Leben und vor Gesundheit strotzend. Außerdem war ihre Kampfmontur, um Bewegungsfreiheit zu gewähren, äußerst knapp geschnitten, und den Augen von Aubrey und Wilmon war anzusehen, daß sie allzu lange schon in Gesellschaft der beiden aufgetakelten »Damen« waren und reizvollere Anblicke hatten entbehren müssen.

»Unerhört!« schrie Avonese.

»Wir wollen schwitzende Männerleiber sehen«, schnurrte Elenia und kraulte Wilmons Kinn mit langen Fingernägeln.

Gahris versuchte zu erraten, was Wilmon wohl zu der Forderung veranlaßte, die nächste Kampfpaarung auftreten zu lassen. Spekulierte er auf die Wirkung, die der Anblick schwitzender Männerleiber auf seine Gemahlin ausübte, oder fürchtete er ihren Groll?

»Die Zeit drängt«, fügte Aubrey hinzu. »Ich will jetzt endlich was sehen, und zwar einen Kampf zwischen den besten Schwertkämpfern der Insel. Das ist doch wohl nicht zuviel verlangt, oder?«

Gahris bebte vor Zorn. Er mußte sich schwer zügeln, um diesem schmächtigen Kerl von Aubrey nicht an die Kehle zu springen. Er nickte nur mit dem Kopf, gab erneut dem Marschall ein Zeichen und ließ Luthien und Garth Rogar in die Arena rufen.

Auf den Stufen hinter den Ehrenplätzen stand Ethan. Er war sichtlich wütend auf seinen Vater und die dreisten Gäste.

Spontan gaben die beiden Frauen Laute genüßlicher Anerkennung von sich, als Luthien und Garth Seite an Seite aus dem Tunnelgang hervortraten, spärlich be-

kleidet mit Sandalen, Kettenhandschuhen, Lenden-
schurz sowie einem Halsband und einer Art Bandelier,
das zum Schutz der Brust umgelegt war.

»Gibt's einen stärkeren Kerl als den?« schwärmte
Elenia mit Blick auf den flachsblonden Barbaren.

»Gibt's einen hübscheren?« Avonese hatte nur
Augen für Luthien.

»Das ist mein Sohn«, erklärte Gahris stolz. »Luthien
Bedwyr. Und der Hüne neben ihm ist ein Huegoth,
den es vor Jahren an unsere Küste geschwemmt hat.
Beides hervorragende Kämpfer. Ihr werdet nicht enttäuscht sein, Vicomte.«

Avonese und Elenia machten aus ihrer Begeisterung
kein Geheimnis. Sie kicherten und plapperten aufgeregt durcheinander.

»Der Barbar wird den anderen mit links abfertigen«,
meinte Elenia.

»Das glaube ich nicht. Er ist zu tumb; der Kleinere
scheint mir sehr viel gewiefter zu sein«, entgegnete
Avonese. Plötzlich sprang sie von ihrem Platz auf, trat
ans Geländer und warf ihr Taschentuch aus feinem Ba-
tist in die Arena.

»Luthien Bedwyr!« rief sie. »Du kämpfst als mein
Favorit. Streng dich an. Wenn du siegst, werde ich dich
reich belohnen.«

Gahris schaute zu Aubrey hinüber; er fürchtete, der
Eifer der Gemahlin könnte den Vicomte verstimmen.
Doch der machte einen eher erleichterten Eindruck.

Elenia ließ sich nicht lumpen; auch sie sprang ans
Geländer, warf ihr Taschentuch auf den Platz und rief
Huegoth zu, er solle sich ihr zu Ehren schlagen.

Luthien und Garth kamen herbei, verbeugten sich
vor den Gästen und steckten jeweils ihr Taschentuch in
den Gürtel.

»Ich werde zu verhindern wissen, daß es durch den
Schmutz gezogen wird«, versprach Luthien und blickte keck zu Avonese auf.

»Nicht durch Schmutz, aber durch Blut«, meinte Garth und wandte sich ab von Elenia, die unaufhörlich kicherte.

Die beiden nahmen Aufstellung in der Ringmitte und setzten die Helme auf. »Jetzt ist also klar, was auf dem Spiel steht«, sagte der junge Bedwyr.

Garth setzte eine spöttische Miene auf. »Ich rate dir: Denk lieber an den Kampf und nicht an das Vergnügen, das dem Sieger winkt.« Und kaum hatte der Marschall in die Hände geklatscht, um den Kampf zu eröffnen, stieß der Barbar mit der Lanze zu. Er suchte den schnellen Erfolg.

Luthien war auf diesen kühnen Angriff nicht gefaßt. Zwar ließ er sich blitzschnell zur Seite fallen, konnte aber nicht der Lanzenspitze entgehen, die ihm einen schmerzhaften Hieb vor die Hüfte versetzte.

Garth Rogar trat zurück und hob die Arme, als feierte er bereits den Sieg. »Es ist beschmutzt«, rief er und deutete auf Avonesens Taschentuch.

Elenia kreischte vor Vergnügen, ungeachtet der bitterbösen Blicke, die ihr Avonese von der Seite aus zuwarf.

Nun ging Luthien zum Angriff über. Tief geduckt und die schildführende Hand am Boden preschte er auf den Gegner zu und zielte mit schwingendem Schwert auf die Beine von Garth. Doch der sprang rechtzeitig zurück. Luthien setzte die Attacke fort, denn er wußte: Sobald er sie abbräche, würde der Gegner, weil in günstiger Stellung, von oben herab zuschlagen und ihn gewiß in den Staub schicken.

Luthien aber war schnell. Wiederholt ließ er das Schwert sausen und zwang Garth, hüpfend auszuweichen. Schließlich wußte sich der Barbar nicht anders zu helfen, als die Lanze senkrecht in den Sand zu pflanzen, um die Klinge des Gegners abzufangen. Luthien nutzte den Augenblick. Beherzt sprang er auf Garth zu, und weil er das Schwert nicht schnell genug

29

mit sich reißen konnte, wuchtete er dem Barbar den Schild vor Brust und Gesicht.

Garth Rogar taumelte zurück. Aus der Nase und dem Mundwinkel rann Blut. Dennoch schmunzelte er. »Gratuliere«, sagte er. Als sich Luthien für das Kompliment mit einer Verbeugung bedankte, stach der andere mit lautem Gebrüll zu.

Luthien hatte mit dem Angriff gerechnet. Sein Schwert schnellte empor und ließ die Stichwaffe zur Seite hin abgleiten. Nachsetzend schlug er erneut mit dem Schild zu, traf aber nur die mächtige Brust des Gegners, sein Schlag zeigte kaum Wirkung.

Sofort konterte der Barbar. Er warf den freien Arm um Luthiens Nacken und rammte ihm das Knie in den Oberschenkel. Luthien geriet ins Wanken, parierte aber instinktiv mit dem Schwert, als der Riese, den Vorteil nutzend, vorzupreschen versuchte.

Keiner von beiden gönnte sich, geschweige denn dem anderen, eine Verschnaufpause. Sie kämpften aus Stolz und aus Liebe zum Wettstreit. Schwert und Lanze kreuzten sich, Luthiens Hiebe mit dem Schild beantwortete Garth mit der Faust.

Gahris hatte den Sohn und Garth Rogar noch nie besser kämpfen sehen und war sichtlich stolz, zumal die Gäste gefesselt schienen vom Schauspiel, das ihnen geboten wurde, und jeden Hieb, jedes geschickte Ausweichmanöver mit Jubelrufen begleiteten. Noch lauter als ihre Männer kreischten Avonese und Elenia. Mitfiebernd feuerten sie ihren jeweiligen Favoriten an, wußten aber Kämpfe dieser Art nicht richtig einzuschätzen und glaubten ein ums andere Mal, daß die Entscheidung gefallen sei.

Doch Luthien und Garth hielten den Kampf offen; sie waren sich in allen Belangen ebenbürtig, hatten stets ein Mittel parat, um die Attacke des jeweils anderen abzuwehren.

Garth stach mit der Lanze zu, und als Luthien parierte, riß der Barbar die Waffe hoch und schlenzte das Schwert des Gegners in die Luft. Aus dem Schwung der Bewegung ließ Garth das Bein vorschnellen und trat dem anderen mit voller Wucht in den Unterleib. Luthien knickte in der Hüfte ein und schnappte nach Luft.

Im letzten Augenblick gelang es dem jungen Bedwyr, den Schild zu heben und die Lanzenspitze abzuwehren, die auf seinen Kopf einstach, mußte aber einen zweiten Tritt einstecken, der ihn, vor die Hüfte treffend, zu Boden schickte.

»Jawohl!« schrie Elenia. Daß Avonese die jüngere Frau mit finsteren Blicken bedachte, bemerkte Gahris erst jetzt, und er ahnte, daß sich ein ernster Konflikt anbahnte.

Garth ließ seinen Vorteil nicht ungenutzt; brüllend warf er sich über den Kontrahenten, dem die Puste ausgegangen zu sein schien.

Doch Luthien ging hinter seinem Schild in Deckung, führte einen blitzschnellen Streich mit der Klinge und traf die Waffenhand des Barbaren. Der konnte dem kettengepanzerten Handschuh verdanken, daß er seine Finger behielt; doch der Schlag war so schmerzhaft, daß er schreiend vom Gegner abließ.

Sogleich trat Luthien wieder in Aktion. Den Rundschild auf Kopfhöhe haltend, stürmte er herbei, bevor Garth Gelegenheit hatte, die Lanze in Anschlag zu bringen. Das seitlich einschwingende Schwert schmetterte vors Lederbandelier des Gegners. Garth Rogar krümmte sich vor Schmerzen, ließ aber den anderen nicht aus den Augen. Als dieser erneut mit dem Schwert auszuholen versuchte, langte Garth mit der gepanzerten Hand zu und packte die Klinge.

Luthien drängte vor, und wie er erwartet hatte, stemmte sich ihm der Barbar mit angezogenem Knie und dem ganzen Gewicht des Körpers entgegen. Flink wie ein Wiesel sprang der junge Bedwyr zurück und ließ sich rücklings zur Boden fallen, worauf sein Gegenüber das Gleichgewicht verlor und der Länge nach umkippte. Luthien pflanzte dem Stürzenden beide Füße in den Bauch.

»Laß ihn fliegen!« schrie Avonese, und genau das tat Luthien. Er streckte die Beine und hievte den Gegner über sich hinweg. Nach einer halben Umdrehung in der Luft landete Garth auf dem Rücken.

In Windeseile standen beide wieder auf den Beinen, beäugten den jeweils anderen mit großem Respekt. Sie waren müde und geschunden, und beiden war klar, daß sie an den Nachwirkungen dieses Gefechts noch eine Weile würden laborieren müssen. Doch darauf nahmen sie keine Rücksicht. Wie im Rausch erlebten sie den Kampf.

Gahris sah, daß nun Elenia der Rivalin giftige Blicke zuwarf. »Mach ihn fertig!« feuerte sie ihren Favoriten an, und ihr Schrei übertönte alle anderen Laute in der Arena. Ein jeder, auch Luthien und Garth, wandte ihr das Gesicht zu.

»Mir scheint, du hast eine feurige Verehrerin«, frotzelte Luthien und schmunzelte dem Freund zu.

Garth Rogar mußte an sich halten, um nicht laut loszulachen. »Ich will sie nicht enttäuschen«, antwortete er. Und kaum hatte er den Satz beendet, hob er die Lanze, hebelte sie herum und schlug mit dem Schaft zu. Luthien riß schützend den Schild in die Höhe und konterte mit geradem Stoß, doch der Barbar war bereits außer Reichweite. Dessen Antwort wäre im wahrsten Sinne des Wortes fast ins Auge gegangen. Luthien duckte sich im letzten Moment vor der Lanzenspitze, die über den Rand des Schildes hinwegglitt und gegen den Helm prallte. Und gleich darauf peitschte wuchtig das Schaftende hervor und traf Luthien in die Seite.

Der Hieb schmerzte, doch Luthien biß die Zähne aufeinander. Er wußte: Jetzt war Angriff die beste Ver-

cher, ein einzelnes Pferd zurückzusetzen als ein zwei-spänniges Gefährt.

Doch plötzlich zeigte sich ein feistes, fleckiges Gesicht im Fenster des Wagens. »Fahr den Kerl über den Haufen!« grölte der Händler und zog den Kopf wieder zurück.

Fast hätte sich Luthien als Grafensohn zu erkennen gegeben, fast hätte er seine Waffe gezogen und dem Zyklopen befohlen, bis zum Fährhafen zurückzusetzen. Aber er schluckte seinen Stolz und besann sich darauf, daß es klüger sei, unerkannt zu bleiben und kein Aufsehen zu erregen. Er reiste als Fischer oder Bauer.

»Na, wird's bald, oder muß ich dich ins Wasser stoßen?« knurrte der Zyklop und ließ die Zügel schnalzen, um das Gespann näher an den Reiter heranzuführen. Nervös schnaubten alle drei Rosse.

Dem jungen Bedwyr gingen ein paar mögliche Antworten durch den Kopf, die für den Zyklopen und seinen Herrn allesamt äußerst unangenehm sein würden. Doch er hielt sich im Zaum und ließ das Pferd langsam von der Brücke zurückweichen.

Der Wagen rumpelte über die Planken. Der dicke Händler steckte den Kopf durchs Fenster und sagte: »Wäre ich nicht in Eile, würde ich aussteigen und dir Manieren beibringen, du lausiger Bursche.« Dann winkte er mit der weichen, plumpen Hand, und von der Peitsche des Zyklopen angetrieben, stoben die Pferde davon.

Luthien mußte an sich halten, um diesem Kerl nicht doch noch das Maul zu stopfen. Aber dann schüttelte er den Kopf und lachte laut auf. Er sah ein, daß es töricht war, sich durch eine solche Bagatelle die Laune verderben zu lassen.

Flußtänzer trottete über die Brücke und folgte dem Weg, der nach Norden ausscherte, um einen hoch aufragenden Felsen herum. Luthien hatte den Zwischenfall schon wieder vergessen, als er wenig später von einer Anhöhe aus in die Senke blickte und sah, daß der Wagen des Händlers – keine hundert Schritt entfernt – am gegenüberliegenden Flußufer entlangrollte und vor einer ganz und gar eigentümlich aussehenden Gestalt stehenblieb.

Es handelte sich offenbar, wie Luthien erkannte, um einen Halbling. Vertreter dieser Art waren nur selten so hoch im Norden anzutreffen. Jener dort unten saß auf einem lohfarbenen Reittier, einem eselhaften Pony mit haarlosem Schwanz, der waagerecht ausgestreckt war. Bemerkenswerter als dieses Tier war die Aufmachung des kleinwüchsigen Reiters. Obwohl abgetragen und fadenscheinig, machten die Kleider auf Luthien einen erlesen modischen Eindruck. Unter einem purpurnen Umhang aus Samt, der wie die langen, braunen Locken über den Rücken wallte, trug der Halbling ein blaues Wams; an den Schultern plusterten sich die Puffärmel eines weißen Seidenhemdes mit breiten Manschetten an den Handgelenken. Ein goldbesticktes und mit Fransen und Schellen verziertes Wehrgehenk hing quer über die Brust und lief seitlich zu einer Schlaufe zusammen, in der ein Rapier steckte. Danach langte der Halbling nun mit grünem Panzerhandschuh.

Unter der Kniehose, die wie der Umhang aus dunkelrotem Samt geschneidert war, stakten grün bestrumpfte Beine mit schmuckvollen Bändern an den Waden hervor. Ein riesiger Hut vervollständigte das Bild; die breite Krempe war an einer Seite hochgeschlagen. Darin steckte ein großer, rotgelber Federbusch. Das Gesicht des fremden Wesens war aus der Entfernung kaum auszumachen, doch Luthien sah, daß es einen Spitz- und Knebelbart trug.

Daß einem Halbling Haare im Gesicht wuchsen, war äußerst ungewöhnlich. Nicht weniger verwunderte Luthien die Aufmachung und das eselartige Reittier des Kleinen sowie die Tatsache, daß dieser die Kutsche mit seinem Degen zum Anhalten zwang, um sie auszurauben. Luthien lenkte sein Pferd die Böschung hinab, suchte Deckung hinter einem Gebüsch und beobachtete die Szene.

»Aus dem Weg, oder ich trample dich nieder!« krakeelte der stämmige Zyklop.

Doch der Halbling lachte nur. »Weißt du denn nicht, wer ich bin?« fragte er, und sein Akzent verriet, daß er weder aus Bedwydrin noch aus Eriador stammte. »Ich bin Oliver deBurrows«, erklärte er, »der Wegelagerer. Ich schenke dir und deinem Herrn das Leben, wenn ihr euch kampflos ergebt; aber die Münzen und Juwelen wandern in meine Tasche.«

Ein Gascone, dachte Luthien; er hatte schon manche scherzhafte Geschichten über dieses Volk gehört, und zwar von einem Erzähler, der deren Mundart nachzuahmen verstand.

»Warum geht's nicht weiter?« polterte der Händler und streckte den Kopf ungeduldig zum Fenster hinaus. Er war merklich verblüfft von dem, was er da sah. »Was ist?«

»Nichts weiter«, antwortete der Zyklop. »Kaum der Rede wert.«

»Dann mach voran«, rief der Händler.

Scheinbar wie aus dem Nichts zog der Zyklop ein großes Schwert und ließ es, ohne lange zu fackeln, auf den Halbling niedersausen. Luthien schnappte nach Luft. Er wähnte den kleinen, wunderlichen Burschen schon in seinem Blut am Boden liegen, doch plötzlich schnellte dessen linke Hand vor, in der ein Dolch mit breiter Klinge steckte.

Er fing das Schwert mit der Handwaffe auf, ließ blitzschnell den Arm rotieren und riß dem Monstrum das Heft aus der Hand. Das Schwert flog in hohem Bogen durch die Luft und bohrte sich ins Gras mehr als fünf Schritt entfernt. Sogleich setzte der Kleine mit dem Degen nach und plazierte die Spitze auf den ledernen Waffenrock, knapp Zweifingerbreit unter dem bloßen Hals des Zyklopen. Bedrohlich bog sich die Klinge durch.

»Du Ratte!« fauchte das Monstrum.

Der Wegelagerer lachte wieder laut auf. »Wie sagte mein seliger Vater immer? Der Stolz eines Halblings steht im umgekehrten Verhältnis zu seiner Größe.« Und nach dramatischer Pause fügte er hinzu: »Und ich versichere dir: Ich bin sehr klein.«

Dem Kutscher hatte es offenbar die Sprache verschlagen. Wahrscheinlich war ihm auch die kuriose Logik des Kleinen zu hoch. Luthien, versteckt hinter dem Busch, kicherte in sich hinein.

»Was glaubst du, wie weit sich mein prächtiger Degen noch durchbiegen läßt?« fragte Oliver. »Gib dich geschlagen. Ich habe gewonnen und möchte nun meinen Lohn in Empfang nehmen.«

Doch nun staunte der Halbling nicht schlecht, als die Kutschentür aufflog und ein Zyklop nach dem anderen aus dem Wagen sprang, insgesamt sechs an der Zahl. Angesichts der veränderten Situation zog der Wegelagerer das Rapier zurück und meinte einschränkend: »Oder sollte ich mich am Ende geirrt haben?«

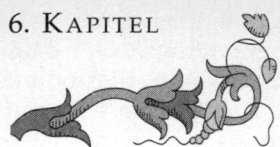

6. KAPITEL

Oliver deBurrows

Auf seinem lohfarbenen Rößchen war der modische
Wegelagerer in Augenhöhe mit den zyklopischen
Wachen. Er parierte einen Lanzenstoß von der einen
Seite und riß so heftig am Zügel, daß sich das Pony
aufbäumte und auf den Hinterläufen kehrtmachte. Gerade rechtzeitig, denn nun kam von hinten ein Schwert
herangesaust, dem es auszuweichen galt. Der Kleine
war nur noch als verwischter Schatten auszumachen,
so rasend schnell bewegte er sich. Aber der zyklopische Kutscher grinste hämisch und zog eine zweite
Waffe: eine gespannte Armbrust.

Oliver deBurrows hielt sich selbst für eine lebende
Legende. Doch damit wäre es jetzt zu Ende gewesen,
hätte sich der junge Luthien Bedwyr, versteckt hinter
einem Gebüsch auf der anderen Seite des Flusses,
nicht in diesem Moment ein Herz gefaßt. Luthien war
noch nie ein Freund der Händler gewesen; im Gegenteil: Er fand ihre Raffsucht und Überheblichkeit
empörend und rechnete sie den Räubern und Dieben
zu. Zwar konnte kein Zweifel daran bestehen, daß
auch dieser Halbling ein Räuber war, doch Luthien
wägte nicht lange ab in diesem kritischen Augenblick;
er ließ sein Herz entscheiden.

Der zyklopische Kutscher wußte nicht, wie ihm geschah, als er, von Luthiens Pfeil in die Brust getroffen,
auf dem Kutschbock zurückgeworfen wurde. Die
Armbrust glitt ihm aus den Händen.

Oliver schien davon nichts bemerkt zu haben. »Ja, komm doch, du, der du mit deinem einen Auge aussiehst wie ein Rindvieh von hinten!« brüllte er auf einen anderen Zyklopen ein und fuchtelte so wild mit seinem Rapier in der Luft herum, daß der andere wie benommen von ihm abrückte und sich verdutzt an der fliehenden Stirn kratzte.

Luthien lenkte sein Roß hinter dem Gebüsch hervor, ließ es auf der steilen Böschung Anlauf nehmen und mit einem gewaltigen Sprung über den Fluß setzen. Noch ehe es die andere Seite erreichte, hatte Luthien den Bogen wieder gespannt und einen zweiten Pfeil abgeschossen.

Die Zyklopen schrien vor Wut. Einer riß eine lange Hellebarde aus der Halterung neben der Kutschentür und rannte auf Luthien zu, besann sich aber unter dem Anflug schnurrender Pfeile anders und suchte eilends Deckung hinter den Zugpferden. Von drei Seiten bedroht, war Oliver so sehr mit seinen unmittelbaren Gegnern beschäftigt, daß er nicht einmal wußte, wieso die anderen ein so furchtbares Geheul anstimmten. Als er aber sein Pony herumriß und den hinter ihm stehenden Gegner konfrontierte, sah er, daß dieser abgelenkt war und in eine andere Richtung starrte.

»Pardon«, sagte der Halbling höflich und hielt dem verdutzten Monstrum seinen Dolch unter die Nase. Mit der anderen Hand zog er nun den breiten Hut vom Kopf und schlug mit der Krempe dem Rößl auf die Kruppe. Das Tier reagierte sofort, ging hinten hoch und trat mit den Läufen aus, was jenen Zyklopen schlecht bekam, die in Reichweite der Hufe und unaufmerksam waren. Oliver hatte Luthien mittlerweile entdeckt, zuckte aber nur mit den Achseln und wandte sich denen zu, die ihm gefährlich zu werden drohten.

Trotz der unerwarteten Hilfe war der Feind immer noch in der Überzahl, und der Halbling geriet in arge

Bedrängnis, zumal er sich jetzt nur mit einer Waffe zur Wehr setzen konnte.

Ein Armbrustschütze, der bäuchlings auf dem Dach der Kutsche lag, ließ von Oliver ab und nahm den neuen Gegner ins Visier. Doch Luthien hing tief geduckt an der Flanke seines Pferdes, das ihm wie ein Schild Deckung bot. Der Pfeil des Zyklopen verfehlte sein Ziel um Längen. Luthien tauchte wieder auf und erwiderte den Schuß; sein Pfeil schlug dicht unterhalb des Zyklopengesichts im Holzaufbau der Kutsche ein. Schneller als der Gegner hatte Luthien einen neuen Pfeil aufgelegt, der, aus zehn Schritt abgeschossen, das Monstrum auf dem Kutschdach festnagelte.

Nun stürmte der Soldat mit der Hellebarde hinter dem Gespann hervor. Luthien hatte nur eine Möglichkeit, dem Stoß auszuweichen. Er warf den Oberkörper zurück und ließ sich vom Pferd fallen. Unsanft prallte er am Boden auf, hielt aber den Bogen gepackt und benutzte ihn wie eine Lanze, als er sich aufrappelnd einer zweiten Attacke erwehren mußte.

Oliver hatte sein Pony herumgeschwungen, um die beiden letzten Gegner vor sich zu haben. Sein Rapier peitschte über den gesenkten Kopf des Reittiers hin und her. Der Halbling gab sich gelassen; ja, er machte fast einen gelangweilten Eindruck. Tatsächlich aber war er aufs äußerste angespannt. Diese Zyklopen wußten gut zu kämpfen, und sie hatten hervorragende Waffen zur Verfügung. Doch Oliver wäre als Wegelagerer nicht weit gekommen, wüßte er nicht so manchen Trick aus seinem weißen Puffärmel zu ziehen. Und er war mittlerweile schon zwei Jahrzehnte als Räuber unterwegs.

»Hinter euch!« brüllte er plötzlich, und einer der beiden Zyklopen wäre auf diese simple Finte beinahe hereingefallen, hätte fast einen Blick über die Schulter geworfen – was für jemanden, der nur ein Auge hat, das mittig im Gesicht sitzt, nicht ohne Halsverrenkung möglich ist.

Der andere Zyklop ließ sich nicht beirren und setzte seinen Angriff fort. Und auch der andere schlug wieder zu, aufbrausend und voller Wut darüber, daß er sich von dem kleinen Kerl hatte narren lassen.

Oliver wußte, daß die beiden auf diesen Trick nicht hereinfallen würden; er führte etwas ganz anderes im Schilde, als er nun ein zweites Mal rief: »Hinter euch!« Er wollte sie reizen und denken lassen, daß er sie für dumm hielt. Und wie erwartet, reagierten die Monstren mit ungestümer Wut.

Oliver gab seinem Pony die Sporen, und es preschte voran, auf die beiden Gegner zu, die so blindwütig attackierten, daß sie keine Notiz nahmen von Olivers geschicktem Manöver. Der hatte nämlich die Zügel schießen lassen, war rücklings vom Sattel gerollt und nach einer Luftrolle sicher auf den Füßen gelandet. Die Zyklopen sprangen zurück, als das Tier zwischen ihnen hinwegsprengte. Oliver war sofort zur Stelle und rammte dem einen das Rapier ins Hinterteil.

Der Zyklop heulte auf und schlug mit dem Schwert um sich. Doch Oliver parierte mit dem Degen und schlenzte ihm die Waffe aus der Hand.

»Was seid ihr bloß für Hornochsen«, schnaubte Oliver und stemmte, Entrüstung mimend, die Fäuste in die Hüfte. »Dabei habe ich euch doch, höflich wie ich bin, vor einem Angriff von hinten gewarnt.« Der Halbling ging in die Fechtauslage und simulierte einen Vorstoß, worauf der Verwundete laut aufschreiend das Weite suchte und im Laufen den Hosenboden festhielt.

Der andere Zyklop aber konterte mit aller Kraft.

»Es wäre klug, wenn du dich deinem Freund anschlössest«, feixte Oliver. Er parierte den einen Hieb, wich dem zweiten mit eingezogenem Kopf aus und hüpfte über den dritten hinweg. »Du bist mir nämlich nicht gewachsen.«

Der Zyklop antwortete mit einem Wirbel von Schwerthieben. Oliver hatte wohl ein dutzendmal Gelegenheit, mit dem Rapier zuzustechen, wäre dabei selbst aber kaum ungeschoren davongekommen. Das Schwert des Gegners war fast so schwer wie der Halbling selbst, und so zog er es vor, der Offensive auszuweichen.

»Oder sollte ich mich am Ende geirrt haben?« schränkte der Kleine zum wiederholten Mal ein. Dann stieß er einen kurzen, schrillen Pfiff aus, wovon der Gegner aber nichts bemerkte. Der merkte auch nicht, daß sich das lohfarbene Pony von hinten näherte.

Das Tier stieß den Zyklopen zu Boden und trommelte mit den Vorderläufen auf ihn ein. Schließlich bäumte es sich auf, hüpfte wie ein dressiertes Hündchen auf und ab und stampfte auf dem Monstrum am Boden herum.

»Darf ich dir mein Pferd vorstellen?« fragte Oliver höflich.

Der Zyklop brüllte und versuchte aufzustehen, doch die zerschmetterten Glieder versagten ihm den Dienst.

Luthien war schwerer verwundet, als er sich einzugestehen wagte, zumal er gerade in einen brutalen Kampf verwickelt war, und der Kopf dröhnte ihm so sehr, daß er kaum richtig sehen konnte.

Er nahm nur noch einen Schatten wahr, als der Gegner mit der Hellebarde auf ihn einzustoßen versuchte. Luthien schwenkte den Bogen hin und her und sprang zurück, prallte dabei aber so wuchtig mit dem Rücken gegen einen Baumstamm, daß es ihm den Atem verschlug. Der Zyklop wähnte den Gegner endgültig geschlagen und stieß mit der Hellebarde zu, doch die tückische Spitze schlug – statt den Gegner – ein tiefes Loch ins Holz. Luthien hatte sich zeitig zur Seite fallen lassen.

Er antwortete seinerseits mit einem Streich, schlug

aber daneben und mußte zu seinem Schrecken mitan-
sehen, wie der Bogen am Baumstamm zerbarst. Die
Wurfarme des Bogens wurden nur noch von einem
Splitter in der Mitte zusammengehalten.

Der Zyklop bellte vor Lachen. Luthien schleuderte
ihm den Bogen entgegen und zog das Schwert, worauf
das Gelächter des Einäugigen in ein bedrohliches Knurren umschlug.

Olivers Pony tanzte immer noch auf dem Monstrum
herum, das sich am Boden wand und stöhnte. Da
sprang der Halbling von hinten in den Sattel, um dem
jungen Mann zur Hilfe zu eilen. Doch hielt er inne,
weil er aus der Kutsche ein heftiges Tuscheln ver-
nahm.

»Schieß doch!« hörte er eine Frau sagen. »Du bist
doch kein Feigling, oder?«

Oliver nickte bestätigend, denn er ging davon aus,
daß die Frau mit dem Händler sprach, und war selbst
der Meinung, daß alle Händler Feiglinge seien. Er
hüpfte hoch, kam aufrecht mit den Füßen auf dem Sattel zu stehen, lenkte das Pony zur Kutsche hin und
sprang aufs Dach, wo er beinahe über die Leiche des
Zyklopen stolperte, dem sich ein Pfeil ins Gesicht gebohrt hatte. Oliver schaute auf seine blutverschmierten
Schuhe und rümpfte die Nase. Plötzlich tauchte eine
riesenhafte Hand auf und klemmte sich um das Fuß-
gelenk des Halblings.

Der zyklopische Kutscher ließ nicht locker, obwohl
ihm ein Pfeil in der Brust steckte. Oliver schlug ihm
die Breitseite seiner Degenklinge über den Schädel,
und als dieser den Fuß losließ, um mit der Hand nach
der Platzwunde am Kopf zu langen, trat ihm der Halbling ins Auge. Der Zyklop brachte nur noch gurgelnde
Laute von sich, kippte rücklings vom Bock und stürzte
hinter den angespannten Gäulen zu Boden, die nervös
aufschreckten.

74

»Glück für dich, daß du mir nicht meine feinen, gestohlenen Kleider besudelt hast«, rief ihm der Halbling zu. »Denn in dem Fall hätte ich kein Pardon mit dir gehabt.«

Der Kleine schnaubte verächtlich, kletterte auf die andere Seite des Daches und ging in die Knie. Wenig später zeigten sich der Kopf und die feisten Pratzen des Händlers, bewaffnet mit einer Armbrust. Die war auf Luthien angelegt, der noch mit dem einzig übriggebliebenen Soldaten kämpfte.

Von oben meldete sich eine Stimme: »Was Ihr da vorhabt, scheint mir nicht klug zu sein.« Verwundert blickte der Händler zu dem kleinen Kerl hinauf, der am Dachrand lässig auf einem Knie hockte, in der grün behandschuhten Hand das Rapier präsentierte, den Ellbogen des linken Arms auf das eingewinkelte Knie stützte und mit dem Zeigefinger vor den Nasenflügel tippte.

»Oder sollte ich mich wieder einmal irren?« fuhr der Halbling im Plauderton fort.

Der Händler brüllte und versuchte, sich im engen Fensterausschnitt um die eigene Achse zu drehen. Doch ehe er die Armbrust auf Oliver richten konnte, schnappte der Degen plötzlich zu. Der Händler erstarrte vor Entsetzen, erholte sich aber rasch von dem Schreck, als ihm klar wurde, daß er von der Klinge gar nicht getroffen worden war. Und so setzte er seinen Angriff fort und drückte den Auslöser der Armbrust durch. Die Sehne schnurrte, entließ aber keinen Pfeil, denn der lag nicht mehr in der Führung. Oliver hatte ihn mit der Degenspitze herausgeschnippt.

Der Kleine hob die Arme und meinte schulterzuckend: »Ich bin besser. Seid Ihr nicht auch der Meinung?« Schreiend zog sich der Dickwanst ins Innere der Kutsche zurück, wo er sich von der Frau erneut als Feigling beschimpfen lassen mußte.

Oliver machte es sich auf dem Dach bequem und

schaute dem Kampf zu, den der junge Mann und der letzte Zyklop gegeneinander führten.

Der Zyklop brachte eine lange Hellebarde mit wuchtigen Streichen zum Einsatz, von der Seite, von vorn, von oben herab. Der junge Mann hielt wacker mit seinem Schwert dagegen und war bislang kein einziges Mal getroffen worden, obwohl es den Anschein hatte, daß ihm die Erfahrung fehlte in der Verteidigung gegen eine so lange Stoßwaffe.

»Wenn er vorrückt, mußt du ihm frontal entgegentreten«, rief Oliver.

Luthien hörte den Rat, konnte ihm aber keinen taktischen Sinn entnehmen. In der Arena hatte er oft genug gegen Lanzenträger gekämpft, doch deren Waffen waren allenfalls acht Fuß lang. Der Schaft dieser Hellebarde aber maß fast das Doppelte.

Als der Zyklop erneut zustieß, befolgte Luthien den Rat und sprang vor – mit dem Ergebnis, daß ihm die Metallspitze über die rechte Schulter schrammte. Er schrie auf, sprang zurück und nahm das Schwert in die linke Hand, um die schmerzende Schulter zu entlasten.

»Was treibst du denn da?« schimpfte Oliver. »Du darfst ihm doch nicht geradewegs in den Stoß laufen.«

Luthien und der Zyklop verschnauften kurz; beide wunderten sich über das, was dieser seltsame Halbling zum besten gab.

»So was kann doch nur einer dummen Viper einfallen. Bist du nicht gescheiter als so ein dummes Viech?« Und dann hielt der Halbling einen langen Vortrag über geeignete Methoden zur Verteidigung gegen lange Hieb- und Stoßwaffen, ergänzt um Ratschläge zur Abwehr von dummen Vipern. Doch Luthien hörte nicht hin. Ein heftiger Streich des Gegners zwang ihn, zur Seite auszuweichen, und schon folgte ein gerader Stoß, gezielt auf den Bauch. Luthien wirbelte herum, geriet dabei aus dem Gleichgewicht und stürzte zu

Boden. Die zurückgezogene Hellebarde kratzte ihm übers Hinterteil, hinterließ aber keine ernsthafte Verletzung. Blitzschnell wälzte sich Luthien nach vorn, schnappte mit der freien Hand nach dem Schaft der Stoßwaffe und brachte mit peitschender Bewegung sein Schwert nach oben. Der lange Schaft zerbrach in zwei Teile.

»Gut gemacht!« johlte der Halbling vom Dach der Kutsche.

Der Zyklop hielt nur noch den stumpfen Stiel gepackt, wußte aber wie eine Lanze damit umzugehen und schlug zu, bevor Luthien wieder auf die Beine kam. Getroffen sackte Luthien in den Staub zurück, und sogleich setzte der Einäugige nach und drohte den Gegner zu pfählen.

»Oje«, stöhnte Oliver, als der Zyklop sein ganzes Gewicht auf den Schaft legte, um sein Opfer zu durchbohren. Luthien zappelte wie wild.

Oliver legte den Hut an die Brust und senkte pietätvoll das Haupt. Doch plötzlich zuckte der Zyklop zusammen und ließ die Waffe fallen. Taumelnd wankte er ein paar Schritte zurück, und als er sich umdrehte, sah Oliver, daß er sich den Bauch hielt, um die herausdrängenden Gedärme zurückzuschieben. Luthien lag immer noch rücklings am Boden; von dem aufgepflanzten Schwert troff Blut. Langsam richtete er sich auf und warf den halbierten Hellebardenschaft beiseite. Jetzt erkannte Oliver, was geschehen war, und lachte erleichtert auf. Luthien hatte die Holzstange unter der Armbeuge abgefangen, darin festgeklemmt und sich dann listig zur Seite fallen lassen, um den Schwertstoß ausführen zu können.

»Der Junge gefällt mir«, sagte der Halbling und schwenkte den Hut zum Zeichen seiner Anerkennung. Dann klopfte er vom Dachrand aus mit dem Rapier an die Tür und rief: »He, du feiger Dickmops, gibst du dich endlich geschlagen?«

Quietschend ging der Verschlag auf. Der Händler trat zum Vorschein, gefolgt von einer grell geschminkten und Parfüm verströmenden Lady in einem dünnen, scharlachroten Seidenkleid, das kaum bis zu den Knien reichte, dafür oben aber um so tiefer ausgeschnitten war. Mit gekrauster Stirn blickte sie auf den Halbling herab, doch als sie den jungen Bedwyr sah, der sich langsam der Kutsche näherte, verwandelte sich ihr Ausdruck schlagartig.

Luthien begegnete ihrem taxierenden Blick mit starrer Miene. Er dachte an Avonese, und seine Linke schloß sich unwillkürlich fester um das Heft des blutbeschmierten Schwerts.

Drei anmutige Luftsprünge – vom Dach auf den Kutschbock und über die Kruppe eines der Pferde zu Boden – brachten Oliver unmittelbar vor den Gefangenen zu stehen. Mit der freien Hand riß er dem Händler den Geldbeutel vom Gürtel, während das Rapier der Dame die Juwelenkette vom Hals pflückte.

»Sieh dich mal im Wagen um«, sagte er zu Luthien. »Ich habe zwar nicht um Hilfe gebeten, bin aber großzügigerweise bereit, die Prise zu teilen.« Er stockte, sah sich nachdenklich um und zählte die Toten und Verwundeten am Boden. Dabei kam er zu dem Ergebnis, daß drei Zyklopen, also die Hälfte der Mannschaft, auf Luthiens Konto gingen, doch dann reklamierte er den Kutscher für sich und meinte: »Du hast von sechsen zwei erledigt; also gehören mir Zweidrittel der Beute.«

Luthien warf ihm einen entrüsteten Blick zu.

»Du verlangst doch nicht etwa die Hälfte?« brüllte Oliver.

»Ich bin kein Räuber«, erwiderte Luthien.

Oliver, der Händler und seine Dame tauschten verwunderte Blicke, und wie aus einem Munde sagten sie: »Was denn sonst?« Luthien verzog das Gesicht.

Es war lange still, bevor der Halbling seine Aufforderung wiederholte. »Schau endlich nach, was im Wagen zu finden ist!« Luthien zuckte mit den Achseln und bestieg die Kutsche. Der Innenraum war in mehrere Kammern unterteilt; die meisten enthielten Lebensmittel, Kleider und gewöhnliche Reiseutensilien. Dann aber fand er unter einer Sitzbank eine kleine eiserne Truhe. Er zog sie hervor und hievte sie nach draußen.

Oliver hatte den Händler gezwungen, sich bis auf die Unterwäsche auszuziehen und am Boden zu knien.

»So viele Taschen«, stöhnte der Halbling und wühlte im übergroßen Wams des Dicken herum.

An Luthien gewandt, flötete die Dame: »Ihr dürft mich durchsuchen.« Der junge Bedwyr wich vor ihr zurück und prallte mit dem Rücken gegen die aufgeklappte Tür.

»Wenn Ihr darunter was verbergt«, sagte Oliver und zeigte auf das dünne Kleidchen, »dann seid Ihr nur halb so viel Frau, wie Ihr vorzutäuschen versucht.« Er lachte über den eigenen Witz, aber dann schien ihm der Atem zu stocken, als er sah, was Luthien in den Händen hielt. Seine Augen leuchteten merklich auf.

»Mir scheint, es wird Zeit zu gehen«, sagte Oliver und warf das Wams beiseite.

»Und was wird aus denen da?« fragte Luthien.

»Die müssen wir umbringen«, antwortete Oliver wie beiläufig. »Sonst werden sie uns die gesamte prätorianische Garde auf den Hals schicken.«

Luthien bedachte den Halbling mit finsterem Blick. Bewaffnete Zyklopen im Kampf zu töten war eine Sache; aber einen hilflosen Mann und dessen Frau oder verwundete Feinde zu meucheln kam für den jungen Bedwyr nicht in Betracht. Bevor er protestieren konnte, stöhnte der Halbling auf und schlug sich mit der flachen Hand vor die Stirn.

»Oje, einer der Einäugigen ist entkommen«, sagte er und mimte Verzweiflung. »Wir können also nicht alle

Zeugen beiseite schaffen. Mir scheint, daß uns ein Gnadenakt nun besser zu Gesicht stehen könnte.« Er richtete den Blick auf die stöhnend am Boden liegenden Zyklopen: auf den Kutscher unter der Deichsel; auf denjenigen, der die Hufe des Ponys zu spüren bekommen hatte; auf den, der von Luthien aufgespießt worden war und sich, am Boden kniend, immer noch den Bauch hielt; und schließlich auf den, der, von Olivers Rößl getreten, in hohem Bogen durch die Luft geflogen war. Letzterer hatte sich inzwischen wieder berappelt, machte aber keine Anstalten, den Räubern nahe zu kommen.

»Übrigens«, fügte der Halbling grinsend hinzu, »im Gegensatz zu mir hast du tatsächlich einen Mord auf dem Kerbholz.«

»Nehmt mich mit!« rief die Lady plötzlich und warf sich so ungestüm an Luthiens Brust, daß der die Eisentruhe fallen ließ – auf die eigenen Füße. Überwältigt vom Schmerz, vom Parfümgestank der Lady und von den Erinnerungen an Avonese, verlor Luthien die Fassung. Er stieß sie von sich und streckte sie mit einem Fausthieb zu Boden.

»An deinen Manieren ist noch einiges zu feilen«, bemerkte Oliver und schüttelte den Kopf. »Und dasselbe gilt für Euch«, meinte er, an den Händler gewandt, der mit keinem Wort gegen die Behandlung seiner Dame protestierte. »Aber darum und um die Schatztruhe werden wir uns später kümmern. Komm mein Freund, wir verschwinden.«

Unschlüssig zuckte Luthien mit den Achseln. Was er nun tun sollte, war ihm ebensowenig klar wie das, was er getan hatte.

»Schäbig!« rief Oliver. Ein passender Name für das häßliche, lohfarbene Pony, wie Luthien befand. Es kam herbeigetrottet und knickte in den Vorderläufen ein, um dem Halbling das Aufsitzen zu erleichtern.

»Nimm die Truhe mit auf dein Pferd«, kommandierte Oliver. »Ich suche inzwischen meinen Dolch. Und Ihr«, sagte er und tippte dem bibbernden Händler mit der Rapierklinge auf den Kopf, »Ihr werdet jetzt fleißig zählen, so wie Ihr Eure Münzen zählen würdet, eine nach der anderen, und zwar tausendmal hintereinander.«

Luthien lockte Flußtänzer herbei und befestigte die Truhe hinter dem Sattel. Anschließend half er der Lady auf die Beine. Er wollte sich bei ihr entschuldigen – immerhin hatten er und der Halbling sie ausgeraubt, und sie war auch nicht mit Avonese zu verwechseln. Aber erneut warf sie sich ihm um den Hals und knabberte mit den Zähnen an seinem Ohrläppchen. Mit Gewalt (und fast auf Kosten des Ohrs) stieß er sie um Armeslänge von sich.

»Wie stark du bist«, schnurrte sie.

Oliver kam auf Schäbig zurückgetrottet. »Ist das Eure Frau?« fragte er den am Boden knienden Händler.

»Ja, meine Angetraute«, antwortete der und knirschte mit den Zähnen.

»Ein wirklich treues Herzchen«, sagte Oliver. »Tja, das Geld haben wir ja jetzt.«

Luthien hatte es eilig, der Frau zu entkommen. Er rannte zum Pferd und sprang so ungestüm in den Sattel, daß nicht viel gefehlt hätte und er wäre zur anderen Seite hin wieder heruntergestürzt. Als er sah, daß ihm die Frau hastig folgte, gab er dem Pferd die Sporen und preschte davon in Richtung Brücke.

Oliver schaute ihm mit sichtlichem Vergnügen nach. Er lenkte das Pony herum, um dem Händler und seiner Frau gegenüberzustehen. »Ihr könnt nun all Euren fettleibigen Händlerkollegen berichten, von Oliver deBurrows ausgeraubt worden zu sein«, sagte er, als sei dieser Hinweis von Bedeutung.

Schäbig bäumte sich auf; Oliver legte grüßend die Hand an die Hutkrempe und trabte los.

7. Kapitel

Die Fähre am Diamantensund

I ch bin Oliver deBurrows«, sagte der Halbling, als er, mehr als eine Meile vom Tatort entfernt, in ruhigem Schrittempo an Luthiens Seite einherritt. »Wegelagerer«, fügte er wie eine Berufsbezeichnung hinzu und lüftete den Hut.

Luthien hob an, sich selbst vorzustellen, doch der Halbling hatte noch nicht zu Ende gesprochen. »Früher habe ich mich immer als ›Wegelagerling‹ ausgegeben, doch meine Opfer nahmen mich unter diesem Titel weniger ernst. Darum mußte ich des öfteren zum Rapier greifen, um mich verständlich zu machen. Du verstehst?« Er zog den Degen aus der Schlaufe des Wehrgehenks und richtete die Klingenspitze auf Luthien.

»Ich verstehe«, antwortete der junge Bedwyr und schob das gefährliche Blatt mit der Hand beiseite. Als er sich nun vorzustellen versuchte, schnitt ihm der Kleine abermals das Wort ab.

»Und das hier ist mein feines Roß Schäbig«, sagte er und tätschelte dem lohfarbenen Pony den Hals. »Es ist natürlich nicht das hübscheste, aber klüger als andere Pferde und gewiß auch klüger als so mancher Mensch.«

Luthien fuhr mit der Hand durch die zerzauste Mähne seines Pferdes. »Und das ist ...«

Doch wieder unterbrach der Kleine. »Ich bin dankbar dafür, daß du mir zur Hilfe gekommen bist. Allerdings wäre ich mit dieser Bande auch allein fertig geworden. Es waren ja nur sechs. Aber wie sagte mein Papa immer so treffend? Schlag angebotene Hilfe niemals aus. Und deshalb bin ich dankbar.«

»Luth ...«

»Aber meine Dankbarkeit hat Grenzen und ist mit der Teilung der Beute abgegolten«, fuhr der Halbling fort. »Du sollst ein Viertel davon haben.« Er musterte Luthiens schlichte Aufmachung mit sichtlichem Mißfallen. »Ich schätze, damit bist du mehr als gut bedient. Hast wahrscheinlich noch nie so viel auf einmal besessen.«

»Mag sein«, antwortete der Grafensohn von Bedwydrin und suchte sein Schmunzeln zu verbergen. Doch dann besann er sich darauf, daß er sein Zuhause nur mit einer geringen Summe Geldes verlassen hatte. Es reichte gerade eben, um den Fährpreis zu bezahlen und für ein paar weitere Tage über die Runden zu kommen. Weiter hatte er nicht vorausgeblickt, als er von Dun Varna aufgebrochen war.

»Ich gestatte dir, mich zu begleiten.« Oliver ließ sich kaum Zeit zum Luftholen und fiel Luthien erneut ins Wort, als der ein viertes Mal zur Vorstellung der eigenen Person ansetzte. »Der Händler war allem Anschein nach nicht überrascht, mich zu treffen. Und er wußte wohl, daß ich gezögert hätte zuzuschlagen, wäre sein Begleitschutz offen zu erkennen gewesen. Aber er hat sie versteckt gehalten«, stellte der Halbling nachdenklich fest und es schien, als spräche er mit sich selbst. Dann schnippte er mit den Fingern und wandte sich Luthien derart plötzlich zu, daß dieser vor Schreck zusammenfuhr.

»Ich glaube fast, er wollte mich in die Falle locken«, rief Oliver. Er hielt für eine Weile inne und strich mit der grün behandschuhten Hand über den Spitzbart.

»Ja, ja«, fuhr er fort. »Der Kerl hat mit mir gerechnet. Wenn mich nicht alles täuscht, habe ich ihn mir schon einmal mit dem Rapier vorgeknöpft. Das war in der Nähe von Princetown, glaube ich mich zu entsinnen.« Er nickte mit dem Kopf. »Wie dem auch sei, der Dickwanst hat bestimmt schon von mir gehört. Es kommt mir zupaß, daß du mich begleitest«, sagte er. »Vorläufig, jedenfalls. Solange, bis ich vor diesem Händler in Sicherheit bin. Denn er hat bestimmt noch ein paar weitere Fallen aufgestellt.«

»Du glaubst also, daß die Gefahr noch nicht vorüber ist.«

»Das sagte ich.«

Luthien grinste. Er konnte kaum fassen, daß dieser kleine Kerl berüchtigt war als Wegelagerer. Er selbst hatte von Oliver deBurrows noch nie ein Wort gehört, obwohl die Händler, die das Haus seines Vaters in Dun Varna aufsuchten, stets Geschichten von Räubern und Banditen zu erzählen wußten.

»Übrigens«, sagte Oliver und betrachtete Luthien mit kritischem Blick. »Ich finde …« – er wirkte geradezu empört – »… also wirklich, wär's nicht angebracht, daß du dich mir vorstellst? Es gibt da gewisse Anstandsregeln, und wer ein anständiger Wegelagerer sein will, hat die zu befolgen. Nun ja«, seufzte Oliver, »an meiner Seite wirst du schon noch einiges dazulernen.«

»Ich heiße Luthien«, beeilte sich der junge Bedwyr zu sagen, bevor ihn der Halbling ein weiteres Mal unterbrechen konnte. Er überlegte kurz, ob es nicht besser wäre, sich einen Decknamen zuzulegen. Aber es fiel ihm auf die Schnelle keiner ein. »Luthien Bedwyr von Dun Varna. Und das ist Flußtänzer«, fügte er hinzu und tätschelte sein Pferd.

Oliver zog die Zügel und ließ das Pony anhalten. »Bedwyr?« Es schien, als wollte er sich den Klang des Wortes auf der Zunge zergehen lassen. »Bedwyr. Der Name ist mir nicht geläufig.«

»Gahris Bedwyr ist der Graf von Bedwydrin«, erklärte Luthien.

»Aha.« Dem Halbling schien ein Licht aufzugehen. Er grinste breit, zwinkerte mit den Augen und fragte: »Verwandtschaft?«

»Das ist mein Vater«, verriet Luthien.

Oliver erstickte fast an den eigenen Worten. »Ja, ja, und der Sohnemann treibt sich mir nichts, dir nichts auf den Straßen herum!« Er hatte die meiste Zeit seines Lebens in Gascony verbracht, und dort war es durchaus an der Tagesordnung, daß die mißratenen Sprößlinge der Adelshäuser jede Menge Scherereien machten, nicht selten sogar Fuhrwerke auf offener Straße überfielen; schließlich konnten sie auf ihre guten Beziehungen setzen und mit einem glimpflichen Ausgang rechnen. »Zieh dein Schwert, du dummer Junge!« rief Oliver und zückte Rapier und Dolch. »Das lasse ich so nicht durchgehen.«

»Oliver!« Luthien lenkte das Pferd zur Seite, um Abstand zu nehmen. »Was redest du da?« Als aber der Halbling wutschnaubend mit seinem Pony auf ihn einschwenkte, zog er vorsichtshalber das Schwert.

»Du bringst die ehrenwerte Zunft der Wegelagerer in Verruf«, zeterte der Kleine. »Wofür hast du schon Münzen und Juwelen nötig?« Schäbig schloß dicht auf zu Flußtänzer, und obwohl Oliver mit Hut gerade eben bis zu Luthiens Sattelknauf reichte, schlug er ernstlich mit dem Degen zu.

Luthien parierte, doch der Halbling gab nicht auf und ließ eine Serie von Stößen und Hieben folgen, brachte sogar den Dolch zum Einsatz.

Kampferprobt, wie er war, wehrte Luthien jeden Angriff ab und fuhr dem anderen elegant in die Parade.

»Der Grafensohn sucht Zeitvertreib«, bemerkte Oliver sarkastisch. »Er langweilt sich so bei seiner täglichen Pflicht, die Untertanen zu schikanieren.« Seine Stöße wurden immer heftiger; er meinte es anscheinend wirklich ernst.

Von der zuletzt gemachten Bemerkung fühlte sich Luthien beleidigt. Schlimmer noch, er sah darin auch den Vater verunglimpft. Und so richtete er sich auf den Steigbügeln auf, warf das Rapier mit einem wuchtigen Schlag beiseite und attackierte nun selbst. Oliver fing den Stoß mit dem Dolch ab, triumphierte aber zu früh. Denn im Unterschied zu dem Zyklopen ließ sich Luthien die Waffe nicht so leicht entwinden. Bevor der Halbling den Hebelgriff anwenden konnte, hatte Luthien das Schwert zurückgezogen, wobei es fast zur Amputation von Olivers Hand gekommen wäre.

Luthien führte den Angriff zu Ende und säbelte dem Gegner den Hut vom Kopf. Oliver wußte, daß ihm, wenn Luthien nur gewollt hätte, nicht nur der Hut, sondern auch der Kopf verlustig gegangen wäre. Er zügelte Schäbig und ging auf Distanz. »Oder sollte ich mich geirrt haben?« meinte er kleinlaut.

»Du hast dich geirrt«, antwortete Luthien streng. »Man mag meinem Vater manches vorwerfen, zum Beispiel, daß er nicht seinem Herzen folgt, sondern den Weisungen aus Carlisle oder Montfort gehorcht. Aber ich warne dich, sprich nie noch einmal von Gahris als einen Tyrannen!«

»Wie gesagt, es kann durchaus sein, daß ich mich geirrt habe«, entgegnete Oliver in nüchternem Tonfall.

»Und was mich betrifft …«, hob Luthien an, geriet aber ins Stocken und wußte nicht weiter. Tja, was wäre da zu sagen? fragte er sich bestürzt. Was hatte ihn geritten, daß er so mutwillig an dem räuberischen Überfall teilgenommen hatte?

Oliver blieb zur Abwechslung eine Weile still und ließ Luthien in Ruhe nachdenken, denn er spürte, daß dieser etwas Wichtiges zu sagen hatte, etwas, das für beide von Belang war.

»Ich habe alle Ansprüche fallenlassen, die mir als Sohn des Grafen zustanden«, sagte Luthien mit fester Stimme. »Ich bin von zu Hause geflohen und habe die

Leiche eines zyklopischen Wächters zurückgelassen. In Zukunft bin ich auf mich allein gestellt.« Er streckte das Schwert aus und ließ das Sonnenlicht auf der Klinge blitzen, die noch fleckig war vom Blut des Zyklopen. »Ein Geächteter wie du, Oliver deBurrows. Geächtet in einem Land, das von einem unrechtmäßigen König beherrscht wird. Darum will ich mein Schwert erheben und für Gerechtigkeit streiten.«

Wie zum Gruß und zur Erklärung seines Einverständnisses hob Oliver das Rapier. Doch nach wie vor hielt er Luthien für einen dummen kleinen Jungen, der von den Regeln und Gefahren der Straße keine Ahnung hatte. Gerechtigkeit? Oliver brach über diesen Gedanken fast in schallendes Gelächter aus. Mochte der sein Schwert für eine schöne Illusion erheben; Oliver dagegen zückte seine Klinge ausschließlich zum Zwecke des Profits. Immerhin: Dieser junge Mann konnte als Verbündeter durchaus nützlich sein. Wenn es ihm ausschließlich um Gerechtigkeit ging, würde er, Oliver, um so mehr an barer Münze für sich einsäckeln können. Und dieser Gedanke stimmte den Halbling wohlgemut. Freundlich lächelte er dem anderen zu.

Vielleicht, dachte er, wäre es sogar sinnvoll, schon jetzt eine Gemeinschaft auf Dauer in die Wege zu leiten. »Ich akzeptiere deine Erklärung«, sagte Oliver, »und bitte dich, meine voreilige Reaktion zu entschuldigen.« Erneut hob er das Rapier, um mit der Klinge an den Hutrand zu tippen, und wurde daran erinnert, daß die Kopfbedeckung am Boden lag. Luthien sah, was ihm fehlte, und lenkte sein Pferd zurück, doch der Halbling winkte ab. Tief über den Sattel gebeugt, fischte er den Hut mit der Klingenspitze vom Boden auf. Ein Schlenker aus dem Handgelenk ließ den Hut in hohem Bogen durch die Luft und paßgenau auf den Kopf fliegen.

Auf Luthiens erstaunten Blick antwortete der Halbling mit einstudiertem Lächeln.

»Auf dieser Insel sind wir nicht sicher, Bruder Vo-gelfrei«, erklärte Oliver, und seine Miene wurde ernst. »Wie gesagt, ich glaube, der Händler lauert mir auf. Womöglich ist er auf dem Weg zu deinem Vater, um mit ihm gemeinsam zur Jagd auf Oliver deBurrows zu blasen.« Schnaubend ließ der Kleine Luft ab. Mit Blick auf Luthien fing er zu kichern an, brach schließlich in schallendes Gelächter aus.

»Oh, welch eine wunderbare Ironie«, tönte er. »Der Händler ersucht den Grafen um Hilfe, während des Grafen Sohn mir zu Hilfe kommt.« Sein Lachen wurde immer lauter, und Luthien stimmte mit ein, mehr aus Höflichkeit denn aus freudigem Mitempfinden.

Luthien hatte gehofft, die Fähre am Nachmittag be-steigen zu können. Doch die war schon ausgelaufen, als die beiden den Hafen erreichten. Nachts wurde der Fährbetrieb eingestellt, denn im Dunklen waren die Späher nicht in der Lage zu erkennen, ob sich die ge-fährlichen Dorsalwale in der Meerenge aufhielten. Lu-thiens Beschreibung dieser zehn Tonnen schweren Menschenfresser ließ den Halbling schließlich Abstand nehmen von seinem Plan, noch am selben Tag in einem leichten Boot überzusetzen. Statt dessen richte-ten sich die beiden ein Lager ein.

Luthien blieb trotz unablässigen Sprühregens, der in der Glut zischte und dicke Qualmwolken entstehen ließ, bis tief in die Nacht am Feuer sitzen. Die beiden Pferde standen mit hängenden Köpfen in der Nähe. Auf der anderen Seite des Feuers lag Oliver und schnarchte friedlich vor sich hin.

Um die Kälte abzuwehren, hatte sich der junge Mann in seine Decke eingemummt. Er konnte immer noch nicht fassen, was über die letzten zwei Tage ge-schehen war: Garth Rogar war getötet worden, Bruder Ethan von Zuhause weggegangen; dann der Streit mit der zyklopischen Wache und nun der Überfall auf den Händlerwagen. In Erinnerung daran glaubte Luthien, schlecht zu träumen. Ihm war, als sei er in einen Strom aus unkontrollierbaren Ereignissen gestürzt, als spülten ihn dessen Fluten davon.

Nein, befand er schließlich; die Möglichkeit, steuernd einzugreifen, war gegeben. Zweifellos. Die Welt, der er sich nun gegenüber sah, entsprach beileibe nicht dem, was er durch seine Erziehung vorzufinden gelernt hatte. Vielleicht markierte sein Entschluß, Dun Varna zu verlassen und dem Zyklopen die Stirn zu bieten, eine Art Übergang aus der behüteten Kindheit zum Erwachsensein.

Vielleicht, wer weiß? Noch hatte Luthien keine klare Antwort parat. Nur eines wußte er genau: Er war seinem Herzen gefolgt, als er Dun Varna den Rücken kehrte, so wie auch heute, als er sich an Olivers Seite gestellt hatte. Er war seinem Herzen gefolgt, und hier draußen, unterwegs, in der kühlen verregneten Augustnacht gab es kaum einen anderen Anhaltspunkt, der ihm die Richtung weisen konnte.

Der nächste Tag war ähnlich grau und feucht, doch die beiden kamen gut voran. Bald wehte ihnen die salzige Luft vom Meer entgegen.

»Bei klarem Wetter könnten wir von hier aus die Nordausläufer des Eisernen Kreuzes sehen«, sagte Luthien.

»Woher weißt du?« frotzelte Oliver. »Hast du auf dieser Insel jemals einen klaren Tag erlebt?« Die Plauderei zwischen beiden war heiter, die Stimmung gut (Oliver schien immer heiter aufgelegt zu sein). Luthien fühlte sich erleichtert, doch wirklich frei würde er erst dann aufatmen können, wenn der enge Kanal überquert und das Festland von Eriador erreicht worden wäre.

Von einer felsigen Anhöhe aus sahen sie endlich den Diamantensund und das Festland jenseits der schmalen Wasserstraße. Diamantensund hieß sie deshalb, weil eine kleine kahle Insel, die wie ein Diamant geschliffen war, auf halbem Wege zwischen beiden Ufern aus dem Wasser aufragte.

Zwei flache, offene Kanalboote lagen vertäut am Ende zweier Holzstege, die weit ins Wasser hinausreichten und deren Ständer aus dicken alten Eichenstämmen bestanden. Ein Stück abseits war die alte Anlegestelle zu sehen, die ebenso stabil gebaut war und als Ruine Zeugnis ablegte von der Gewalt des Meeres.

An der Bauweise der Kanalboote, einschließlich jener beiden, die auf der gegenüberliegenden Seite lagen, hatte sich seit über dreihundert Jahren nichts geändert; sie entsprach nach wie vor den ursprünglichen Konstruktionsplänen der Zwerge vom Eisernen Kreuz. Ihr Entwurf war einfach und zweckmäßig: Vorn wie hinten schwebte jeweils ein flaches, offenes Deck für Passagiere und Fracht über dem Wasser, gehalten von einem hohen Holzgerüst, das sich über das Fahrzeug wölbte und in dessen zehn Fuß hohem Scheitelpunkt ein Metallrohr befestigt war. Durch dieses Rohr führte das über den Kanal gespannte Seil. Links und rechts des Rohres war je ein großes Zahnrad angebracht. Von einer Winde in Gang gesetzt, griffen die Zähne zum Antrieb des Kahns um die Knoten im Seil. Was an diesem System besonders beeindruckte, war die Leichtigkeit, mit der sich die Fähre vorantreiben ließ. Denn das Getriebe war ausgelegt für Zwerge, und so genügte ein einziger Mann, um die Winde zu bedienen.

Doch nach wie vor war jede Überfahrt ein gefährliches Unternehmen. Wie an jedem Tag, so herrschte auch heute ein starker Wellengang. Das Wasser schäumte über zahllosen Klippen, vor allem nahe der Insel, an der die Boote festmachen konnten, falls sie in Schwierigkeiten gerieten.

Von den Fähren war immer eine außer Betrieb, damit Reparaturen vorgenommen werden konnten, am Führungsseil oder am Boot selbst. Dutzende von

Männern waren tagein, tagaus bei der Arbeit, um den Fährdienst aufrechtzuerhalten.

Luthien kannte sich aus mit der Routine am Hafen; er deutete auf das weiter nördlich liegende Boot und informierte Oliver: »Es sieht so aus, als würde dieser Kahn da vorübergehend stillgelegt. Und der andere scheint gleich abzulegen. Wenn wir uns nicht beeilen, müssen wir etliche Stunden warten, bis die nächste Fähre rübergeht.« Mit der Zunge schnalzend, trieb er Flußtänzer an, und das Pferd galoppierte los in Richtung Anlegestelle.

Schäbig kam kaum nach; Oliver gab ihm die Sporen, ritt zu Luthien auf und gab ihm zu verstehen, daß er es doch nicht gar so schnell angehen möge.

»Aber die Fähre ...«, protestierte Luthien.

»Ich fürchte, auf die ist ein Überfall geplant«, erwiderte Oliver.

Luthien musterte den Halbling mit ungläubigem Blick. An der Anlegestelle waren rund dreißig Leute versammelt. Darunter befanden sich auch zwei Zyklopen; doch die waren unbewaffnet und schienen wie die anderen übersetzen zu wollen. Ihr Anblick war zwar ungewohnt, denn wie Luthien wußte, gab es auf Bedwydrin kaum Zyklopen, eigentlich nur diejenigen, die im Hause seines Vaters dienten oder durchreisende Händler beschützten. Dennoch, auf Anordnung von König Grünspatz durften sich die Einäugigen wie alle Bürger von Avon frei bewegen, und zwei von ihnen am Fährhafen des Diamantensunds anzutreffen, hatte nicht viel zu bedeuten.

»Du mußt lernen, solche Sachen zu wittern«, sagte Oliver angesichts der erkennbaren Zweifel des jungen Freundes. Luthien zuckte mit den Schultern und trabte im gemäßigten Tempo neben dem Halbling einher.

Die zwei Zyklopen und viele der wartenden Menschen an der Anlegestelle blickten den beiden Reitern neugierig entgegen, doch niemand ließ erkennen, daß man mit deren Ankunft gerechnet hatte. Oliver war trotzdem auf der Hut; er bremste sein Pony noch weiter ab und spähte aufmerksam unter der breiten Hutkrempe hervor.

Ein Horn ertönte zum Zeichen dafür, daß die Fähre nun bald ablegen würde. Oliver hielt Luthien zurück, als der sein Pferd anspornte.

»Wir verpassen das Boot«, zischte Luthien verärgert.

»Immer langsam«, ermahnte Oliver. »Laß sie denken, daß wir die nächste Fähre abwarten wollen.«

»Wieso?«

»Siehst du die Reihe Fässer dort drüben am Stegrand?« fragte Oliver. Luthien drehte den Kopf, um in die angedeutete Richtung zu blicken, doch der Halbling packte ihn beim Arm und flüsterte: »Nicht so auffällig!«

Luthien seufzte, gehorchte aber und schielte verstohlen zum Steg hinüber. Die vielen Fässer schienen vom Festland herbeigeschafft worden zu sein und warteten darauf, abgeholt zu werden.

»Sie sind mit einem X markiert«, bemerkte Oliver.

»Es ist also Wein darin«, antwortete Luthien.

»Wieso sind dann bei etlichen die Spundlöcher offen?« Luthien schaute genauer hin und stellte tatsächlich fest, daß jedes dritte Faß unversiegelt war.

»Und wenn diese beiden Zyklopen da tatsächlich auf der Durchreise sind, warum haben sie dann noch nicht die Fähre bestiegen?« wollte Oliver wissen.

Wieder seufzte Luthien, ließ aber diesmal durchblicken, daß nun auch er Verdacht schöpfte.

»Kann dein Pferd springen?« fragte Oliver leise.

Luthien sah, daß das Fährboot langsam ablegte, und verstand sofort, worauf der Halbling anspielte.

»Ich sag dir, wann's losgeht«, flüsterte Oliver. »Und wenn du Gelegenheit dazu hast, versuch, das eine oder andere Faß ins Wasser zu stoßen.«

Luthien spürte Unruhe in sich aufkommen. Er hatte

den Eindruck, als flatterten ihm Schmetterlinge durch den Bauch wie immer dann, wenn er die Arena betrat. Kein Zweifel, dachte er; an Oliver deBurrows Seite zu reisen würde wohl nie langweilig werden.

Sie lenkten ihre Reittiere auf den dreißig Fuß langen Holzsteg und passierten zwei Arbeiter, ohne belästigt zu werden. Dann aber trat ein dritter auf sie zu und grinste.

»Die nächste Fähre geht eine Stunde vor Mittag ab«, sagte er und zeigte auf einen kleinen Schuppen, wo Reisende warten und eine Mahlzeit zu sich nehmen konnten.

»Soviel Zeit haben wir nicht«, rief Oliver und ließ Schäbig losspringen. Flußtänzer preschte hinterdrein. Die Menge am Steg stob auseinander. Die beiden Zyklopen brüllten auf und zückten kurze Schwerter, die sie unter ihren Umhängen versteckt gehalten hatten. Wie von Oliver vermutet, geriet nun jedes dritte Faß in Bewegung. Deckel fielen klappernd zu Boden, und Zyklopen tauchten daraus hervor.

Doch die beiden Gefährten hatten das Moment der Überraschung auf ihrer Seite. Luthien sprengte an den beiden Zyklopen vorbei und stieß sie zur Seite. Oliver lenkte Schäbig zum Stegrand hin, wo er ein Faß nach dem anderen mit gezieltem Fußtritt in Wasser kippen ließ.

Die Fähre hatte sich inzwischen bereits um fünf Schritt vom Steg entfernt. Für Flußtänzer war ein solcher Sprung kein Problem.

Nun kam Oliver. Er saß aufrecht im Sattel und schwenkte den Hut, als sein Pony durch die Luft flog und, auf der Fähre landend, über die blanken Planken rutschte, bis es von Flußtänzers Hinterteil jäh zum Stoppen gebracht wurde. Die Zyklopen, ein Dutzend an der Zahl, brüllten ihnen von der Anlegestelle nach und drohten mit schwingenden Schwertern, doch Oliver schenkte ihnen keine Beachtung. Er stieg aus dem

Sattel und zog seine Waffen, um einem Zyklopen entgegenzutreten, der sich zwischen Frachtgütern an Bord der Fähre verschanzt hielt.

Dolch und Degen schwirrten durch die Luft; Oliver ließ seine Klingen einen verwirrenden Tanz aufführen, von dem der Gegner sichtlich beeindruckt war. Als die Waffen schließlich zur Ruhe kamen, blickte der Zyklop verdutzt auf seinen Lederwams und sah ein präzise eingeritztes ›O‹ darauf prangen.

»Ich hätte meinen Namen auch vollständig ausbuchstabieren können«, meinte Oliver. »Und sei versichert, ich habe einen langen Namen.«

Knurrend hob der Zyklop eine schwere Axt. Oliver rannte auf ihn zu, tunnelte die gegrätschten Beine des Riesen und stach ihm von hinten das Rapier in den Rumpf.

»Ich würde dich gern auch ein zweites Mal narren«, spottete der Halbling. »Aber wozu? Ein Narr wie du merkt ja nicht einmal, daß er genarrt wird.«

Wutschnaubend holte der Zyklop mit dem Arm aus und war schon im Begriff herumzuwirbeln, warf dann aber instinktiv einen Blick nach vorn, und so konnte er gerade noch sehen, wie ihm Luthiens Faust ins Gesicht flog. Oliver zog sein Rapier ein und rammte mit der Schulter die Kniebeuge des Riesen. Der knickte ein und stürzte, von Luthiens Fausthieb getroffen, rücklings zu Boden, wo er nach kurzem Zappeln reglos liegenblieb.

Spritzendes Wasser ließ Luthien zur Seite blicken. Die Zyklopen am Steg schleuderten Speere in Richtung Boot. »Sag dem Fährmann, daß er mehr Fahrt aufnehmen soll!« verlangte Oliver seelenruhig und drückte im Vorbeigehen Luthien einen kleinen Beutel voller Münzen in die Hand. »Und bezahl den Mann.« Der Halbling näherte sich dem Heck der Fähre; daß ein Speer nach dem anderen herbeigesurrt kam, schien ihn kaum zu beeindrucken.

»Ihr törichten Ochsen!« brüllte er, um sie zu reizen. »Ihr seid doch so dumm, daß ihr beim Versuch, in der Nase zu bohren, den Finger ins einzige Auge steckt!«

Vor Wut verschärften die Zyklopen ihr Bombardement mit Speeren.

»Oliver!« rief Luthien.

Der Halbling warf einen Blick über die Schulter zurück. »Keine Bange«, sagte er. »Die haben nur ein Auge und können nicht räumlich sehen. Ein gezielter Wurf ist so kaum möglich.«

Lachend dreht er sich wieder um. »Hoppla!« feixte er und sprang in die Luft, worauf sich ein Speer zwischen seinen Beinen in die Planken bohrte.

»Oder solltest du dich wieder einmal irren?« sagte Luthien und äffte Aussprache und Redewendung des Halblings nach.

»Selbst Einäugige können mitunter Glück haben«, entgegnete Oliver stirnrunzelnd. Doch als ob er beweisen wolle, daß seine Zuversicht begründet war, fuhr er fort, die Zyklopen am Steg mit üblen Schmähungen zu verspotten.

»Was geht hier vor?« verlangte der alte, verwitterte Fährmann zu wissen und packte Luthien bei den Schultern. »Ich dulde nicht, daß …«

Er verstummte, als ihm Luthien den Beutel voller Münzen reichte.

»Na schön«, meinte der Alte. »Aber ich rate euch, die Pferde festzubinden. Wenn sie über Bord gehen, ist's euer Schaden.«

Luthien nickte, und der drahtige Alte ging zur Winde zurück.

Langsam schipperte die Fähre voran, schaukelte auf den schwarzen Wellen des Kanals, der die Dorsal- mit der Avonsee verband. Die ins Wasser gestürzten Zyklopen kletterten auf den Landungssteg zurück und versuchten gemeinsam mit ihren Kumpanen das zweite Fährboot flottzumachen, um mit ihm die Verfolgung aufzunehmen. Doch davon ließ sich Luthien nicht verunsichern; er wußte, wie träge und schwerfällig die Boote waren. Der Vorsprung war so groß, daß, wenn die Zyklopen endlich das andere Ufer erreichten, Flußtänzer und Schäbig schon Meilen von der Küste entfernt sein würden.

Luthien band die Reittiere fest, als Oliver fluchend herbeigehumpelt kam.

»Bist du verletzt?« fragte Luthien besorgt.

»Nein, es ist nur deswegen hier«, sagte der Halbling und zeigte den Schuh, den er in der Hand hielt. Er hatte ihn anscheinend im Wasser abzuspülen versucht; das Leder war verschmutzt und feucht, ansonsten aber unversehrt.

»Der Fleck!« ärgerte sich Oliver und hob den Arm, um Luthien den Schuh näher vor Augen zu führen. »Als ich auf dem Dach der Händlerkutsche war, bin ich in das Blut des toten Zyklopen getreten. Und jetzt kriege ich es nicht mehr ab.«

Luthien verstand das Problem nicht und zuckte mit den Achseln.

»Den Schuh habe ich aus dem vornehmsten Internat in Gascony geklaut«, stöhnte Oliver, »und zwar von dem Sohn eines Mannes, der mit dem König eng befreundet ist. Wo könnte ich in diesem wilden Land, das du deine Heimat nennst, ein zweites Paar dieser Güte finden?«

»Aber dieses Paar ist doch noch gut«, meinte Luthien.

»Nicht gut genug für mich«, erwiderte Oliver entschieden. Er verschränkte die Arme vor der Brust, tippte ungeduldig mit dem beschuhten Fuß auf die Planken und blickte zornig geradeaus.

Luthien mußte an sich halten, um nicht laut aufzulachen beim Anblick des eingeschnappten Halblings.

Kaum zwei Schritt entfernt rührte sich stöhnend der am Boden liegende Zyklop.

»Wenn er aufwacht, trete ich ihm ins Auge«, kündigte Oliver an. »Gleich zweimal.« Und er warf einen Blick hoch zu Luthien, dessen Brust, den Lachkrampf unterdrückend, auf und ab ging. »Anschließend werde ich meinen Namen, meinen vollständigen Namen, meinen vollständig sehr langen Namen quer in deine blanken Batzen ritzen«, versprach der Kleine.

Luthien preßte das Gesicht in Flußtänzers zottelige Mähne.

Die Fähre näherte sich inzwischen der Diamanteninsel, die auf halber Strecke zwischen den Ufern lag. Es schien, als sei den Freunden die Flucht gelungen. Selbst Olivers schmollende Miene heiterte wieder auf.

Doch plötzlich ging ein Rucken durch das Führungsseil. Luthien und Oliver schauten zurück und sahen einige Zyklopen im Ständerwerk der Spannvorrichtung hängen und mit Äxten auf das dicke Tau einhacken.

»He, hört auf damit!« brüllte der Fährmann und eilte aufs Achterdeck. Luthien wollte gerade fragen, was wohl passieren könnte, wenn das Führungsseil gekappt würde, als es tatsächlich zerriß. Der Strömung überlassen, driftete das Boot ab und trieb direkt auf die Insel zu.

Der Fährmann rannte auf die andere Seite zurück und gab seinem einzigen Gehilfen lauthals Befehle. Der kurbelte wie wild an der Winde, doch das Boot war kaum zu beschleunigen. Es kroch weiter im Schneckentempo voran und trieb unaufhaltsam der tödlichen Falle entgegen.

Luthien und Oliver hielten sich an den Sattelknäufen fest und suchten festen Tritt auf den schwankenden Planken. Das Boot schrappte über kleine Felsen im Wasser hinweg, verfehlte eine scharfe Klippe nur um Haaresbreite, prallte aber schließlich doch mit voller Wucht vor die der Insel vorgelagerten Felsen.

Die Fracht rutschte zur Seite. Der Zyklop kippte,

kaum daß er sich erhoben hatte, über die Reling und stürzte kopfüber auf einen muschelbesetzten Steinbrocken. Einen der anderen Passagiere traf ein ähnliches Schicksal; er landete im Wasser und rang schreiend nach Luft. Schäbig und Flußtänzer hielten sich wacker aufrecht; das Pony jedoch fiel einen Schritt nach vorn und trampelte Oliver auf den unbeschuhten Fuß. Der Halbling vergaß, daß er über den verschmutzten Schuh beleidigt war, und holte ihn schnell aus der Tasche.

Die Wellen warfen das Boot immer wieder gegen die Felsen. Das Holz knirschte und splitterte. Luthien legte sich auf die Planken, kroch an den Rand des Decks und hievte den über Bord gegangenen Mann aus dem Wasser. Der Fährmann hieß seinen Gehilfen nicht nachzugeben an der Winde, doch dann waren statt Kommandos nur noch Flüche von ihm zu hören, als er gewahr wurde, daß es ohne den sicheren Halt, den das Seil gewährleistet hatte, kein Entrinnen gab aus der Strömung.

»Bring mir mein Pferd!« verlangte Luthien von Oliver und kroch nach achtern, wo er das lose Ende des Führungsseils packte und Ausschau hielt nach einer geeigneten Verankerung. Er rückte bis an den äußersten Rand vor und machte sich bereit, das Seil um eine Felsnadel zu schleudern.

Fast hätte ihn eine Welle über Bord gespült, doch Oliver war zur Stelle und hielt ihn am Gürtel zurück. Luthien warf das Seil um den Fels und knotete eine Schlinge, so fest er konnte. Oliver stieg auf Flußtänzers Rücken, lenkte das Pferd herum und gab Luthien Gelegenheit, die Schlinge am Sattelknauf zu befestigen.

Behutsam trieb der Halbling das Pferd voran. Das Seil straffte sich, worauf das Schaukeln der Fähre nachließ, und während sich das Pferd ins Zeug legte, zurrte Luthien das gespannte Seil mit dem losen Ende fest. Das Getriebe der Winde konnte nun wieder greifen; langsam bewegte sich die Fähre weg von den drohenden Felsen. Der Fährmann, sein Gehilfe und die vier anderen Passagiere jubelten begeistert.

»Ich werde das Boot aufs Inseldock bringen«, sagte der Alte und deutete auf die Anlegestelle jenseits der Klippen. »Da warten wir auf die Fähre von drüben.«

Luthien lenkte den Blick des Fährmanns auf die andere Kanalseite zurück, wo das zweite Boot soeben abgelegt hatte und voll von Zyklopen war.

»Nein«, sagte er, »kein Zwischenstopp; ich bitte dich, fahr rüber.«

Der Alte nickte, obwohl er der provisorischen Verankerung des Führungsseils nicht zu trauen schien. Dann ging er nach vorn, kehrte aber wenig später zurück und sagte: »Wir müssen ins Dock. Man hat die gelbe Fahne gehißt.«

»Na und?« Oliver zog die Stirn kraus.

Luthien klärte ihn auf. »Die gelbe Fahne bedeutet, daß Dorsalwale im Kanal aufgekreuzt sind.«

»Ja«, bestätigte der Fährmann. »Und deshalb müssen wir hier auf der Insel Halt machen.« Er bedachte die beiden mit mitleidigem Blick und kehrte aufs vordere Deck zurück. Hilflos schauten Luthien und Oliver dem Boot entgegen, auf dem sich eine Meute von Zyklopen näherte.

Als sie die Inselstation erreichten, halfen Luthien und Oliver den anderen Passagieren beim Verlassen der Fähre. Dann reichte der Halbling dem Alten einen zweiten Beutel voll Geld, ging zu seinem Pony zurück und gab zu verstehen, daß er auf dem Boot zu bleiben gedachte.

»Wir müssen weiter«, erklärte Luthien dem Alten, und beide blickten über das aufgewühlte, schwarze Wasser vor dem Festland Eriadors.

Aufmunternd meinte der Alte: »Die Flagge bedeutet lediglich, daß am Vormittag Dorsals gesichtet worden sind.«

»Wir müssen uns vielmehr vor den Zyklopen hüten«, entgegnete Luthien. Der Alte nickte, stieg mit seinem Gehilfen von Bord und überließ Luthien und Oliver das Boot.

Unverzüglich nahm Luthien die Winde zur Hand. Oliver blieb auf dem Achterdeck, um die Zyklopen im Auge zu behalten. Die auf der Insel zurückgebliebene Gruppe schaute ihnen nach. Ihre Mienen verrieten eine so große Besorgnis, daß selbst dem ansonsten so unerschütterlichen Halbling mulmig wurde.

»Diese Dorsals«, sagte Oliver und kam auf Luthien zu. »Sind die wirklich so groß?«

Luthien nickte.

»Größer als dein Pferd?«

Luthien nickte.

»Größer als die Fähre?«

Luthien nickte.

»Bring mich zur Insel zurück«, sagte Oliver. »Lieber will ich gegen die Zyklopen kämpfen.«

Luthien verzichtete auf eine Antwort; er kurbelte unablässig weiter und blickte nervös umher, denn er rechnete jeden Moment damit, daß eine dieser riesigen, bedrohlichen Rückenflossen würde auftauchen können.

Das Boot der Zyklopen passierte die Diamanteninsel; zwei Monstren blieben darauf zurück. Oliver stöhnte, denn er fürchtete zu Recht, daß sich diese beiden erneut am Führungsseil zu schaffen machen würden. Doch seine Sorge schlug bald um in Erheiterung. Die Seile auf der Inselstation waren sehr hoch gehängt. Um an sie heranzukommen, mußten die Zyklopen etliche Kisten aufeinanderstapeln. Und kaum waren die zwei hinaufgeklettert, machten sich der alte Fährmann, sein Gehilfe und die anderen Passagiere über den Kistenturm her und stürzten ihn mitsamt den Zyklopen über den Rand der Anlegestelle ins schwarze Wasser.

Von Olivers lautem Hurra aufmerksam gemacht, drehte sich Luthien um und sah, was am Inselufer geschah, konnte aber nicht ahnen, daß sich dieser kleine Zwischenfall nachträglich als sehr bedeutsam herausstellen sollte.

In ausgelassener Freude schlug Oliver Purzelbäume und tanzte umher. Als er dann aber zufällig nach Norden blickte, blieb er plötzlich wie angewurzelt stehen. Aus den dunklen Wellen des Kanals war eine mächtige Flosse aufgetaucht, die mindestens dreimal so groß war wie er selbst.

Auch Luthien hörte zu schmunzeln auf, als er die Miene des Freundes sah und seinem Blick folgte.

Die Rückenflosse des Dorsalwals glitt pfeilschnell durchs Wasser und zerschnitt die Wellen. Dann verringerte sich das Tempo um die Hälfte, und die Flosse verschwand von der Oberfläche.

Luthien hielt sich an den Rat, den ansässige Fischerleute für solche Fälle parat hatten, und hörte zu kurbeln auf; ja, er drehte die Winde sogar ein Stück zurück, um das träge vorwärtstreibende Boot gänzlich zum Stoppen zu bringen.

»Kurbel weiter!« schimpfte Oliver, doch Luthien zog ihn zu sich und verlangte von ihm, daß er still sein solle.

Das Wasser zur Linken wurde noch schwärzer. Das Boot drängte nach Süden und zerrte am Führungsseil, als der Koloß, unter der Fähre wegtauchend, den Flachboden schrammte. Dicht unter der Wasseroberfläche kam er auf der anderen Seite zum Vorschein, und Oliver sah voll Schrecken auf den vierzig Fuß langen, schwarzweiß gefleckten Rumpf, auf zehn Tonnen mörderischer Masse. Dem Halbling wurden die Knie weich; er drohte einzuknicken und von Bord zu fallen, doch Luthien hielt ihn fest gepackt.

»Ruhig Blut«, flüsterte ihm der junge Bedwyr zu. Er hoffte darauf, daß sich die Angriffslust des Wals auf das Boot der Zyklopen richten würde. Die Einäugigen stammten aus dem Gebirge und wußten sich vor den gefährlichen Walen nicht zu schützen.

Steuerbords tauchte die Flosse wieder aus dem Wasser hervor. Das Tier bewegte sich langsam, scheinbar unschlüssig.

Luthien schaute zurück und sah die Zyklopen entschlossen näher rücken. Grinsend winkte er ihnen zu und machte sie mit ausgestrecktem Zeigefinger auf die große Flosse aufmerksam.

Wie erwartet gerieten die Zyklopen außer Rand und Band, als sie den Wal erblickten. Auf dem Deck ihrer Fähre brach Panik aus. Das Monstrum an der Winde kurbelte hastig in gegensinniger Richtung, um zur Insel umzukehren. Andere versuchten gar, sich am Führungsseil hangelnd in Sicherheit zu bringen.

»Ein guter Gedanke«, sagte Oliver und schaute auf zu dem Tau, das die eigene Fähre auf Kurs hielt. Kopfschüttelnd lenkte Luthien den Blick des Freundes auf die beiden treuen Pferde, und Oliver zeigte sich zerknirscht.

Der große Wal zog einen weiten Kreis und schwenkte ein auf die Richtung, aus der Lärm und wilde Bewegung zu vernehmen war, auf das Boot der Zyklopen. Das Ungeheuer hatte sich entschieden.

Vorsichtig drehte Luthien an der Winde und trieb das Boot langsam voran, ohne den Wal aus den Augen zu lassen.

Brüderlich wie sie waren, wählten die Zyklopen einen aus ihrer Mitte und warfen ihn vor dem herbeischwimmenden Wal ins Wasser in der Hoffnung, der Räuber würde das Opfer annehmen und die anderen in Ruhe lassen.

Sie hatten keine Vorstellung von der Gier der Dorsals.

Das schwarzweiß gefleckte Ungeheuer rammte seitlich in das Boot. Dann bäumte es sich auf der mächtigen Schwanzflosse auf und ließ den tonnenschweren Rumpf aufs Achterdeck fallen. Die Besatzung flog in hohem Bogen von Bord und strampelte schreiend im Wasser umher. Der Wal verschwand unter der Oberfläche, und als er jenseits des Wracks wieder auftauchte, steckte zappelnd und ohnmächtig schreiend ein Zyklop bis zur Hüfte im riesigen Rachen.

Der Wal biß zu und tauchte erneut unter; die abgetrennte Hälfte des Einäugigen wippte zwischen blutroten Wellen auf und ab.

Mit einer Zyklopenhälfte gab sich ein Dorsal nicht zufrieden. Die gewaltige Schwanzflosse katapultierte zwei Zyklopen dreißig Fuß hoch in die Luft; der eine landete im Maul des Wals, der andere wurde ein zweites Mal aus dem Wasser geschleudert.

Minutenlang wütete das Tier unter seinen Opfern, bevor es schließlich mit hoher Geschwindigkeit in nördlicher Richtung abzog.

»Luthien«, rief Oliver nervös.

In einiger Entfernung erhob sich der Koloß aus dem Wasser, fiel klatschend auf die Oberfläche zurück und nutzte den Impuls, um den Kurs zu wechseln.

»Luthien«, brüllte Oliver erneut, doch der junge Bedwyr brauchte nicht erst nach Norden zu blicken, um sich davon zu überzeugen, daß der Wal ein neues Angriffsziel gefunden hatte. Das rettende Festland war noch allzuweit entfernt. Es würde nicht rechtzeitig zu erreichen sein. Luthien gab die Kurbel aus der Hand, schaute sich suchend um und dachte nach.

»Luthien«, rief Oliver zum wiederholten Mal. Er stand wie versteinert da und starrte dem Verhängnis entgegen.

Luthien rannte aufs Achterdeck und schrie den Leuten auf der Insel zu: »Kappt das Seil!«

Zuerst schienen sie nicht hören oder verstehen zu können, was Luthien von ihnen wollte. Sein Verlangen lauthals wiederholend, zeigte Luthien nun auf das

Führungsseil. Sofort gab der Fährmann seinem Gehilfen die entsprechende Anweisung, und mit einem langen Messer zwischen den Zähnen kletterte der Junge wieselflink durch das hohe Ständerwerk zum Seil hinauf.

Luthien trat an Olivers Seite und beobachtete den herbeischwimmenden Wal.

Noch hundert Faden. Achtzig.

Fünfzig Faden entfernt. Luthien hörte Oliver leise vor sich hin brabbeln; er schien tatsächlich zu beten.

Plötzlich war ein heftiger Ruck zu spüren. Das Seil war zerschnitten, und, von der Strömung getrieben, schlug die Fähre wie ein Pendel aus, dem Ufer des Festlands entgegen. Luthien nahm Oliver beim Arm und zerrte ihn auf die Reittiere zu. Flußtänzer und Schäbig stampften mit den Hufen und wieherten nervös; offenbar witterten sie die Gefahr. Luthien schnitt das lose, durchs Wasser mitgezogene Tauende ab, denn es bremste den Abtrieb.

Der Wal vollzog die Richtungsänderung der Fähre mit und glitt näher heran.

Noch dreißig Faden. Oliver konnte bereits das schwarze Auge des Ungeheuers erkennen.

Von der schnellen Strömung mitgerissen, war das Boot in Fahrt gekommen, doch der Wal war schneller und nur noch zwanzig Faden entfernt.

Oliver betete nun laut.

Die Fähre schrammte über ein Riff, und als es Luthien und Oliver schließlich gelang, ihren starren Blick vom Verfolger losreißen, sahen sie eine andere Gefahr auf sich zukommen: die schroffe Felsenküste. Der Dorsal drehte nun ab, verscheucht von den Untiefen im ufernahen Gewässer.

Die Erleichterung der Freunde hielt sich in Grenzen, denn unaufhaltsam und von der Brandung geschüttelt trieb das Boot auf eine zerklüftete Steilwand zu.

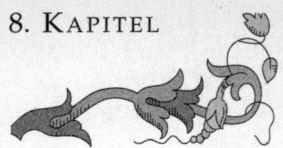

8. Kapitel

Ein gut gewählter Weg

Sitz auf!« rief Oliver, während er selbst sein Pony bestieg und an den Zügeln zerrte, weil das Tier vor
Angst auszubrechen drohte.

Luthien wußte zwar nicht, was der Halbling vorhatte, aber weil ihm selbst kein besserer Einfall kam,
tat er, was Oliver verlangte. Kaum saß er im Sattel, sah
er, daß Oliver sein Pony in Stellung brachte, und zwar
auf die dem Felsen abgewandte Bordseite. Jetzt begriff
der junge Mann.

»Es gilt, genau zur richtigen Zeit abzuspringen«, rief
Oliver. Das Boot bebte, als es erneut auf ein Riff lief;
aus dem Achterdeck riß eine Planke heraus und trieb
im strudelnden Fahrwasser.

»Springen?« schrie Luthien. Die Klippen vor ihnen
waren zwar nur wenige Fuß hoch, und Luthien traute
seinem Pferd durchaus zu, daß es die Höhe schaffte,
wenn es den festen Boden unter den Hufen haben
würde. Doch auf dem wankenden Boot war ein kräftiger Absprung kaum möglich, und außerdem ließ sich
nicht erkennen, auf welchen Grund Pferd und Reiter
hinter dem felsigen Hindernis auftreffen würden. Nur
eines war sicher abzusehen, nämlich die Katastrophe,
die unausweichlich über sie hereinbräche, wenn der
Sprung unversucht bliebe oder nicht gelänge. Als also
Oliver sein Pony auf dem schmalen Deck Anlauf nehmen ließ und sprang, folgte Luthien ohne zu zögern.

Er vergrub das Gesicht in der dichten Pferdemähne

und wagte es nicht hinzusehen, als Flußtänzer mit dem Schwung der Fähre zum Sprung abhob. Gleichzeitig hörte er hinter sich das Holzboot am Felsen zerschmettern, und er wußte, daß er die Steinmauer überwunden hatte.

Er öffnete die Augen, als sein Pferd aufsetzte und in kurzen Trabschritten auf einer buckligen Grasfläche auslief. Schäbig stand neben ihm, ohne Reiter und mit einer kleinen Schnittwunde am Vorderlauf. Eine Schrecksekunde lang fürchtete Luthien, daß Oliver im Sprung aus dem Sattel gestürzt und vor die Klippen geschlagen war. Doch dann hörte er den Halbling lachen und sah, wie er sich durchs feuchte Gras wälzte.

Schließlich stand er auf und hob den Hut vom Boden. Dann blickte er zur Diamanteninsel zurück und winkte mit beiden Armen, um den Helfern dort mitzuteilen, daß er und Luthien in Sicherheit waren.

Luthien lenkte Flußtänzer an den Klippenrand und schaute hinunter auf die zerschmetterte Fähre. Zwanzig Faden weiter hinten umkreiste der Dorsal im Wasser treibende Wrackteile.

»Es war doch am Ende halb so schlimm«, meinte Oliver.

Halb so schlimm? Luthien war sprachlos. Ungestüm pochte sein Herz, das Blut rauschte ihm in den Ohren. So erleichtert hatte er sich noch nie gefühlt, auch nicht nach Siegen in der Arena. Was mochte Schlimmeres noch geschehen an der Seite des Halblings?

Trotz aller Freude über das knappe Entrinnen lief dem jungen Bedwyr ein kalter Schauer über den Rücken.

»Da kommen welche, um uns zu gratulieren«, sagte Oliver und nickte in Richtung Hafen. Zwei Dutzend Männer rannten herbei; sie brüllten und fuchtelten mit Werkzeugen in der Luft herum.

»Die sehen mir nicht nach Gratulanten aus«, bemerkte Luthien.

Oliver warf einen Blick auf die zerstörte Fähre. »Glaubst du, sie wollen uns dafür zur Kasse bitten?«

Luthien zuckte nur mit den Achseln. Der Halbling verstand und beeilte sich, das Pony zu besteigen.

Im Sattel sitzend, lüftete er den Hut und verbeugte sich tief. »Ich weiß euern Beifall durchaus zu schätzen«, rief er den herbeilaufenden Männern zu. »Doch leider, leider schließt sich jetzt der Vorhang.«

Seite an Seite stoben sie davon: der geckenhafte, kleine Gauner auf dem häßlichen, lohfarbenen Pony und der junge Grafensohn aus Bedwydrin auf seinem glänzend weißen Vollbluthengst.

Während der folgenden Tage ging es weniger turbulent zu. Die beiden reisten in südlicher Richtung über Äcker und Weideland, aßen gut und rasteten, wo ihnen Quartier angeboten wurde. Die Bauern im Norden von Eriador waren freundliche Leute und mehr als willig, im Austausch gegen Nachrichten aus der Fremde ihre Mahlzeiten zu teilen und einen Schlafplatz in der Scheune herzurichten.

In den Gesprächen mit den Gastgebern war Oliver immer der Wortführer; er erzählte Luthien und den Bauern spannende Geschichten aus Gascony, von Abenteuern, die, wie er behauptete, sehr viel aufregender gewesen seien als jene ›Bagatellen‹, die er bislang mit Luthien erlebt hatte.

Luthien hörte zu, ohne Widerworte zu geben, obwohl ihm durchaus bewußt war, daß Olivers Geschichten in der Hauptsache aus Aufschneidereien bestanden und – wenn überhaupt – nur zu einem geringen Anteil der Wahrheit entsprachen. Olivers Behauptungen waren zum Teil haarsträubend, aber recht unterhaltsam, vor allem für die Bauersleute. Luthien erkundigte sich bei ihnen nach dem Verbleib von Ethan, doch keiner hatte ihn gesehen oder von ihm gehört. Wenn sich die beiden Freunde morgens wieder auf den Weg machten, stand die ganze Familie und mitunter auch die Nachbarschaft im Hof, um ihnen Glück zu wünschen und zum Abschied nachzuwinken.

Die Lügen und Übertreibungen des Halblings konnten Luthien nicht weiter stören, denn er war selbst viel zu sehr beschäftigt mit seinen eigenen Gedanken. Er versuchte, sich über die verwirrenden Ereignisse der letzten Woche Klarheit zu verschaffen, glaubte letztlich aber doch daran, in jeder Hinsicht richtig gehandelt zu haben. Auch wenn er an den Zyklopen in seines Vaters Haus dachte oder an den, der auf dem Dach der Händlerkutsche sein Leben hatte lassen müssen, oder an jene, die dem Dorsal zum Opfer gefallen waren, so empfand er keinerlei Reue. Im Gegenteil, er faßte Mut aus der Überzeugung, daß er sich in ähnlicher Situation gleichermaßen verhalten würde.

Mut machte ihm auch sein Gefährte. Von Tag zu Tag fand er mehr Gefallen an Olivers Gesellschaft. Er war zwar ein Dieb, wozu er sich selbst bekannte, aber beileibe keine schlechte Person. Was er tat und aus der Vergangenheit erzählte, zeugte doch davon, daß er sich recht hohe Prinzipien zum Maßstab setzte. Zum Beispiel bereicherte er sich stets nur an Händlern oder Edelmännern und trotz der rüden Drohungen, die er gegen den Händler und dessen Frau ausgestoßen hatte, glaubte Luthien erkannt zu haben, daß Oliver im Grunde durchaus zartbesaitet war.

Weil er nicht wußte, wie er seinen Bruder finden sollte, beschloß Luthien, den diebischen Halbling noch eine Weile zu begleiten, egal wohin dieser und das Schicksal ihn auch führen mochten.

Mehrere Tage lang zogen sie nach Süden weiter, dann bogen sie in östlicher Richtung ab, überquerten große, wogende Kornfelder und hohe Steinmauern. »Da geht's lang«, sagte Oliver eines Nachmittags und deutete auf eine weite Kluft zwischen dem Hauptmassiv des Eisernen Kreuzes und den nördlichen Ausläufern. »Auch für mich wird's die erste Überquerung sein.«

Luthien wußte den Namen des Passes zu nennen. »Die Bruce MacDonald-Scharte.«

Oliver bremste sein Reittier ab und zeigte sich nachdenklich. »Ich hoffe, dieser Bruce wird uns keine Maut abzuknöpfen versuchen«, sagte er schließlich und hielt schützend die Hand vor seinen klingenden Beutel.

»Wohl kaum, es sei denn, er steigt aus seinem Grab«, antwortete Luthien lachend. Und dann erzählte er von Bruce MacDonald, dem größten Helden in der Geschichte Eriadors, der den Angriff der Zyklopen abgewehrt und sie in ihre Felshöhlen zurückgedrängt hatte. Der Legende nach hatte er diese Schneise ins Gebirge geschlagen, um es leichter überqueren und die zyklopischen Streitkräfte überrumpeln zu können. Denn die hatten seinen Vorstoß erst im Frühjahr erwartet, wenn die hohen Paßwege vom Eis befreit sein würden.

»Und jetzt sind die Einäugigen wohl eure ganz besonderen Freunde«, entgegnete Oliver. »Bei uns in Gascony gibt's keine Zyklopen, jedenfalls keine, die es wagen würden, aus ihren dreckigen Berglöchern zu kriechen.« Und der Halbling erzählte nun seinerseits Geschichten darüber, wie die Gasconen mit den einäugigen Monstren umsprängen; er berichtete von Schlachten, in denen es – natürlich – sehr viel wüster zugegangen sei als bei den ›Scharmützelchen‹, die Bruce MacDonald ausgefochten habe.

Luthien ließ den Halbling schwätzen. Er hörte gar nicht mehr zu; in Gedanken war er noch bei MacDonald, und wieder einmal fiel ihm auf, daß sein Herz schneller zu schlagen anfing, sooft er von dem legendären Helden sprach. Und plötzlich glaubte der junge Bedwyr, seine Taten und Empfindungen verstehen zu können. Er wußte jetzt, warum ihn wegen des Mordes im Haus seines Vaters keinerlei Gewissensbisse plagten. Er dachte an die Gefühle, die er gehabt hatte, als der erste Zyklop auf der Fähre über Bord gegangen war. Nicht ihm hatte er geholfen, sondern jenem Mann, der ebenfalls ins Wasser gefallen war.

Luthien erkannte zum ersten Mal, wie tief der Haß gegen die Zyklopen in ihm steckte. Und dank dieser Einsicht konnte er nun auch Ethan besser verstehen. Jetzt wußte er, warum der Bruder nicht mehr in der Arena hatte kämpfen wollen, als vor Jahren die zyklopischen Wachen durch den Herzog von Montfort an Gahris' Hof abkommandiert worden waren. Und weitere Erinnerungen wurden wach, während der junge Mann seine Gedanken erforschte, Erinnerungen an Geschichten, die er als Kind gehört hatte, und die von grausamen Verbrechen der Zyklopen aus der Zeit vor Bruce MacDonald berichteten. Auch in jüngerer Zeit hatte es heimtückische Überfälle gegeben, zumeist auf hilflose Bauern.

Luthien war tief in Gedanken versunken, als Oliver sein Pony zügelte und sich nach allen Seiten hin umschaute. Der junge Bedwyr nahm davon keine Notiz und ritt weiter, wurde aber schließlich von Oliver zurückgepfiffen.

Luthien kehrte um und musterte den Halbling mit argwöhnischem Blick, denn dessen Miene verriet ernste Besorgnis. »Was ist?« fragte er leise.

»Du mußt lernen, Gefahren zu wittern«, flüsterte Oliver.

Und es war, als hätte er ein Stichwort gegeben, denn plötzlich surrte ein Pfeil über ihre Köpfe hinweg.

»Zyklopen«, folgerte er aus dem schlecht gezielten Schuß.

Zu beiden Seiten des Wegs geriet das hohe Korn in raschelnde Bewegung, als mehrere Zyklopen auf wilden Maulsäuen herbeigeprescht kamen, häßlichen, aber kräftigen Reittieren, die aussahen wie eine Kreuzung aus Gaul und Wildschwein.

Luthien und Oliver rissen ihre Pferde herum, um in entgegengesetzter Richtung davonzureiten, doch da tauchten zwei weitere Zyklopen aus dem Getreidefeld auf; der eine unmittelbar neben Oliver, der andere weiter hinten auf der Straße.

Schäbig bäumte sich auf und trat mit den Vorderläufen auf den Zyklopen ein, der mit erhobenem Schwert auf dem Rücken der Maulsau anrückte. Im Sattel weit nach vorn gebeugt, stieß Oliver mit seinem Rapier zu.

Der Zyklop, vom Getrampel des Ponys abgelenkt, sah die Klinge nicht kommen. Genausowenig war er gefaßt auf den Stoß des Dolches, mit dem ihm der Halbling das Schwert entwand. Der Zyklop sackte sterbend vornüber auf den Hals des Reittiers, das weiterlief und trippelnd die Straße überquerte.

Luthien knöpfte sich den zweiten weiter unten vor, der einen Spieß in Anschlag brachte. Dieser wähnte sich im Vorteil wegen der längeren Reichweite seiner Waffe und ritt auf seiner Maulsau geradewegs auf den Gegner zu.

Doch Luthien holte mit dem Schwert aus und konterte mit einem kreisrund geführten Hieb, der den Spieß ablenkte und nach oben zwang. Beim Einholen der Klinge schlug er dem Monstrum tiefe Wunden in die Oberarme. Es rutschte aus dem Sattel und stürzte rücklings in den Dreck, und ehe er sich versah, war Luthien über ihm. Es ließ den Kopf zurückfallen und bedeckte das Gesicht mit den verwundeten Armen, darauf gefaßt, von den Hufen des Pferdes zertrampelt zu werden.

Oliver dagegen hatte keine Zeit, seinen Angreifer endgültig zur Strecke zu bringen, denn von vorn stürmten zwei Dutzend Zyklopen herbei, und er konnte nicht riskieren, daß sein Pony ins Straucheln geriet beim Versuch, dem Gegner am Boden die Knochen zu brechen. Also lenkte er das Pony herum, gab ihm die Sporen und setzte Luthien nach, um mit ihm das Weite zu suchen.

Unter dem Beschuß von Pfeilen jagten sie davon. Zwar hatte Oliver durchaus recht, wenn er behauptete, daß Zyklopen miserable Schützen seien, durch ihr mangelndes Sehvermögen, doch der Zufall schloß nicht aus, daß einer der vielen Pfeile sein Ziel dennoch erreichte.

Als Flußtänzer kurz ins Stolpern kam, wußte Luthien, daß sein Pferd von einem Pfeil getroffen worden war. Ein zweiter Pfeil ritzte dem jungen Mann die Schulter auf.

»Sollten wir nicht lieber von der Straße runter?« rief Luthien, denn er versprach sich Deckung zwischen den hohen Getreidehalmen. Oliver schüttelte den Kopf. Auf festem Geläuf waren Pferde und selbst Ponys sehr viel schneller als Maulsäue; die wiederum hatten Vorteile im dichten Gestrüpp. Und außerdem wimmelte es in den Feldern zu beiden Seiten von weiteren Zyklopen, die sich, erkennbar am wilden Gewoge der Halme, an der Jagd beteiligten.

»Dieser Händler«, rief Oliver. »Mir scheint, er kann wirklich keinen Spaß vertragen.«

Luthien hatte keine Zeit zu antworten, denn vor ihm und auf seiner Seite trat ein Zyklop aus dem hohen Korn hervor. Er beugte sich tief über den Hals des Pferdes und ließ die Zügel schießen. Auch Flußtänzer senkte den Kopf und legte einen Schritt zu. Luthien spürte den Luftzug der Klinge, die über ihn hinwegsauste. So schnell waren die beiden, daß der Gegner keine Gelegenheit mehr hatte zu einem besser gezielten Hieb.

Der junge Mann bremste sein Pferd ab und ließ Oliver zu sich aufschließen. Sie waren gemeinsam in diese Falle getappt und mußten nun gemeinsam einen Ausweg suchen. Weiter vorn rotteten sich immer mehr Zyklopen zusammen, und jede Verzögerung würde die Verfolger im Rücken aufholen lassen.

Luthien warf einen Blick auf Oliver und mußte beinahe laut auflachen. Im großen Hut des Halblings steckte ein Pfeil.

Doch das Lachen verging ihm sogleich, als er wieder nach vorn schaute. Die Straße vor ihnen war in schimmernd blaues Licht getaucht. Wie aus einem Munde schrien Luthien und Oliver vor Entsetzen auf, glaubten sie doch, daß irgendein teuflischer Zauber der Zyklopen dafür verantwortlich sei. Oliver zog den Hut vom Kopf und preßte ihn vors Gesicht.

Flußtänzer und Schäbig waren zu schnell, um dem gespenstischen Licht noch ausweichen zu können.

Schlagartig veränderte sich die Welt ringsum.

Luthien glaubte zu träumen. Ihre eigenen Bewegungen und auch die der Pferde schienen von einer zähen, unsichtbaren Masse gebremst zu sein, doch der Blick nach unten auf den Boden verriet, daß sie mit enormer Geschwindigkeit dahinrasten. Unerhört raumgreifend war jeder scheinbar langsame Galoppsprung.

Die Lichtschneise scherte von der Straße ab und verlief südwärts über weite Kornfelder, von denen kein Halm geknickt wurde unter den Hufen der Pferde. Es war, als liefen sie durch Luft oder auf einem Kissen aus Licht. Sie kamen mit dem Boden nicht in Berührung, verursachten auch keinen Laut. Sie überquerten einen breiten Fluß, ohne daß ein Tropfen Wasser aufspritzte. Sekunden später rückte das Gebirge näher, und gleich darauf ging es über steile Hänge den Gipfeln entgegen, durch Schluchten und über Felsspalten hinweg.

Jäh ragte vor ihnen plötzlich eine Steilwand auf. Luthien schrie warnend auf, doch seine Worte verhallten, kaum daß sie über die Lippen gegangen waren. Gefolgt von Schäbig, schnellte Flußtänzer den schroffen Fels hinauf, erklomm den tausend Fuß hohen Grat und sprengte über ein weites Geröllfeld dahin, dann durch einen Hain kleiner Bäume, dicht an dicht ge-

113

wachsen, und doch rührte sich kein einziges Blatt, als die Pferde hindurchstoben.

Wenig später drohte eine zweite Klippe, vor der die Lichtschneise zu enden schien; wirbelnde Muster in Blau und Grün tanzten auf der Wand. Bevor Luthien reagieren konnte, war Flußtänzer schon ins Gestein vorgedrungen.

Der Druck der Massen war kaum erträglich; Luthien glaubte, ersticken zu müssen. Er konnte nicht schreien, nicht Luft schöpfen in der bedrängenden Enge, und er sah sein Ende gekommen.

Doch plötzlich öffnete sich der Berg. Leichtfüßig sprang Flußtänzer hinaus in eine von Fackeln beleuchtete Höhle. Laut hallte das Getrappel der Hufe auf blankem Stein.

Schäbig folgte dichtauf und kam neben dem weißen Hengst zum Stehen. Oliver hielt noch immer den Hut vors Gesicht gedrückt. Nach einer Weile riskierte er einen ersten Blick über die Krempe. Er schaute sich um, starrte ungläubig auf die geschlossene Wand im Rücken und sah den wirbelnden Lichtschein verglühen. Dann wandte er sich Luthien zu, der die Lippen bewegte, als wollte er etwas sagen.

Oliver kam ihm zuvor mit den Worten: »Behalt's für dich; ich will's nicht wissen.«

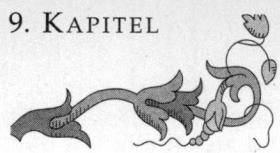

9. KAPITEL

Brind'Amour

Dem Anschein nach befanden sie sich in einer natürlichen Höhle mit nahezu kreisrundem Grundriß und einem Durchmesser von etwa dreißig Fuß. Die Wände waren rauh und unbehauen, die Decke unterschiedlich hoch; doch der Boden war rätselhaft glatt und eben. Links von ihnen entdeckten die Freunde eine schlichte Holztür. Daneben stand ein Tisch, voll von verschiedenen Pergamenten; manche steckten in silbrigen Röhren, andere waren lose zusammengerollt, und wiederum andere lagen ausgebreitet da, gehalten von seltsam geformten Briefbeschwerern, die kleinen Feuerteufeln glichen. Weiter links erhob sich ein einzelnes Postament, auf dem eine Kristallkugel lag, lupenrein und vollkommen rund geschliffen.

Rechterhand lehnte ein Stuhl an der Wand; davor machte sich ein großer Schreibtisch breit mit einem Aufsatz voller Fächer und Zwischenböden. Wie auf dem Tisch lagen auch hier zahlreiche Pergamentrollen. Außerdem befand sich darauf ein menschlicher Schädel, ein baumähnlich verästelter Kandelaber, eine Kette mit dicken Perlen, die wie präparierte Zyklopenaugen aussahen, Tintenfässer, Violen und lange Federkiele; kurzum, all das, was die Freunde darauf schließen ließ, daß es sie in das Gelaß eines Zauberers verschlagen hatte.

Beide stiegen aus den Sätteln. Luthien untersuchte das Hinterteil seines Pferdes und atmete erleichtert

auf, als er feststellte, daß der Pfeil des Zyklopen Flußtänzer bloß geschrammt und keinen größeren Schaden
angerichtet hatte.

Er nickte Oliver zu und näherte sich der seltsamen
Kristallkugel, während der Freund zielstrebig auf den
Schreibtisch zuging. »Sieh dich bloß vor!« warnte Luthien, kannte er doch viele Geschichten von gefährlichen Zauberern, und es wäre gewiß unklug, sich einen
Hexer zum Feind zu machen, dem es in seiner Macht
stand, jenen Lichttunnel entstehen zu lassen, durch
den die beiden hierhergekommen waren.

Luthiens Verwunderung über den seltsamen Gang
der Ereignisse steigerte sich noch, als er in die Kugel
blickte. Darin erblickte er die eigene Person sowie Oliver, wie er sich in der Höhlenkammer bewegte, und
die beiden Pferde, die nach dem langen Ritt ver-
schnaufend dastanden. Zuerst erklärte sich Luthien
das Bild als einfache Spiegelung, doch dann fiel ihm
auf, daß der Blickwinkel ein anderer war. Es schien, als
schaute er von oben auf sich herab.

Drüben am Schreibtisch ließ Oliver eine Phiole in
der Hosentasche verschwinden.

»Stell sie sofort wieder zurück!« herrschte ihn Luthien an; er sah jede Bewegung des Freundes in der
kristallenen Kugel.

Oliver reagierte sichtlich verblüfft. Wie war ihm Luthien auf die Schliche gekommen?

»Zurück damit!« forderte Luthien erneut, weil Oliver offenbar nicht hören wollte.

»Du gönnst mir auch gar nichts«, entgegnete Oliver
und rückte widerwillig mit dem Fläschchen heraus. »Da
steckt bestimmt was Kostbares drin. Du mußt nämlich
wissen, daß wir hier im Haus eines Zauberers sind.«

»Ja, bei einem Zauberer, der uns das Leben gerettet
hat«, erinnerte Luthien.

Tief seufzend stellte Oliver die Phiole an ihren Platz
auf den Schreibtisch zurück.

»So ist es recht«, meldete sich plötzlich eine Stimme rechts von Luthien. Erschrocken fuhr er herum und starrte ins Leere. Dann sprang er einen Schritt zurück, als sich die Felswand zu bewegen schien und der Zauberer daraus hervortrat, farblich nicht zu unterscheiden vom grauen Gestein. Allmählich aber nahm er eine blasse Hautfarbe an.

Er war alt, mindestens so alt wie Luthiens Vater. Aber er hielt sich aufrecht und strahlte eine Würde aus, die den jungen Bedwyr beeindruckte. Er trug einen tiefblauen, wallenden Umhang. Kopf- und Barthaar schimmerten schneeweiß und so samtig wie Flußtänzers Fell; es fiel vorn wie hinten bis auf die Schultern herab. Tiefblau wie der Umhang leuchteten auch seine Augen; sie sprühten voll Leben und Weisheit und zeigten Fältchen an den Rändern – wohl gefurcht von endlosen Stunden der Lektüre seiner Pergamentrollen, spekulierte Luthien.

Luthien mußte sich losreißen vom fesselnden Anblick des Alten, und als er zu Oliver hinüberschaute, sah er, daß dieser ebenso beeindruckt war.

»Wer seid Ihr?« wollte der Halbling wissen.

»Unwichtig.«

Oliver zog den Hut und verbeugte sich anmutig. »Ich bin …«

»Oliver Burrows, der sich Oliver deBurrows nennt«, unterbrach der Zaubermeister. »Ja, ja, natürlich, das bist du, aber auch das ist ohne Bedeutung.« Er schaute Luthien an, als wartete er auf dessen Vorstellung; doch Luthien verschränkte die Arme vor der Brust, fast trotzig, wie es schien.

»Dein Vater vermißt dich sehr«, sagte der Zauberer, und mit dieser einfachen Feststellung hatte er den jungen Bedwyr gründlich verunsichert.

Oliver stellte sich an die Seite des Freundes, um ihm Beistand zu leisten, den er selbst nötig hatte.

»Ich beobachte euch schon eine Weile«, erklärte der

Zauberer und schritt langsam auf den Schreibtisch zu. »Ihr seid beide, wie sich gezeigt hat, sehr begabt und mutig, genau die Richtigen für meine Zwecke.«

»Und was sind das für Zwecke?« fragte Oliver irritiert. Der Zauberer wandte sich ihm zu und streckte fordernd die geöffnete Hand aus. Schulterzuckend warf ihm der Halbling die eingesteckte Phiole zu.

»Was sind das für Zwecke?« wollte auch Luthien wissen, voller Ungeduld und mit Nachdruck, nicht zuletzt in der Absicht, seinem diebischen Freund aus der Verlegenheit zu helfen.

»Geduld, mein Junge«, entgegnete der Alte gelassen, und daß der Halbling ihn zu bestehlen versucht hatte, schien ihm nicht das Geringste auszumachen. Einen Moment lang starrte er auf die Phiole; dann grinste er dem Halbling zu.

Seufzend ließ Oliver ein weiteres Mal die Schultern zucken, zog ein zweites, ganz ähnliches Fläschchen aus der Tasche und gab auch das an den Zauberer ab.

»Ich sorge stets für Ersatz«, klärte Oliver den verwirrten Freund auf.

»Und das doppelt und dreifach, wie mir scheint«, sagte der Zauberer in etwas schärferem Ton und streckte erneut die Hand aus.

Oliver kramte nun eine dritte Phiole zum Vorschein, diesmal war es die verlangte. Der Zauberer vergewisserte sich mit einem Blick, stellte das Fläschchen auf den Schreibtisch zurück und ließ die beiden anderen in die eigene Tasche wandern.

»Zur Sache«, sagte er händereibend und näherte sich dem Freundespaar. »Ich möchte euch einen Vorschlag machen.«

»Bei uns in Gascony sind Zauberfritzen nicht gut gelitten«, bemerkte Oliver brüsk.

Der Alte blieb stehen und zeigte sich nachdenklich. »Nun«, antwortete er, »ich habe euch das Leben gerettet.«

»Ha!« schnaufte der Halbling. »Mit Einäugigen werden wir auch allein fertig.«

Der Zauberer musterte Luthien mit skeptischem Blick, doch der junge Mann zog es vor zu schweigen.

»Na schön«, meinte der Alte und deutete mit der Hand auf die Felswand, worauf das geheimnisvolle blaue Licht wieder zu wirbeln anfing. »Ab mit euch. Es sind erst eine oder zwei Minuten vergangen. Die Zyklopen werden bestimmt noch an Ort und Stelle sein.«

Luthien war sichtlich verärgert über den Freund, und als sich Oliver mit hängendem Kopf geschlagen gab, schmunzelte der Alte zufrieden und ließ das magische Tor verschwinden.

»Ich wollte nur einen guten Preis für uns herausschlagen«, erklärte der Halbling kleinlaut.

»Einen Preis?« empörte sich der Hexer. »Ich habe euch soeben vor dem sicheren Untergang bewahrt!« Er schüttelte den Kopf und seufzte. »Also gut«, fuhr er schließlich fort. »Wenn euch das nicht genug ist, will ich noch etwas darauflegen: Passierscheine, mit denen ihr nach Montfort einreisen könnt, und ein paar lebenswichtige Informationen. Außerdem verspreche ich, dafür zu sorgen, daß euch der Händler, den ihr ausgeraubt habt, nicht länger behelligt. Dagegen ist meine Bitte eine Kleinigkeit, wenngleich, wie ich zugeben muß, eine nicht ungefährliche.«

»Um was geht's?« drängte Luthien.

»Das besprechen wir beim Abendessen«, antwortete der Zauberer und wies mit seiner Hand zur Holztür hin.

Das waren Worte nach Olivers Geschmack, und er ließ sich nicht zweimal bitten. Luthien dagegen, der nach wie vor die Arme vor der Brust verschränkt hielt, rührte sich nicht vom Fleck und preßte resolut die Lippen aufeinander.

»Ich werde nicht speisen mit jemandem, der mir seinen Namen vorenthält«, sagte der junge Grafensohn.

»Dann bekomme ich wohl die doppelte Portion«, spekulierte Oliver.

»Mein Name tut nichts zur Sache«, wiederholte der Zauberer.

Luthien stellte sich stur.

Der Zauberer kam näher und starrte ihm in die Augen; beide zuckten kein einziges Mal mit der Wimper. »Brind'Amour«, sagte der Alte in einem Tonfall, der anklingen ließ, daß dieser Name eigentlich allenthalben bekannt sein müßte.

»Und ich heiße Luthien Bedwyr«, stellte sich der junge Mann vor und forderte mit festem Blick Respekt. Doch bevor er dazu kam, Rang und Titel aufzuzählen, hatte sich der Alte abgewandt.

Im Nebenraum war auf fürstliche Weise ein Tisch für drei Personen gedeckt. Vor einem der Gedecke stand ein Stuhl mit hoher Lehne.

»Sehr aufmerksam«, meinte Oliver trocken, doch als er sich der prächtigen Tafel näherte, verschlug es sogar ihm die Sprache. Feinstes Silberbesteck, kristallene Pokale, Servietten aus Damast und edles Porzellan standen und lagen zur Mahlzeit bereit. An Bereitschaft mangelte es auch Oliver nicht; er kannte kein Halten mehr und hüpfte auf den hohen Stuhl.

Brind'Amour durchquerte den Raum, eine aus Ziegeln gemauerte Kammer, die keinen Vergleich zuließ mit der gerade verlassenen Höhle. Aus mehreren geheimen Vitrinen, deren Türen von der Oberfläche der Ziegelwand nicht zu unterscheiden waren, holte er die Speisen heraus: gebackene Ente, exotisches Gemüse, erlesenen Wein und klares, kaltes Wasser.

»Man sollte doch meinen, daß sich ein so tüchtiger Magier, wie Ihr es seid, einen Diener herbeizaubern kann«, sagte Luthien, nachdem er Platz genommen hatte. »Oder daß er einfach nur in die Hände zu klatschen braucht, um die Teller zu füllen.«

Brind'Amour kicherte. »Ich möchte meine Kräfte

schonen für eine wichtigere Sache, die heute noch ansteht«, erklärte er. »Glaube mir, die Zauberei zehrt an den Kräften, und es wäre ein Jammer, wenn wir unserer großen Aufgabe nicht nachkommen könnten, weil ich zu faul war, das Essen an den Tisch zu bringen.«

Luthien gab sich mit dieser Erklärung zufrieden. Er hatte Hunger, und außerdem war zu fürchten, daß jedes wichtige Wort, das nun fallen würde, für Oliver wiederholt werden müßte. Denn der Halbling hatte sich gerade buchstäblich in eine Schüssel voll eingelegter Kürbisschnitzel vertieft.

Als er seinen Pokal hob, um den letzten Schluck Wein daraus zu trinken, war Luthien restlos davon überzeugt, daß er nie zuvor eine köstlichere Mahlzeit zu sich genommen hatte.

»Vielleicht sollten wir in Gascony unser Urteil über Zauberfritzen noch einmal überdenken«, meinte Oliver und tätschelte die gespannte Bauchdecke.

»Ja, vielleicht solltet ihr sie zu Küchenmeistern bestellen«, sagte der Alte und zwinkerte Luthien schalkhaft zu. »Wozu wäre ein Zauberer sonst wohl nützlich?«

Luthien nickte, schenkte dem humorigen Schlagabtausch zwischen Oliver und Brind'Amour aber kaum Beachtung. Oliver erzählte von einem Abenteuer, das er im Turm eines Hexenmeisters erlebt hatte, während Brind'Amour ihm mit beschreibenden Einzelheiten aushalf und an angemessenen Stellen höflich Beifall zollte. Da jetzt die Mahlzeit beendet war und sich ein jeder förmlich vorgestellt hatte, brannte Luthien darauf zu erfahren, um welche Aufgabe es ging, die der Zauberer ihnen abverlangte. Brind'Amour hatte sie vor den Zyklopen in Schutz genommen und ihnen Passierscheine für Montfort versprochen (wo Luthien mit Ethan zusammenzutreffen hoffte). Auch daß er ihnen den Händler vom Hals schaffen wollte, war eine durchaus verlockende Belohnung.

»Ihr habt von einer Aufgabe gesprochen«, sagte Luthien schließlich, als er Gelegenheit fand, in das Gespräch der beiden einzugreifen. »Wenn ich mich recht erinnere, wolltet Ihr während des Essens darüber reden.«

»Dazu bin ich noch nicht gekommen, weil dein kleiner Freund soviel zu erzählen hat«, entgegnete Brind'Amour mit gequältem Lächeln.

»Oliver hat jetzt genug geredet«, meinte Luthien ernst und bestimmend.

Brind'Amour lehnte sich im Stuhl zurück und klatschte in die Hände, worauf eine Tabakspfeife mit langem Stil aus einem Fach in der Wand herausgeflogen kam, sich von selbst entzündete und sich dann sanft in seine wartende Hand legte. Luthien verstand, daß dieser Trick daran erinnern sollte, wer der Herr in diesem Hause war.

»Ich habe etwas verloren«, sagte der Zauberer, nachdem er eine Weile an der Pfeife gepafft hatte. »Etwas, das mir sehr kostbar ist.«

»Ich hab's nicht, ehrlich«, erklärte Oliver und breitete die Arme aus.

Brind'Amour warf ihm einen gutmütigen Blick zu. »Ich weiß, wo es steckt.«

»Dann ist es nicht verloren«, folgerte der Halbling scharfsinnig, doch weder der Zauberer noch Luthien reagierten auf den Scherz. Der junge Bedwyr sah dem Gesicht des Alten an, daß ihn der Verlust tief bedrückte.

»Es steckt in einem versiegelten Höhlensystem, das nicht weit entfernt von hier ist.«

»Versiegelt?« fragte Luthien nach.

»Ja, zusammen mit einigen Kollegen habe ich den Zugang eigenhändig verschlossen«, antwortete Brind'Amour. »Vor vierhundert Jahren schon, bevor die Gasconen auf die Avonsee-Inseln kamen und zu einer Zeit, da der Name Bruce MacDonald noch in aller Munde war.«

Luthien wollte antworten, stockte aber, als ihm bewußt wurde, was er da gehört hatte.

»Ihr müßtet längst tot sein«, meinte Oliver geradeheraus, und Luthien bedachte ihn mit strengem Blick.

Aber Brind'Amour nahm an dieser Bemerkung keinen Anstoß. Im Gegenteil, er nickte zustimmend und sagte: »Meine Kollegen sind längst unter der Erde. Ich lebe nur deshalb noch, weil ich viele Jahre in magischer Starre zugebracht habe.« Dann fuchtelte er plötzlich mit den Händen in der Luft herum, um anzudeuten, daß er das Thema zu wechseln wünschte und daß es Wichtigeres zu besprechen gebe. Daß er sich nicht wohl fühlte, war ihm deutlich anzusehen. »Wenn ich tot wäre, würde es heute in der Welt womöglich weniger kompliziert zugehen«, fuhr der Alte fort. »Aber dann hättet ihr den heutigen Tag auch nicht überlebt«, fügte er unmißverständlich hinzu.

»Die Aufgabe, die es zu erledigen gilt, ist im Grunde denkbar einfach«, erklärte der Zauberer. »Wie gesagt, ich habe etwas verloren. Ihr müßt zu dieser Höhle hin und es zurückholen.«

»Und um was handelt es sich?« fragten beide Freunde gleichzeitig.

Der Zauberer zögerte mit der Antwort.

»Wir müssen wissen, wonach wir suchen sollen«, sagte Luthien.

»Nach einem Stab«, sagte der Alte schließlich. »Er gehört mir und ist so kostbar wie alles andere, was ich mein Eigen nenne.«

»Wie konntet Ihr ihn dann in der Höhle zurücklassen?« fragte Luthien.

»Ich habe ihn nicht zurückgelassen«, antwortete der Alte in ziemlich barschem Tonfall. »Er wurde mir gestohlen und dort versteckt. Aber das ist eine andere Geschichte, und die geht euch nichts an.«

»Aber ...« Oliver wollte widersprechen, verstummte

jedoch, als sich der Alte verärgert zeigte und ihm einen bitterbösen Blick zuwarf.

»Was die Höhle betrifft«, sagte der Zauberer an Luthien gewandt, »wir haben sie versiegelt, um deren Bewohner daran zu hindern, über Eriador herzufallen.«

»Wer wohnte denn darin?« wollte Luthien wissen.

»Der König der Zyklopen und seine tüchtigsten Krieger«, antwortete Brind'Amour gleichmütig. »Wir fürchteten, daß er sich mit den Gasconen verbünden würde, die ja bekanntlich unsere Inseln zu erobern vorhatten.«

Luthien machte kein Hehl daraus, daß er diesen Worten kaum glauben konnte. Auch Oliver zeigte sich skeptisch. Die Gasconen verabscheuten die Zyklopen ebensosehr, wie es die Eriadorianer taten, und darum erschien eine solche Allianz mehr als zweifelhaft.

Außerdem konnte Luthien nicht nachvollziehen, wieso Brind'Amour und seine Kollegen mit so ungemein drastischen Mitteln gegen die Einäugigen vorgegangen waren, die ja doch, von Bruce MacDonald so vollständig besiegt, vorläufig keine Gefahr mehr hatten darstellen können.

»Wenn wir Glück haben, ist die Höhle jetzt unbewohnt«, sagte Brind'Amour, und es schien, als legte er großen Wert auf diese Bemerkung.

»Warum geht Ihr dann nicht selbst dorthin und holt Euch Euren Stab?« fragte Oliver.

»Ich bin alt und schwach«, entgegnete Brind'Amour. »Die Quelle meiner Zauberkraft liegt hier in dieser Grotte. Es würde mir nicht gelingen, die Pforte offenzuhalten, wenn ich durch den Tunnel in die andere Höhle ginge. Darum brauche ich eure Hilfe, Hilfe, für die ihr schon reichlich belohnt worden seid und für die ihr noch weitere Belohnung erwarten könnt.«

Luthien wurde den Verdacht nicht los, daß der Zauberer einige wichtige Informationen verschwieg, wußte aber nicht, wie er ihm die volle Wahrheit entlocken konnte. Oliver lehnte sich entspannt zurück und tätschelte seinen Bauch. Er war, wie es schien, rundum zufrieden.

»Ich schlage vor, ihr ruht euch jetzt erst einmal aus«, sagte Brind'Amour. »Es stehen zwei warme, weiche Betten für euch parat. Alles weitere kann warten bis morgen.«

Die Freunde waren einverstanden. Sie vergewisserten sich noch, daß Flußtänzer und Schäbig gut untergebracht waren, und stiegen dann in behagliche Federbetten.

Nachdem sie der Alte verlassen hatte, fragte Oliver: »Glaubst du wirklich, daß er vierhundert Jahre auf dem Buckel hat?«

»Einem Zauberer ist alles zuzutrauen«, antwortete Luthien.

»Und was hältst du von der Behauptung, daß er viele Jahre in magischer Starre zugebracht haben will?«

»Auch darüber zerbreche ich mir nicht den Kopf.« Luthien war unter einfachen und praktisch denkenden Fischern und Bauern aufgewachsen. An Magie grenzten auf Bedwydrin allenfalls die Arzneien der Kräuterweiber oder die Wettervorhersagen der Wachposten an den Häfen. Schon damit hatte der junge Bedwyr seine Schwierigkeiten – ein Mann wie Brind'Amour verunsicherte ihn vollends.

»Ich kann nicht verstehen, wieso eine Höhle, in der nicht mehr steckt als ein Zyklopenhäuptling und …«

Luthien brachte den Halbling mit einer Handbewegung zum Schweigen. »Laß uns diese Aufgabe schnell erledigen, damit wir möglichst bald in eigener Sache vorankommen …« Er stockte und wußte nicht weiter.

»In welcher Sache?« hakte Oliver verwundert nach, doch Luthien fragte sich dasselbe.

Was hatten er und Oliver Burrows, der sich selbst Oliver deBurrows nannte, eigentlich vor? Welchen

Plan verfolgten sie? Was wollten sie mit ihrem Leben anstellen? Wollten sie weiter die Straßen unsicher machen und Händlerkutschen überfallen?

Der junge Bedwyr wußte keine Antwort. Seine Welt stand kopf seit dem Besuch von Vicomte Aubrey und seinem Gefolge in Dun Varna. Er hatte die Heimatstadt verlassen, um seinen Bruder zu suchen, doch nun dämmerte ihm, wie groß diese Welt in Wirklichkeit war. Oliver hatte ihn darüber aufgeklärt, daß es zwischen Montfort und Carlisle am Stratton-Fluß ein Dutzend verschiedener Häfen gab, die allesamt einen Fährdienst unterhielten für die Überfahrt nach Gascony, und daß Gascony noch viel größer sei als Avon, Hunderte von Städten habe, in der mehr Menschen wohnten als in Dun Varna. Und Duree, das Land, wohin Ethan in den Krieg ziehen wollte, lag über tausend Meilen südlich der Nordküste von Gascony.

Tausend Meilen!

Wie konnte Luthien hoffen, zu Ethan aufzuschließen, ohne zu wissen, welchen Weg der Bruder eingeschlagen hatte?

Luthien blieb die Antwort auf Olivers Frage schuldig; dem Halbling war offenbar auch nur wenig daran gelegen, denn schon bald schnarchte er zufrieden vor sich hin.

10. KAPITEL

Notlügen?

A ls Luthien und Oliver den magischen Tunnel verließen, den Brind'Amour für sie geöffnet hatte, schlug ihnen unangenehm warme Luft entgegen, obgleich die Höhle, in der sie sich befanden, enorm groß war. Das Licht der Fackel, die Luthien in der Hand hielt, reichte kaum bis unter die Decke. Ein matter Schimmer ließ hoch oben scharfkantige, lange Tropfsteine erahnen.

Von hinten zuckte ein Blitz auf, und als sie sich umdrehten, sahen sie das Portal zusammenschrumpfen. Spontan eilten sie ein paar Schritte zurück aus Angst, von Brind'Amour im Stich gelassen zu werden. Das wirbelnde Lichtfeld verdichtete sich bis auf die Größe einer Faust, ohne an Intensität einzubüßen.

»Ich glaube, er will nur sicherstellen, daß da kein Zyklop hindurchschlüpfen kann, falls uns denn wirklich einer begegnet«, meinte Oliver erleichtert.

»Vielleicht will er auch verhindern, daß wir unverrichteter Dinge zurückkehren«, argwöhnte Luthien. »In der Kristallkugel überwacht er jeden unserer Schritte.«

Während er das sagte, untersuchte Luthien die Felswand, vor der sie standen. Obwohl er nur wenige Vergleichsmöglichkeiten hatte – er kannte bislang nur die Meeresgrotten an der Steilküste über Dun Varna –, kam ihm diese Höhle hier reichlich sonderbar vor. Der kupferfarbene, rauhe Fels war von dunklen, glatten Adern durchzogen.

»Das sind Metalleinlagerungen«, erklärte Oliver. »Vermutlich Kupfer. Es scheint unter starker Hitze geschmolzen und aus dem Gestein herausgesickert zu sein.«

Auch Luthien schaute genauer hin. »Offenbar ist die Höhle hier an dieser Stelle versiegelt worden«, sagte er. »Vielleicht haben die Zauberer ein magisches Feuer entfacht, das einen Bergrutsch ausgelöst hat.«

»So sieht's aus«, fand auch Oliver, zeigte sich aber ebensowenig überzeugt wie Luthien. Mit dem Knauf seines Dolches tippte er vorsichtig an den Felsen, um dessen Dichte zu ermessen. Die Wand schien sehr dick zu sein. Daraus folgerte er, daß die Hitze diesseits der Wand zur Wirkung gebracht worden war. Doch diesen Gedanken behielt er für sich.

»Komm«, sagte der Halbling. »Ich will mich hier nicht länger als nötig aufhalten.« Er warf einen Blick auf Luthien, der immer noch das geschmolzene Erz studierte, und sah ihm an, daß seine Überlegungen in die gleiche Richtung gingen wie die eigenen. »Immerhin warten in Montfort viele pralle Geldsäcke auf meinen begierigen Zugriff«, fügte er eine Spur zu laut hinzu, denn aus mehreren Richtungen hallten seine Worte wider. Aber wie erhofft lenkten sie Luthiens Gedanken von der Wand ab.

Der Untergrund war uneben; hier und da wuchsen Stalagmiten aus dem Gestein, die sogar Luthien überragten. Obwohl sich die beiden in einer nach allen Seiten hin geschlossenen Kammer befanden, hatten sie bisweilen den Eindruck, durch enge Korridore zu gehen. Durch das Fackellicht in Luthiens Hand tanzten unheimliche Schatten um sie herum. Beklommen und vorsichtig schlichen die beiden voran.

Sie erreichten eine abschüssige Böschung. Auf dem Gelände, das sich darunter ausbreitete, war ein Pfad zu erkennen; er schlängelte sich vorbei an hohen Stalagmiten und Felsbrocken, die anscheinend aus den Tropfsteinen herausgebrochen waren.

»Da unten kommen wir besser voran«, sagte Luthien und machte sich an den Abstieg, kauernd und in weiter Rücklage, wobei er fast auf dem Hosenboden zu sitzen kam.

Oliver packte ihn bei den Schultern und hielt ihn zurück. »Willst du nicht wissen, was diese Steine da zerbrochen haben könnte?« fragte der Halbling argwöhnisch.

Darüber wollte Luthien lieber nicht mutmaßen. »Komm mit«, entgegnete er und rutschte langsam bergab.

Oliver grummelte verärgert vor sich hin, warf einen letzten Blick zurück auf die Wand im Hintergrund und das magische Portal, zuckte mit den Achseln und folgte dem Freund.

Unten angekommen, sah er Luthien mit starrer Miene vor dem Sockel eines abgeknickten Tropfsteins stehen, den Blick zu Boden gerichtet.

»Was …?« Die Frage, die der Halbling stellen wollte, erübrigte sich, als er neben Luthien zu stehen kam. Zwischen zerbrochenem Gestein lagen Knochenreste am Boden verstreut. Gehetzt blickten sich die beiden um, als rechneten sie mit dem Überfall eines schrecklichen, gewaltigen Monstrums, das sie unter seinen Füßen zertrampeln könnte.

»Von Zyklopen stammen die nicht«, stellte Oliver fest und hob einen Schädel auf, der zwei Augenlöcher aufwies.

Es waren insgesamt drei Skelette zu zählen, aber nur zwei Schädel; der dritte schien in tausend Stücke zersplittert worden zu sein. Obwohl nicht mehr als weißes Gebein zum Vorschein kam, glaubten die Freunde erkennen zu können, daß die Leichenreste hier noch nicht vor allzu langer Zeit abgelegt worden waren. Unter einem Felsbrocken räumten sie einen

Schenkelknochen hervor, an dem noch Sehnen- und Hautfetzen klebten. Auch fanden sie Kleiderreste, die kaum verrottet waren.

»Mir scheint, wir sind nicht die ersten, die Brind'Amour auf die Suche nach seinem Stab geschickt hat«, sagte Luthien.

»Und fest steht jetzt, daß hier in der Höhle noch Leben ist«, fügte Oliver hinzu. Er schaute sich um zwischen den umgestürzten Stalagmiten. »Ich glaube nicht, daß Zyklopen dafür verantwortlich sind«, sagte er. »Auch kein Zyklopenhäuptling.«

Das geschmolzene Erz in der Wand, die umgekippten Kalksteinbrocken und nun dies! Den Freunden wurde zunehmend mulmig zumute. Luthien versuchte, sich Brind'Amours Worte über die Höhle in Erinnerung zu rufen. Er hatte anscheinend doch gelogen oder zumindest einen Teil der Wahrheit verschwiegen.

Aber was nutzte jetzt noch die Einsicht, hinters Licht geführt worden zu sein? Es gab kein Entrinnen, solange das Portal verschlossen blieb, und Luthien wußte, daß darauf erst zu hoffen war, wenn der verlorengegangene Stab geborgen sein würde.

»Wenn dieser Stab wirklich so kostbar ist, wird er wohl unter den Schätzen desjenigen zu finden sein, der hier das Kommando hat«, mutmaßte Luthien. »Und dieser Pfad scheint mir geradewegs dorthin zu führen.«

»Wie schön«, entgegnete Oliver.

Dem Pfad folgend, verließen sie die große Kammer und traten in einen weiten Korridor hinaus. Das Fackellicht beschien beide Seitenwände, und auch die Decke war zu sehen. Doch das konnte die beiden nur wenig trösten, zumal sie nun feststellen mußten, daß, wer immer durch diesen Gang gekommen war, nicht nur die aufrecht stehenden Tropfsteine kurz und klein geschlagen, sondern auch die von oben herabhängenden Stalagtiten abgebrochen hatte.

Die Wärme der Luft schien von Schritt zu Schritt zuzunehmen. Die Wände schimmerten dunkelrot. Hinter einer steil abfallenden Stufe weitete sich der Korridor. Luthien kletterte als erster hinab; Oliver folgte dichtauf.

Sie kamen an den Rand eines unterirdischen Sees. Das Wasser schillerte gelblichrot im Widerschein der Fackel, von der nun sehr viel mehr Leuchtkraft auszugehen schien. In den Wänden glitzerten Quarz und andere Kristalle auf. Jenseits des Wassers entdeckten die Freunde den Eingang zu einem weiteren Korridor, der die Richtung fortsetzte, der sie bisher gefolgt waren.

Luthien beugte sich vor und streckte prüfend die Hand aus, spürte heiße Schwaden aufsteigen und wagte es nicht, die Hand ins Wasser zu tauchen.

»Wieso ist es hier so heiß?« fragte Oliver. »Wir sind doch hoch oben im Gebirge, und auf den Gipfeln liegt Schnee.«

»Sind wir wirklich so hoch oben?« entgegnete Luthien, und erinnerte den Halbling daran, daß sie nicht wissen konnten, wohin sie der Tunnel des Zauberers geführt hatte.

Oliver starrte über den See. Er war nur knapp hundert Fuß breit und etwa doppelt so lang, schien aber dennoch unüberwindlich zu sein. Die Oberfläche durchmaß den gesamten Querschnitt des Raums, und der Halbling, wasserscheu wie er war, hatte nur wenig Lust, auf die andere Seite zu schwimmen.

»Es gibt einen Weg drumherum«, sagte Luthien und deutete auf einen Felssims, der sich zehn Fuß über dem Wasserspiegel an der Wand entlangzog.

An der Aussicht auf eine Kletterpartie schien Oliver auch keinen Gefallen zu finden. Er setzte seinen Rucksack auf dem Boden ab, hantierte an den Schnallen herum und überhörte Luthiens Fragen, der wissen wollte, was er nun zu tun gedenke. Wenig später kramte der Halbling ein langes dünnes und fast durch-

sichtiges Seil zum Vorschein, an dessen Ende ein drei-
zackiges Ankereisen befestigt war.

Auch an ihren höchsten Stellen hing die Decke nicht
höher aus dreißig Fuß; sie war rauh und brüchig,
voller Spalten und Zacken. Oliver holte nun zum
Schwung aus, ließ das Ankereisen um ein kurzes Stück
Seil kreisen und schleuderte es zur Decke empor. Das
Eisen flog in hohem Bogen durch die Luft und fiel
klatschend in den See.

Luthien strafte den Gefährten mit wütendem Blick.
Laut hallte der Schlag aufs Wasser durch den Saal, und
sekundenlang wagte es keiner der beiden, sich zu
rühren.

Oliver versuchte sich zu entschuldigen. »Ich dachte
nur ...«

»Hol das Ding sofort wieder ein!« fiel ihm Luthien
ins Wort.

Während er das Seil aufwickelte, erklärte Oliver, daß
er die Dregge an der Decke habe festmachen wollen,
um das Seil als Sicherung beim Gang über den Felssims nutzen zu können; es würde vor allem auch dann
von Hilfe sein, wenn sie zu einem schnellen Rückzug
gezwungen wären.

Fast hatte Oliver das Ankereisen eingeholt, als es
plötzlich auf dem Grund des Sees festzuhaken schien.
So sehr er auch am Seil zerrte, das Eisen ließ sich nicht
befreien. Luthien packte mit an – vergeblich.

»Schneid das Seil durch! Wir müssen weiter«, verlangte Luthien. Widerwillig langte der Halbling nach
dem Dolch, denn es tat ihm leid um jede Elle seiner
wertvollen dünnen Schnur.

Plötzlich riß es ihn nach vorn. Unwillkürlich langte
er auch mit der anderen Hand nach dem Seil, bemerkte aber dann, daß er dem Zug nicht widerstehen
konnte und ins Wasser gezerrt würde, wenn er nicht
losließe. Das Seil sauste ihm durch die Finger, und er
verdankte es den festen Lederhandschuhen, daß ihm

nicht die Hände verbrannten. »Tu doch was!« schrie er Luthien zu und hüpfte in seiner Not auf und ab.

Aber was konnte Luthien schon tun? Er suchte festen Halt unter den Füßen und beugte sich vor, um das Seil zu fassen, ließ aber von dem Vorhaben ab, weil er einsehen mußte, daß auch seine Mithilfe den gewaltigen Zug nicht bremsen konnte.

Das Seil war fast zur Gänze ausgespielt, als die Kraft, die an ihm zerrte, plötzlich zum Stillstand kam.

Der Halbling stolperte einen Schritt zurück und starrte verwundert aufs Wasser. »Mir scheint, ich habe einen dicken Fisch an der Angel«, murmelte er.

Sprachlos blickte Luthien aufs Wasser, das sich inzwischen wieder beruhigt hatte und spiegelglatt dalag. Dann faßte er sich ein Herz und langte zum Seil, holte es Armlänge um Armlänge vorsichtig ein, in jedem Moment darauf gefaßt, daß es ihm erneut entrissen würde.

Zur Verwunderung beider tauchte die Dregge schließlich auf; in den Zinken hing brauner und rötlicher Tang. Luthien nahm das Ankereisen in die Hand, säuberte es und gab auch Oliver Gelegenheit, einen Blick darauf zu werfen. Einer der Zinken war ein wenig verbogen, ansonsten aber fehlte jeder Hinweis auf die Kraft, die den Haken durchs Wasser gezerrt hatte.

»Hab noch nie davon gehört, daß ein Fisch Geschmack an Eisen hätte«, meinte Oliver und kicherte nervös. »Komm, machen wir uns auf den Weg über den Sims.«

Zuvor aber wollte nun Luthien den Plan des Freundes in die Tat umzusetzen versuchen. Er musterte das Deckengewölbe und entdeckte zwei Stalagtiten, die so ineinander verwachsen waren, daß sie eine Art Bügel ausformten. Dieses Ziel im Blick ließ er die Dregge kreisen.

»Paß auf, daß mein schönes Seil nicht verlorengeht«, warnte Oliver, und schon surrte es durch die Luft. Das Eisen flog genau durch die Bügelöffnung und baumelte auf der anderen Seite herab. Als Luthien das Seil stramm zog, verhakten sich die Zinken im Gestein.

»Jetzt kann's losgehen«, sagte er.

Oliver zuckte mit den Schultern und ließ Luthien den Vortritt.

Der Pfad am Uferrand führte geradewegs in den Einstieg zur Felswand. Zehn Fuß über dem See tasteten sie sich vorsichtig auf dem schmalen Sims voran. Das Wasser unter ihnen blieb ruhig, doch plötzlich war ein leises Plätschern zu hören, und Oliver sah kleine Wellen vor die Felswand springen.

»Beeil dich!« flüsterte der Halbling, dabei bewegte sich Luthien schon so schnell, wie er konnte. Der Sims war nicht mehr als ein Fuß breit, und immer wieder mußten die beiden unter hervorkragenden Felskanten hinwegkriechen.

Das Plätschern nahm an Lautstärke zu, und an einer Stelle, knapp dreißig Fuß von der Wand entfernt, schien das Wasser plötzlich zu sieden.

Oliver schnappte nach Luft, als sich ein Wellenberg mannshoch auftürmte, verdrängt von einer kolossalen Masse, die wenig später aus dem Wasser auftauchte und sich als die geschwungene Hornplatte einer gigantischen Schildkröte entpuppte.

Der Halbling schrie vor Entsetzen auf, und Luthien legte einen Schritt zu, um dem Riesentier zu entkommen, das nun langsam herbeigeglitten kam, den Kopf weit vorgereckt und mit gefährlich funkelnden Augen. Das Maul der Bestie war groß genug, um den Halbling mit einem Bissen zu verschlingen.

Zehn Fuß von der Felswand entfernt, schnellte der Kopf plötzlich auf unmöglich langem Hals in die Höhe. Aufschreiend sprang Oliver zurück und zückte sein Rapier. Die Schildkröte verfehlte ihn knapp, schnappte mit ihrem gewaltigen Kieferkamm zu und riß einen Felsbrocken aus dem Gesims heraus.

Bevor das riesige Reptil erneut zubeißen konnte, war Luthien zurückgeeilt und hatte den Arm um Oliver geschlungen. Das Seil fest im Griff, sprang er von der Felskante ab und segelte mit Oliver im Arm dicht am klaffenden Maul der Bestie vorbei. Die fuhr mit dem Kopf herum und stieß Luthien dabei wuchtig in den Rücken, wodurch er zusätzlichen Schwung bekam und am Seil außer Reichweite pendelte.

Oliver hatte neuen Mut gewonnen und brüllte der Schildkröte zu: »Sei froh, daß ich dich nicht zu Suppe verarbeite. Ich wüßte nämlich ein leckeres Rezept.«

Die beiden flogen in weitem Bogen durch den Raum, kamen an der Stelle vorbei, von der sie aufgebrochen waren, und schwangen dann kreisend dem gegenüberliegenden Ufer entgegen. Luthien hatte, bevor er abgesprungen war, das Seil so hoch wie möglich gegriffen. Trotzdem wäre er mit Oliver unweigerlich ins Wasser getaucht, hätte ihn der Kopfstoß der Schildkröte nicht auf jene Bahn geschickt, die am Rand des Sees entlangführte und somit einem Gang durch die Lotrechte des Seils auswich.

Als sie im Rückschwung höher aufstiegen, rutschte Luthien am Seil nach unten, um mehr Reichweite zu gewinnen. Dann löste er seinen Griff vollends und ließ sich klaftertief auf den schlammigen Boden des seichten Uferrandes fallen.

Luthien kletterte als erster aus dem Wasser und nahm das Seil mit sich, soweit es seine Länge gestattete. Plötzlich geriet er ins Stolpern, und als ihm das Seil aus den Händen glitt, warf er es ohne Überlegung auf ein Gebilde schroffer Felszacken zu, worin es sich glücklicherweise verfing. Als er sich wieder aufgerichtet hatte und zur Klippe hinkletterte, um das Seil zu bergen, hastete Oliver an ihm vorbei auf den Eingang des weiterführenden Stollens zu.

Warum es der Halbling so eilig hatte, wurde Luthien klar, als er sich umdrehte und den Kopf der Schildkröte aus dem Wasser aufsteigen sah. Aus dem klaffenden Maul schoß ein Dampfstrahl hervor.

Luthien ließ sich hinter der Felsenklippe zu Boden fallen und entging so dem sengendheißen Atemhauch der Bestie. Schweißgebadet und mit hochrotem Gesicht sprang er auf und eilte Oliver nach. Im Schutz des Korridors wagte er einen Blick zurück.

Die Oberfläche des Sees war wieder spiegelglatt, von der riesigen Schildkröte nichts zu sehen.

»Wo ist mein Seil?« fragte Oliver.

»Das holen wir uns auf dem Rückweg«, antwortete Luthien.

»Womöglich haben wir's schon früher nötig.« Der Halbling blickte auf den trügerisch stillen See hinaus. »Na schön, auf dem Rückweg dann«, sagte er, hoffte aber insgeheim, über eine andere Route zurück in den Tunnel des Zauberers gelangen zu können.

Die beiden kamen gut voran; der Stollen war relativ eben und frei von Geröll und Tropfsteinen.

»Jetzt wissen wir, was denen widerfahren ist, die vor uns hier waren«, sagte Oliver hoffnungsvoll. »Und wir haben das Biest hinter uns gelassen.«

»Aber wir müssen noch einmal daran vorbei«, gab Luthien zu bedenken.

»Wer weiß?« antwortete Oliver. »Vielleicht auch nicht. Sobald wir den Stab gefunden haben, wird uns der Zauberfritze bestimmt zur Hilfe kommen.«

Luthien war weniger zuversichtlich als der Freund. »Es könnte auch sein, daß der Stab auf dem Grund des Sees liegt.«

Oliver gab darauf keine Antwort; statt dessen grummelte er vor sich hin, schimpfte über ›Zauberfritzen‹ im allgemeinen und über solche, die Höhlengänge versiegelten, um einen Zyklopenhäuptling darin einzusperren. Und während die Freunde, etliche Stollen durchlaufend, von einer Kammer in die nächste kamen, weitete Oliver seinen Ärger aus auf ›Händlerfritzen‹ und sonstige ›Fritzen‹, von denen Luthien noch nie gehört hatte. Der junge Bedwyr ließ ihn reden, wußte er doch, daß der Halbling, wenn er einmal losgelegt hatte, kaum zu bremsen war.

Zum Schweigen brachte ihn erst der überwältigende Ausblick auf eine große, domartige Kammer. Wie versteinert blieben die beiden im Eingang stehen. Das Fackellicht fiel glitzernd auf einen Berg aus Gold und Silber, Perlen und Edelsteinen ungeahnter Größe. Der Haufen war doppelt so hoch wie Luthien groß, und zwischen all den wertvollen Metallen und Kristallen steckten auch kostbare Schmuckstücke und Gebrauchsgegenstände wie Schalen und Pokale, die aller Wahrscheinlichkeit nach aus den Kunstschmieden der Zwerge stammten. Wie in Trance wandelten die beiden in der Kammer umher.

Kopfschüttelnd versuchte sich Oliver von seiner Benommenheit zu befreien, lief auf den Berg zu, stopfte die Taschen voll, grabschte nach Münzen und warf sie übermütig in die Luft.

»Wir suchen etwas anderes«, erinnerte ihn Luthien. »Das ganze Zeug hier rauszuschaffen, wird uns ohnehin nicht gelingen.«

Darum kümmerte sich Oliver anscheinend nicht, und Luthien sah ein, daß ein Verzicht auf Anteile an diesen Schätzen zuviel verlangt wäre. Der offene, leicht begehbare Pfad, den sie gekommen waren, schien auch der einzige Zugang zu diesem Raum zu sein. Entweder waren die Kostbarkeiten von der Schildkröte gehortet worden – und die hatte keinerlei Anstalten gemacht, ihnen zu folgen –, oder aber es handelte sich hier um den Schatz eines lange verstorbenen Königs, vielleicht jenes Zyklopenoberhauptes, von dem Brind'Amour gesprochen hatte. Doch nach den Erziehungsvorschriften von Luthiens Vater kam

›zuerst die Pflicht‹, und diese Regel einzuhalten schien jetzt, da so vieles von der eigentlichen Aufgabe ablenkte, wichtiger denn je.

»Denk an den Stab, Oliver«, mahnte er ein weiteres Mal. »Wenn wir den haben, kannst du machen, was du willst.«

Oliver war der glücklichste Dieb der Welt. Er hockte auf einem Haufen von Münzen, steckte die Daumen in die Ohren, wackelte mit den grün behandschuhten Händen und streckte Luthien die Zunge heraus.

Luthien wollte den Freund gerade erneut zur Besinnung rufen, als ihm ein großer Sack aus Leinwand in den Blick fiel und seine Aufmerksamkeit erregte. Er lag auf einem Geldhaufen zur Rechten, und Luthien war sich sicher, daß der Sack vorhin noch nicht da gelegen hatte.

Er blickte zur Decke hinauf, mutmaßend, daß er von oben heruntergefallen sein könnte. Aber dort war nichts zu entdecken. Kein Wunder, es war ja kein Aufprall zu hören gewesen, geschweige denn ein Geklimper von Münzen. Schulterzuckend trat er herbei und tastete vorsichtig mit seinem Schwert nach dem Sack. Überzeugt davon, daß keine Gefahr drohte, steckte Luthien die Fackel in den Haufen, packte den Sack und öffnete ihn.

Daraus zog er ein Gewand zum Vorschein, einen Umhang, der trotz des trüben Fackellichts in einem Rot leuchtete, wie er es satter und kräftiger nie gesehen hatte. Außerdem fand er ein merkwürdig anmutendes Ding: zwei schlanke, leicht geschwungene Rundhölzer, die an einem Ende miteinander verbunden waren, und zwar durch eine Vorrichtung, die wie ein Scharnier aussah. Als Luthien die Hölzer auseinanderklappte, erkannte er, daß es sich um die Wurfarme eines Bogens handelte. An einem Faden hing ein Splint, mit dem sich das Scharnier in der Mitte arretieren ließ. In einem kleinen Behältnis am Ende des

Wurfarms steckte die Sehne aus feinem, festem Darm-
material.

Luthien legte den seidenen Umhang um die Schultern und zog die Kapuze über den Kopf. Dann nahm
er noch einmal den Sack zur Hand und fand darin
einen schlanken kleinen Köcher samt Gürtel, der darauf schließen ließ, daß der Köcher nicht auf dem
Rücken, sondern an der Hüfte zu tragen war. Er enthielt nur eine Handvoll Pfeile. Daneben lag ein Pfeil,
der dem jungen Bedwyr äußerst seltsam vorkam, nicht
nur weil er länger war als die anderen; dicht unter der
Spitze zeigte der Schaft eine zylindrische Verdickung,
dick wie Luthiens Unterarm. Überraschenderweise
war dieser Pfeil dennoch gut ausgewogen, wovon sich
Luthien überzeugen konnte, als er ihn in die Hand
nahm. Bei genauerem Hinsehen stellte er fest, daß die
Nocke unter den Steuerfedern nicht aus Holz, sondern
aus Metall bestand und offenbar als Gegengewicht zur
schweren Spitze diente. Trotz seiner Ausgewogenheit
zweifelte Luthien daran, daß dieser plumpe Pfeil weit
würde tragen können.

Olivers Stimme riß ihn aus der Versenkung.
»Glaubst du, daß das hier der Stab des Zauberfritzen
sein könnte?« rief der Halbling. »Luthien?«

Luthien strich die Kapuze vom Kopf und eilte auf
den Freund zu, der von dem großen Klunkerhaufen
herabrutschte und einen eichenen Stab in ausgestreckter Hand präsentierte.

»Ah, da bist du ja«, sagte er und musterte Luthien
mit spöttischer Miene. Der junge Bedwyr stemmte eine
Hand in die Hüfte, hielt in der anderen den ungewöhnlichen Bogen in die Höhe und stellte sich in dem
neuen Umhang zur Schau.

Statt Luthiens Aufmachung zu kommentieren, sagte
Oliver: »Der Stab ist gefunden, jetzt darf ich mich ver-
gnügen.« Zufällig fiel sein Blick auf merkwürdige
Schemen am Boden, die aussahen wie der Schattenriß

einer Gruppe von Menschen, die ihre Arme in die Luft gerissen hatten, als wollten sie eine Gefahr abwehren. Oliver beugte sich vor, berührte das Abbild mit den Fingerspitzen und stellte entsetzt fest, daß es aus Asche bestand.

Er richtete sich auf, wandte sich dem Freund zu und sagte: »Weißt du, in Gascony erzählt man sich Geschichten von Schätzen, die so üppig sind wie dieser hier, und immer werden sie bewacht von ...«

Plötzlich geriet der Haufen aus Gold und Silber in Bewegung und barst auseinander, so daß seine Einzelteile klimpernd und scheppernd in alle Richtungen davonkugelten. Oliver und Luthien blickten auf in die Augenschlitze eines wütenden Drachen.

»Ja«, führte der Halbling stammelnd seinen Gedanken zu Ende, »bewacht von einem solchen Scheusal.«

11. KAPITEL

Balthasar

Luthien war aufgewachsen am Rand des Meers der großen Wale, hatte die Leiber der Riesen gesehen, die von den Soldaten seines Vaters aus dem Gebirge heruntergeschleppt worden waren, und vor wenigen Minuten hätte ihn fast eine monströse Schildkröte entzweigebissen. Wie jeder andere junge Mann aus Eriador oder Avon kannte er Schilderungen von Drachen und von tapferen Helden, die solche Ungeheuer zur Strecke brachten. Doch keine dieser Geschichten hatte ihn vorbereiten können auf das, was er nun zu Gesicht bekam.

Langsam streckte und reckte sich der gewundene Lindwurm zur vollen Länge, die wohl an die hundert Fuß maß, und richtete sich, auf seinen Vorderläufen abgestützt, hoch auf über den erbarmungswürdig kleinen Halbling. Wie Leuchtfeuer brannten die grüngelben Augen, und der rötlich goldene Schuppenpanzer, in dem sich während des langen Schlafs der Bestie Münzen und Edelsteine festgesetzt hatten, schien so hart und fest wie eine Wand aus Eisen zu sein. Über welche Waffen mochte dieses Monstrum wohl verfügen? Den Krallen war durchaus zuzutrauen, daß sie Felsen würden zerreißen können; aus den Kiefern wucherte eine Fülle von Zähnen, die wie Elfenbein schimmerten und so lang waren wie Luthiens Schwert; und jedes einzelne der aus dem Kopf wachsenden Hörner konnte drei Männer gleichzeitig aufspießen. Luthien erinnerte sich an Geschichten von feuerspeienden Drachen und fand nun eine Erklärung dafür, warum das Erz aus dem Höhlengestein herausgeschmolzen war; nun wußte er auch, daß es nicht die Schildkröte war, die die Tropfsteine zerbrochen hatte. Daran hatte dieser Drache vor vierhundert Jahren seine Wut ausgelassen, die Wut über seine Einkerkerung.

Und nun stand er mit neu entflammter Wut über Oliver und brüllte: »DEINE TASCHEN SIND PRALL GEFÜLLT MIT MEINEN JUWELEN, DU MICKRIGER DIEBSDAUMEN!« Und die Stimme allein machte einen solchen Wind, daß Oliver der Hut in den Nakken rutschte.

Ohne nachzudenken, steckte Oliver die Hände in die Taschen, sprang weg von den Ascheresten am Boden und hin zum Rand der Kammer, der halbwegs unverstellt war von den Schätzen des Drachen.

Luthien stand da mit offenem Mund, starr vor Staunen darüber, daß der Lindwurm sprechen konnte. Natürlich war von einer solchen Fähigkeit auch in den alten Sagen die Rede, doch Luthien hatte immer geglaubt, daß dieser Punkt von den Erzählern frei hinzugedichtet worden war. Ein solches Monstrum, eine geflügelte Riesenechse sprechen zu hören und das ausgerechnet in seiner Muttersprache war für Luthien das Wunderlichste überhaupt.

»NUN?« donnerte die Bestie mit Blick auf Oliver; es schien, als habe sie von Luthien noch keine Notiz genommen. »WILLST DU DEN MÄCHTIGEN BALTHASAR NICHT AUF KNIEN ANFLEHEN, DASS ER DEIN JÄMMERLICHES LEBEN SCHONEN MÖGE?«

»Wenn ich mich nur noch eine Weile an diesem prächtigen Anblick erfreuen dürfte«, antwortete Oliver. »Als ich herkam, fand ich nur diesen Schatz hier vor. Auch der ist durchaus prächtig anzusehen. Wirklich sehr prächtig.«

Luthien traute den eigenen Ohren nicht. Er konnte

kaum glauben, daß Oliver, als Dieb überführt, noch den Nerv hatte, auf diesen Schatz einzugehen. Unglaublich auch, daß er überhaupt Worte fand angesichts dieses Riesenwurms.

»Aber seid versichert, mächtiger Balthasar, ich bin nicht des Schatzes wegen gekommen«, fuhr der Halbling fort und versuchte, unbekümmert zu erscheinen. »Mein Wunsch war es, Euch vor Augen zu sehen. Gestattet mir, daß ich mich weide am Anblick Eurer legendären Herrlichkeit. Ihr habt Jahrhunderte geschlafen, und leider gibt es heutzutage nicht mehr viele Euresgleichen.«

»WENN ES MEHR DRACHEN GÄBE, GÄBE ES WENIGER DIEBSGESINDEL«, antwortete Balthasar, und Luthien bemerkte, daß die Stimme des Ungeheuers schon ein wenig freundlicher klang. Offenbar hatten Olivers Komplimente beschwichtigend auf ihn gewirkt. Daß Drachen zur Eitelkeit neigten, war ebenfalls aus den alten Geschichten zu erfahren; je größer der Drache, desto eitler war er auch.

»Eurer Logik läßt sich nicht widersprechen«, sagte Oliver und fing an, seine Taschen zu leeren. Münzen und Juwelen purzelten zu Boden. »Aber ich hatte nicht zu träumen gewagt, Euch tatsächlich anzutreffen. Mir begegnete nur diese Schildkröte, in einem See, nicht weit von hier, ein recht großes Biest, und da ich noch nie einen Drachen gesehen habe, hielt ich sie für Euch.«

Die engen Augenschlitze des Drachen weiteten sich, und Luthien fürchtete, daß das Scheusal seinen Schlangenhals ausfahren und den Halbling verschlingen würde.

»Ihr könnt Euch vorstellen, wie enttäuscht ich war«, fuhr Oliver unbeirrt fort. »Ich hatte so viel von Balthasar gehört, aber als ich dann die Schildkröte sah und sie mit Euch verwechselte, dachte ich bei mir, daß ein solcher Schatz Euer nicht würdig sei. Jetzt weiß ich, daß ich mich schrecklich geirrt habe.« Ein letztes Mal langte der Halbling in die Tasche, holte eine große Perle daraus hervor und legte sie vorsichtig zurück auf einen der Klunkerhaufen.

Balthasars Kopf schwankte hin und her; der Drache wirkte unschlüssig. Plötzlich verharrte er in seiner Bewegung, hielt die Nase schnuppernd in die Luft, als habe er einen fremden Geruch wahrgenommen.

»Ich will mich nicht an Eurem Schatz vergreifen, hatte auch nicht die Absicht, Euch beim Schlafen zu stören«, beeilte sich Oliver zu sagen. »Ich bin eigentlich nur gekommen, um Eure Herrlichkeit und Größe zu bewundern...«

»LÜGNER!« brüllte Balthasar so laut, daß Luthien vor Schmerzen zusammenzuckte. »LÜGNER UND DIEB!«

»Falls Ihr mir Euren Feueratem entgegenschleudern wollt, bedenkt, daß dann wohl auch ein Teil Eurer Kostbarkeiten verbrennt!« rief Oliver und sprang zu den aufgehäuften Münzen hin. »Ist mein Tod Euch soviel wert?«

Doch Balthasar schien um seine Schätze wenig besorgt zu sein. Luthien glaubte, das scheußliche Reptil grinsen zu sehen, als es die gepanzerten Schultern senkte und das Maul auf den Halbling zuführte.

Dann richtete sich das Biest schlagartig auf, schnupperte, ließ den Kopf herumschnellen und richtete seinen lichtsprühenden Blick auf den jungen Bedwyr.

Luthien stand wie versteinert da, gebannt durch diesen fesselnden Blick, von dem die Legenden berichteten, was er aber immer für ebenso unwahrscheinlich gehalten hatte wie die Behauptung, daß Drachen sprechen können.

Jetzt waren alle Zweifel ausgeräumt. Es drängte ihn, die Waffen wegzuwerfen und zu fliehen, doch er war nicht imstande, sich zu bewegen.

144

Der Drache wandte sich wieder dem Halbling zu, der besorgt in Luthiens Richtung starrte.

»WER BEGLEITET DICH?« wollte die Bestie wissen.

»Niemand«, antwortete Oliver.

Für Luthien war schleierhaft, was Oliver mit dieser dreisten Lüge bezweckte, hatten doch beide, der Halbling und der Drache, ihre Blicke auf ihn gerichtet.

»LÜGNER!« knurrte Balthasar.

»So nanntet Ihr mich bereits«, entgegnete Oliver. »Was soll nun geschehen? Ich habe zurückgegeben, was in meinen Taschen war, und Eure Erhabenheit gesehen. Wollt Ihr mich nun fressen oder laufenlassen, damit ich der Welt berichten kann, was für ein prächtiger Drache Ihr seid?«

Balthasar war sichtlich perplex und wich ein Stück zurück.

»Ihr seid schon vierhundert Jahre von der Bildfläche verschwunden«, erklärte Oliver. »Glaubt mir, die Geschichten über Euch werden immer weniger. Aber wenn ich hier herauskomme, verspreche ich, daß Balthasar bald wieder in aller Munde sein wird.«

Was für ein kluger Kerl, dachte Luthien, und seine Bewunderung für den Halbling vervielfachte sich in diesem Augenblick. Allein die Tatsache, daß er im Angesicht des Drachen sprechen konnte, beeindruckte Luthien über die Maßen, zumal sein eigener Mund wie ausgetrocknet schien vor Angst.

Der Drache knurrte nun fürchterlich, sog mit geblähten Nüstern derartig kraftvoll Luft ein, daß Olivers Hut vom Nacken in die Stirn rutschte.

»Na na«, rief Oliver und drohte mit dem Finger. »Wenn Ihr Feuer spuckt, geht eine Menge Gold und Silber dabei drauf.«

Luthien konnte es kaum fassen, aber es schien tatsächlich so, daß der Halbling Herr der Lage war. Daraus schöpfte der junge Bedwyr so viel Zuversicht, daß er seine Glieder wieder bewegen konnte.

Aber oft trügt der Schein, wenn ein Drache im Spiel ist. Balthasar überdachte alles sehr genau; er erwägte, den Halbling abziehen und die Legende neu aufleben zu lassen. Solche Geschichten würden zweifelsohne andere in die Grotte locken, Möchtegern-Helden und Schatzsucher. Der Drache fragte sich, ob es mit seiner Gefangenschaft dann womöglich endlich vorbei wäre, ob er wieder frei übers Land würde fliegen und sich an der Einwohnerschaft einzelner Dörfer laben könnte.

Doch träge, wie er war, befand er schließlich, daß es zu anstrengend wäre, ständig wachbleiben und sich mit selbsternannten Helden auseinandersetzen zu müssen. Außerdem hatte er längst festgestellt, daß der geckenhafte Halbling ein Lügner und Dieb war.

Der Kopf des Lindwurms schnellte vor, so plötzlich und kraftvoll, daß Luthien unwillkürlich aufschrie. Jetzt schien es endgültig um den Freund geschehen zu sein. Luthien riß den Bogen hoch und nockte den seltsamen Pfeil auf die Sehne.

Oliver aber hatte nicht umsonst die besten Kampf-schulen in Gascony besucht; er war mit allen Wassern gewaschen und wußte sich nicht zuletzt auch gegen sagenhafte Ungeheuer zur Wehr zu setzen. Er ließ sich, als der Drache angriff, auf den Bauch fallen, zog das Rapier und stach von unten zu, doch der Drachenpan-zer war so fest, daß sich die auftreffende Klinge fast zu einem geschlossenen Kreis verbog, ohne den gering-sten Schaden zu verursachen.

Balthasar bäumte sich auf, peitschte mit dem langen Schwanz und rührte mit den ledernen Flügeln einen gewaltigen Sturm auf. Oliver hielt mit der freien Hand den Hut auf den Kopf gedrückt; sein purpurner Um-hang flatterte von den Schultern, als er sich gegen den heftigen Wind stemmte, um dem Angriff des Drachen zu trotzen.

Schon drohte das klaffende Maul den Halbling zu verschlingen, als Luthien den Pfeil fliegen ließ, inständig hoffend, daß es eine besondere Bewandtnis damit habe.

Der Pfeil sauste auf die Bestie zu, wurde aber dann von dem gewaltigen Wind zur Seite gedrückt und flog auf die Felswand zu. Doch so weit kam er nicht; er explodierte auf halbem Wege in der Luft.

Krachend und heulend stoben bunte Funken durch die Kammer; gleißende Lichtbälle schlingerten umher; einer davon prallte in Balthasars Gesicht und zwang ihn zurück. Eine rote Feuerlanze schoß senkrecht nach oben und zerbarst mit einem Donnerschlag, der die Höhle zum Erbeben brachte und die aufgehäuften Schätze auseinanderfegte.

Unter das Krachen und Pfeifen mischte sich Balthasars wütendes Protestgebrüll.

Geistesgegenwärtig klaubte Oliver Brind'Amours Zauberstab vom Boden auf und rannte los, war schon fast an Luthien vorbei, als dieser ihn beim Kragen packte und nach dem Eichenstecken langte.

Oliver schrie wie am Spieß, riß die Augen auf und erkannte, daß es der Freund war, der ihn festhielt. Bereitwillig überließ er ihm den Stab, nahm statt dessen die Fackel zur Hand und rannte weiter. Der junge Bedwyr folgte.

Kaum hatten sie den Ausgang erreicht, als Balthasar Feuer spie.

Die beiden waren rechtzeitig um die Ecke gesprungen, doch sie spürten die Flammen im Nacken. Der heiße Luftschwall trieb sie noch schneller voran. Felsgestein zerbröckelte und schmolz. Luthien konnte dem Drang nicht widerstehen, zurückzublicken und sich ein Bild zu machen von der entfesselten Wut des mächtigen Lindwurms. Doch Oliver zerrte ihn entschlossen weiter aus Sorge, daß jede noch so kleine Verzögerung mit dem Tod bestraft werden könnte.

In der Schatzkammer war das Feuerwerk immer noch zu Gange. Über den Lärm hinweg hörten die fliehenden Freunde das Gepolter des Drachen, der die Verfolgung aufgenommen hatte.

»IHR KOMMT NICHT WEIT!« röhrte Balthasar. Mit scharrenden Klauen versuchte er, den riesigen Schlangenleib durch den Stollen zu zwängen, und immer wieder spuckte er sein Feuer aus.

Luthien und Oliver hatten die nächste Kammer schon hinter sich gelassen. Luthien war drauf und dran, ein paar Pfeile nach hinten abzuschießen, besann sich aber schnell eines Besseren. Was konnten so kleine Pfeile schon gegen einen so fest gepanzerten Drachen ausrichten? Er zog den Splint, klappte den Bogen zusammen und steckte ihn neben den Köcher unter den Gürtel.

Schwerfällig mühte sich der Drache durch die engen Gänge, während die Freunde ihren Vorsprung weiter ausbauten konnten. Dann aber trafen sie auf jenes Hindernis, das für Balthasar keines sein würde: den unterirdischen See. Hier hatte der Drache alle Vorteile auf seiner Seite.

Unverzüglich strebte Luthien auf den Felssims zu, obwohl ihm schwante, daß der gefahrvolle Umweg nicht zu schaffen war, bevor der Drache aufkreuzte. Das Seil hing immer noch zwischen den Klippen. Also machte Luthien kehrt und steuerte darauf zu.

Das Seil in der einen Hand und den Zauberstab in der anderen, kletterte er auf den höchsten Vorsprung, den er erreichen konnte, und hieß Oliver, auf seinen Schultern Platz zu nehmen.

»Du mußt noch höher hinaus, wenn der Flug gelingen soll«, sagte der Halbling. Luthien reichte ihm den Stab und suchte den See nach der Schildkröte ab. Dann griff er das Seil so hoch wie möglich und holte zum Schwung aus.

Das Gebrüll im Stollen trieb Luthien zur Eile an. Er sprang vom Felsen ab, hangelte sich am Seil weiter hoch und brachte die Beine nach oben, als er mit Oliver über das Wasser segelte.

Sie hatten nicht einmal die Hälfte der Strecke zurückgelegt, als Luthiens Füße durchs Wasser pflügten und der Schwung dadurch merklich abgebremst wurde. Verzweifelt versuchte er, am Seil emporzuklettern, und zog die Beine ein, wußte er doch, wie weit die schreckliche Schildkröte ihren Hals ausfahren konnte.

Doch nun war der Schwung verspielt, und die beiden kreisten langsam am austrudelnden Seil.

»Das gefällt mir nicht«, meinte Oliver.

»Gib mir den Stab«, verlangte Luthien. Der Halbling freute sich, das Ding loszuwerden, denn nun hatte er beide Hände frei und konnte sich am Seil ein Stück weiter hochhangeln. Er malte sich bereits aus, daß er, falls der Freund gefressen würde, die Möglichkeit hätte, auf den Schild der Kröte zu springen, von dessen Rand ins Wasser zu hechten und um sein Leben zu schwimmen. Doch die Vorstellung, Luthien im Stich zu lassen, behagte ihm nicht; er hatte den tapferen jungen Menschen schon zusehr ins Herz geschlossen.

Luthien brachte die Beine noch weiter nach oben, wand die Fußgelenke um das Seil und holte mit wippenden Körperbewegungen neuen Schwung.

»Was hast du vor?« rief der Halbling, den es fast herunterschüttelte.

»Zumindest will ich das Ding hier retten«, antwortete Luthien und schleuderte, vom Moment des Schwungs unterstützt, Brind'Amours Stab auf das gegenüberliegende Ufer zu. Das Holz tischte ein paar Mal an der Oberfläche auf und trieb schließlich unmittelbar vor dem Beckenrand im Wasser.

»Ich hatte gehofft, daß sich mehr damit anfangen läßt«, murrte Oliver und stieß gleich darauf einen spitzen Schrei aus, als Balthasar unter lautem Gebrüll die Kammer erreichte.

»Was könnten wir schon mit einem Zauberstab anfangen?« entgegnete Luthien.

»Euch ist er wahrlich nicht nütze«, tönte eine Stimme vom Ufer. Und als die beiden am Seil hängenden Freunde aufblickten, sahen sie Brind'Amour ans Ufer treten und seinen wertvollen Stab aus dem Wasser fischen.

Das verdrallte Seil schwenkte die beiden herum, so daß sich nun ihr Blick auf Balthasar richtete, der von der anderen Seite auf den See zueilte.

»Jetzt hängen wir genau in der Schußlinie zwischen Drache und Hexer«, bemerkte Oliver. »Ich glaube, dies ist nicht mein Glückstag.«

Luthien versuchte, das Seil zur Ruhe zu bringen, und ließ den Blick pendeln zwischen den zwei mächtigen Gegnern. Beim Anblick des Zauberers fing Balthasar aus tiefer Kehle zu knurren an, wohl in Erinnerung daran, von ihm und dessen Kollegen vor vierhundert Jahren eingesperrt worden zu sein.

»Wir in Gascony finden Zauberfritzen nur zum Lachen, vor allem solche Tattergreise wie den da«, sagte Oliver und machte deutlich, daß er sich von Brind'Amour keine Hilfe versprach.

»Geh zurück in dein Loch!« rief Brind'Amour dem Lindwurm zu.

»NICHT OHNE DEINE KNOCHEN!« lautete die zu erwartende Antwort.

Brind'Amour streckte den Zauberstab aus; knisternd schossen schwarze Blitze aus dessen Ende hervor. Dem magischen Sperrfeuer hilflos ausgesetzt, schrien Luthien und Oliver gemeinsam auf. Doch die Blitze schlugen einen Bogen um sie herum, ohne ihr Ziel zu verfehlen. Zischend trafen sie auf den Schuppenpanzer des Drachen und das Felsgestein ringsum.

Balthasar röhrte vor Wut. Steine zerbarsten; ein Teil der Decke stürzte über dem Drachen ein, den eine Wolke von Schutt und Staub umhüllte.

»Wir in Gascony könnten uns auch irren.« Oliver schöpfte neuen Mut.

Doch der Drache gab sich noch lange nicht geschlagen. Er schüttelte das Geröll von seinem Rücken und bäumte sich auf. Obwohl er kaum verwundet war, wirkte er nun wütender denn je. Wäre Luthien bei klarem Verstand gewesen, hätte er das Seil losgelassen und gemeinsam mit Oliver unter Wasser Deckung gesucht. Vor Entsetzen starr sah er nun den mächtigen Drachenkopf hervorschießen und weißglühende Flammen ausstoßen.

Zum Glück hatte Brind'Amour schon einen weiteren Zauber gesprochen. Das Wasser des Sees wogte gewaltig und türmte sich auf zu einem Wall, der die Freunde vor der Feuersbrunst bewahrte.

Im Nu dampfte die gesamte Kammer. Heiße Tropfen bespritzten Luthien und Oliver, denen nichts anderes übrig blieb, als die Augen zu schließen und sich am Seil festzuhalten.

Balthasars Atem schien unerschöpflich zu sein. Das feurige Brausen dauerte minutenlang. Luthien wagte einen Blick und erkannte, daß Brind'Amours Kräfte zu erlahmen drohten, denn die Wasserwand wurde zusehends dünner und fiel dann ganz in sich zusammen. Luthien wähnte sein Ende gekommen.

Doch der Wurm schien sich gleichfalls verausgabt zu haben. Der Feuersturm war zum Erliegen gekommen. Dichte Schwaden waberten durch der Raum. Luthien konnte nichts sehen, hörte aber, wie Balthasar, durchs Wasser platschend, herbeistapfte.

»Was geschieht da mit meinem Seil?« schnaubte Oliver. Luthien folgte dem Blick des Freundes und staunte nicht schlecht über das, was er sah. Brind'Amour hatte das Seilende in eine lebendige Schlange verwandelt, die sich, auf dem Wasser kringelnd, ihrem Hexenmeister am Ufer näherte.

Plötzlich schlug das Wasser unter den Freunden rauschende Wellen. Die Schildkröte war wieder da!

Die Seilschlange kroch an Land, wand sich, den hektischen Anweisungen Brind'Amours folgend, um einen Felsbrocken und zog das Seil straff, worauf die Freunde in die Höhe gehievt wurden, weg vom Wasser und der Schildkröte.

Als Oliver zurückblickte, verlor er fast die Besinnung vor Entsetzen. Aus nächster Nähe starrten ihm die teuflisch funkelnden Augenschlitze des Drachen entgegen. Der Halbling versuchte, einen Schrei auszustoßen, doch seine Lippen waren wie vernäht.

»HALLO, DU DIEB UND LÜGNER«, sagte Balthasar. Luthien verzichtete darauf, den Blick zu heben. Er spürte ohnehin, wie nahe er dem Tode war.

Aber mit einem Male zuckte der Drache zusammen. Vom See spritzte schäumend eine Wasserfontäne auf. Wie Balthasar so starrte auch Oliver nach unten und sah, daß sich die Schildkröte im Bein des Drachen festgebissen hatte.

Das Seil war inzwischen straff gespannt. Unverzüglich machte sich Luthien, halb hangelnd, halb rutschend, auf den Weg nach unten.

Heiße Gischt überschüttete die Freunde, als die Kolosse im See gegeneinander zu kämpfen begannen. Fauchend spie der Drache Feuer aus; erneut wallte sengendheißer Dampf auf, und die Kröte schrie vor Schmerzen. Mit Oliver auf dem Buckel, der die Arme fest um seinen Hals geschlungen hatte, erreichte Luthien das Ufer und ließ sich zu Boden fallen.

»Sputet euch!« rief Brind'Amour, denn er wußte, daß die Schildkröte dem Drachen bald unterlegen sein würde. Der Zauberer blickte ein letztes Mal über den See, schleuderte einen letzten Blitz von sich und eilte den Freunden nach, und weil der Halbling die Fackel am anderen Ufer zurückgelassen hatte, ließ er ein magisches Licht aufleuchten, das ihnen den Weg wies.

Sie hatten gerade die Kammer verlassen und stiegen in den mit zerbrochenen Tropfsteinen gepflasterten

Stollen ein, als sie Balthasar ans Ufer platschen und rufen hörten: »DIEBE! LÜGNER!«

Auf diesem Terrain war der Lindwurm im Vorteil, denn die drei kamen zwischen den Gesteinsbrocken nur langsam voran. Schließlich entdeckte Luthien den faustgroßen Wirbel aus blau leuchtender Energie, spürte aber gleichzeitig den Drachen im Nacken und fürchtete, so kurz vorm Ziel doch noch überwältigt zu werden.

Da stimmte Brind'Amour einen wilden Gesang an, packte Luthien und Oliver beim Kragen, hob vom Boden ab und flog in Windeseile der Tunnelwand entgegen, gejagt vom Feuerschwall aus dem Schlund des Drachen.

Oliver schrie und schlug die Hände vors Gesicht aus Furcht, vor der Wand zu zerschmettern. Doch plötzlich weitete sich das Tunnellicht und nahm sie auf, als ein letztes Feuerzüngeln nach ihnen langte.

12. KAPITEL

Geschichten aus besseren Tagen

Mit rauchenden Kleidern und ineinander verschlungen purzelten alle drei in die Höhle des Zauberers. Brind'Amour bewies enorme Wendigkeit; er befreite sich als erster aus dem Knäuel und stand lachend auf.

»Der alte Balthasar wird jetzt weitere vierhundert Jahre vor Wut dampfen«, feixte der Zauberer.

Luthien musterte ihn mit eisiger Miene, und sein zorniger Blick ließ Brind'Amours Gelächter zu einem erstickenden Kichern verkümmern.

»Junger Bedwyr«, sagte der Alte. »Du solltest nach dem geglückten Abschluß eines Abenteuers wirklich zu lachen lernen. Daß du noch lebst, ist Grund genug, mein Junge. Und außerdem kannst du dich darüber freuen, dem Drachenschatz ein Ding entwendet zu haben.«

»Nicht nur eines«, sagte Oliver und förderte aus den scheinbar endlos tiefen Taschen ein paar Edelsteine zu Tage.

»Um so mehr darf gelacht werden«, jubelte Brind'Amour. Oliver jonglierte mit drei Steinen, warf sie durch die Luft und erfreute sich an ihrem Glitzern im flackernden Fackellicht. Applaudierend klatschte Brind'Amour in die Hände.

Luthien verzog keine Miene. »Balthasar?« fragte er.

»Balthasar?« wiederholte Brind'Amour wie ein Papagei.

»Ihr habt den Drachen Balthasar genannt«, sagte Luthien. »Woher kennt Ihr seinen Namen?«

Der Alte schien in Verlegenheit zu geraten. »Nun, ich habe euch natürlich in meiner Kristallkugel beobachtet«, platzte es so hastig aus ihm heraus, daß Luthien in seinem Verdacht nur bestärkt wurde. »Der Drache hat sich mit diesem Namen vorgestellt.«

»Ja, so ist es«, bestätigte Oliver.

»Ihr wußtet den Namen schon vorher«, sagte Luthien unbeirrt. Einer der Edelsteine, mit denen Oliver jonglierte, fiel klirrend zu Boden. Brind'Amour hörte schlagartig zu kichern auf. Die Stimmung schlug augenblicklich um. Aus Ausgelassenheit und Freude wurden nun eine überaus gereizte Spannung. Oliver hatte den Eindruck, als drohte sein Freund den Alten zu verprügeln. »Ihr habt uns einen Bären aufgebunden«, stellte Luthien fest. »Die Geschichte über den Zyklopenhäuptling war eine Lüge.«

Brind'Amour lächelte angestrengt. »Mein lieber junger Luthien Bedwyr«, sagte er feierlich. »Wenn ich von einem Drachen berichtet hätte, der euch jenseits des magischen Tunnels erwartet, wärt ihr dann gegangen?«

»Gute Frage«, meinte Oliver in der Hoffnung auf Versöhnung.

»Ihr habt uns losgeschickt, obwohl Euch klar war, daß wir nur eine hauchdünne Chance hatten, mit heiler Haut davonzukommen«, entgegnete Luthien.

Brind'Amour zuckte mit den Achseln. Der Vorwurf schien ihn nicht zu treffen, was den jungen Bedwyr nur noch wütender machte. Er ballte die Fäuste und preßte die Lippen aufeinander.

»Luthien«, flüsterte Oliver, um den Freund zur Vernunft zu bringen. »Luthien.«

»Soll ich mich etwa entschuldigen?« Brind'Amour wechselte plötzlich in eine Stimmlage über, die Luthien einen gehörigen Schrecken versetzte. »Wie eigensinnig bist du eigentlich?«

Luthien zeigte sich verdutzt; was der Alte mit der zweiten Frage bezweckte, war ihm schleierhaft.

»Glaubst du wirklich, ich setze dich und deinen Freund einer solchen Gefahr aus, ohne einen sehr guten Grund dafür zu haben?« fuhr Brind'Amour fort und schnippte mit den Fingern.

»Rechtfertigt dieser Grund Eure Lüge? Ist er mehr wert als unser Leben?« konterte Luthien.

»Jawohl!« antwortete der Zauberer entschieden. »Es gibt Wichtigeres als deine Sicherheit, mein Junge.«

Der traurige Blick des Alten hinderte Luthien daran, seiner Wut freien Lauf zu lassen.

»Sei versichert, daß ich tagtäglich trauere um all die Männer, die von der Suche nach meinem Stab nie zurückgekommen sind«, sagte Brind'Amour mit so ernsthaftem Nachdruck, daß Luthien nur mit Beklommenheit reagieren konnte. Hilfesuchend sah er sich nach Oliver um, denn er glaubte fast, von einem Zauberbann geschlagen zu sein. Den Halbling aber schienen die Worte des Alten nicht minder überwältigt zu haben

»Wißt ihr, woher ein Zauberer seine Kräfte bezieht?« fragte Brind'Amour, der plötzlich sehr alt und müde auf die beiden Freunde wirkte.

»Aus seinem Zauberstab?« bot Oliver als Antwort an. Eingedenk der gefahrvollen Wiederbeschaffung drängte sich ihm diese Vermutung auf.

»Nein, nein«, entgegnete Brind'Amour. »Ein solcher Stab ist bloß ein Werkzeug, das die Kräfte bündelt.« Er hob die Hand vors Gesicht und fuhr mit dem Daumen über die Fingerkuppen, als versuchte er, die geheimnisvollen Kräfte zu erfühlen. »Ihr wißt also nicht, woher sie stammen?«

Luthien und Oliver tauschten fragende Blicke. Keiner von beiden hatte eine Antwort parat.

»Aus dem Universum!« platzte es aus Brind'Amour heraus, so laut und ungestüm, daß die beiden einen Schritt zurücksprangen. »Aus den Feuern der Sonne und den Gewalten eines Gewittersturms. Aus den Himmelskörpern und dem himmlischen Gefilde schlechthin.«

»Ihr klingt wie ein Priester«, bemerkte Oliver spöttisch; um so mehr verwunderte es ihn, auf Zustimmung zu stoßen.

»Du hast es erfaßt!« erwiderte der Alte. »Die Zauberer von einst haben sich immer als Mitglieder einer Priesterschaft verstanden. Aber im Unterschied zu gewöhnlichen Priestern durchdringen wir nicht nur geistige Komplexe, sondern auch die Zusammenhänge von Natur und Kosmos, zumal beides untrennbar miteinander verwoben ist. Ja, ein Zauberer ...« Seine blauen Augen funkelten voll Stolz; sie schienen ins Unendliche gerichtet zu sein. »Ein Zauberer versteht sich auf beides. Merkt euch das, meine Jungen. Jeder physische Vorgang zeitigt Konsequenzen im Bereich des Geistigen, und einem Naturwesen bleibt nichts anderes übrig als dem Kurs der Seele zu folgen.

Was glaubt ihr wohl, wer die großen Kathedralen erbaut hat?« fragte Brind'Amour, womit er die acht großartigen Bauwerke meinte, die auf den Inseln der Avonsee zu finden waren. Sechs davon standen in Avon, das größte in Carlisle und ein ähnlich prächtiges in Princetown. Baranduine, die Insel im Westen, hatte nur eines, so auch Eriador mit seiner Kathedrale in Montfort. Luthien war noch nie in Montfort gewesen, hatte die Stadt aber an den Ausläufern des Eisernen Kreuzes passiert und von weitem einen Blick auf das Bild werfen können. Sämtliche Gebäude (von denen viele recht stattlich waren) und selbst die gewaltige Burg wirkten wie Puppenhäuser im Schatten jener mächtigen Kathedrale, deren Türme und Zinnen alles andere überragten. Sie wurde schlicht und einfach

»Ministerium« genannt und war der Stolz aller Bewohner von Eriador. Jede Familie des Landes konnte auf einen Vorfahren verweisen, der am Bau der Kathedrale mitgewirkt hatte. Und darum fühlte sich Luthien zu einem energischen Einspruch veranlaßt.

»Das Volk hat sie erbaut«, stieß er zwischen zusammengebissenen Zähnen hervor.

Der Zauberer nickte eifrig.

»Ja, so verhält es sich auch in Gascony«, sagte Oliver, um den Leistungen seines Heimatlandes die gebührende Geltung zu verschaffen. Der Halbling war schon in Montfort gewesen und wußte, daß die gasconischen Kathedralen, obwohl groß und prächtig, einen Vergleich mit denen auf den Inseln nicht standhalten konnten. Der Anblick des Ministeriums hatte ihm den Atem verschlagen, und von den Kathedralen südlich des Eisernen Kreuzes waren mindestens drei noch gewaltiger und beeindruckender als die in Montfort.

Brind'Amour quittierte Olivers Hinweis mit freundlichem Lächeln und wandte sich wieder Luthien zu. »Aber wer hat sie entworfen?« fragte er. »Und wer hat die Bauarbeiten beaufsichtigt, den vielen, selbstlosen Helfern aufgetragen, was zu tun ist? Du glaubst doch wohl nicht, daß es einfachen Bauern oder Fischern, so tüchtig sie auch sein mögen, gelingen könnte, die kolossalen Strebebögen und hohen Fenster einer Kathedrale zu berechnen.«

Dagegen hatte Luthien nichts einzuwenden. »Die Fähigkeit dazu wurde durch göttliche Inspiration vermittelt. Gott hat seine Priester ...«

»Nein!« Die Schärfe im Tonfall des Alten ließ Luthien verstummen. »Zugegeben, es war in der Tat göttliche Eingebung im Spiel. Aber der Entwurf stammt von der Bruderschaft der Zauberer und nicht von den Priestern, die später mit unserem Segen die Kathedralen in Besitz nahmen.« Brind'Amour seufzte tief, bevor er in seiner Rede fortfuhr und einen wehmütig klagenden Ton anklingen ließ. »Unsere Bruderschaft war eine einflußreiche Institution ... damals. Bruce MacDonald hatte erfolgreich Krieg gegen die Zyklopen geführt. Unser Glaube war stark, und wir hielten unbeirrt an unserem Kurs fest. Davon konnte uns auch das große Heer der Gasconen nicht abbringen, als es in unser Land einmarschierte. Dieser Glaube half uns, die Belagerung zu überstehen und die Gasconen letztendlich zurückzudrängen.« Und mit Blick auf Oliver fügte er hinzu: »Ja, dein Volk konnte den Glauben an uns und Gott nicht brechen.«

Oliver entgegnete: »Mir wurde berichtet, daß die Gasconen andere Geschäfte im Süden zu erledigen hatten und deshalb ihre Soldaten aus Avonsee abziehen mußten.«

»Ha, dein Volk hatte nicht den Mumm, in Avonsee zu bleiben«, widersprach Brind'Amour. »Es wäre ihm auch nie gelungen, Eriador einzunehmen; und bei all den Unruhen im Norden ... Nun, vielleicht können wir uns darauf einigen, daß euer damaliger König keinen Gefallen daran fand, über die stolzen, freiheitsliebenden Inselbewohner von Avonsee sein Zepter zu führen.«

Oliver zeigte sich einverstanden.

»Ausgerechnet während der Friedenszeit, die auf den Abzug der Gasconen folgte, brach dieses Unheil über unser Land herein, jene Strahlfäule, die alles zerfrißt«, sagte Brind'Amour und richtete seine Aufmerksamkeit wieder auf den jungen Bedwyr. Luthien hatte den Eindruck, als sei dieser Geschichtsunterricht allein ihm gewidmet.

»Vielleicht waren wir gelangweilt«, meinte der Alte schmunzelnd. »Vielleicht war die Verlockung der Teilhabe an höheren Mächten zu groß. Unsereins, die Bruderschaft der Zauberer, war früher stets von den kleinen Wesen der unteren Ebenen umgeben gewesen, von Zwergen und Dämonen niederer Ränge; sie dienten uns und konnten uns dank ihres Wissens um andere Existenzebenen beraten, wenn wir nicht mehr weiterwußten. Damals, und das ist noch gar nicht so lange her, bezogen wir unsere Energien ausschließlich aus den Naturgewalten, aus Feuer und Blitz, aus den kalten Winden, die von den Gletschern im Norden herabwehen, oder aus der Brandung des Ozeans. Doch dann verstiegen sich manche Kollegen darauf, teuflische Pakte zu schließen mit den Dämonen höherer Ränge, wie geschehen im Fall des heute regierenden Königs Grünspatz ...« Brind'Amour spuckte den Namen verächtlich aus. »Zwar vergingen mehrere Jahrzehnte, ehe diese Abweichler ihre unrechtmäßig erworbenen Kräfte anwenden konnten, doch wir, die guten Zauberer, wurden Schritt für Schritt ins Abseits gedrängt.« Abermals ließ er ein tiefes Seufzen vernehmen und schaute betrübt zu Boden.

Dem jungen Bedwyr schwirrte der Kopf. Von Brind'Amours Behauptungen paßte nichts mit dem zusammen, was Luthien von Kindheit auf gelernt hatte und was somit die Grundlage war für seine Wahrnehmung von der Welt. Daß die großen Kathedralen nicht von den Priestern, sondern von Zauberern entworfen worden waren, konnte er noch halbwegs gelassen hinnehmen. Was aber den jungen Mann schier aus der Fassung brachte, war die Unterstellung, der König, dem sein Vater als Graf diente, würde mit bösen Dämonen paktieren.

Luthien war geneigt, dem Alten das Lügenmaul zu stopfen. Noch aber wußte er sich zu beherrschen und bedachte Brind'Amour nur mit strafenden Blicken. An seiner Seite wurde Freund Oliver merklich nervös, doch darauf konnte Luthien im Augenblick keine Rücksicht nehmen.

Brind'Amours Stimme klang wahrhaftig und ernst, als er fortfuhr: »Am meisten bedauere ich, daß die herrlichen Kathedralen von Avonsee, diese einmaligen

Monumente unserer großen Städte, entweiht worden sind und mißbraucht werden als Behausung für jene acht königlichen Herzöge aus der jüngsten Generation pervertierter Zauberer. Nicht einmal das Ministerium wurde verschont, das ich als junger Mann zu entwerfen mitgeholfen habe.«

»Wie alt seid Ihr eigentlich?« wollte Oliver wissen, doch Brind'Amour schien diese Frage zu überhören.

»Einst waren diese Bauwerke Ausdruck für den Glauben und die Spiritualität der Menschen«, erklärte der Zauberer, und das Gewicht seiner Worte milderte Luthiens Wut. »Jetzt werden Gelage darin abgehalten und die Einkommen aus ungerechten Steuern zusammengezählt.«

An der letzten Behauptung konnte auch Luthien nicht mehr zweifeln. Sein Vater war schon häufig nach Montfort zitiert worden, und er hatte davon gesprochen, daß er das Ministerium aufgesucht habe, nicht um zu beten oder Gottesdienst zu feiern, sondern um Herzog Morkney zu erklären, warum die Abgaben rückläufig waren.

»Doch das soll nicht eure Sorge sein«, meinte Brind'Amour schließlich und versuchte, einen heitereren Tonfall anzuschlagen.

So einfach war Luthien nicht umzustimmen. Der stolze junge Mann hatte das merkwürdige Gefühl, daß sich die Worte des Zauberers nachhaltig auswirken würden auf sein Leben. Nur wußte er nicht, inwiefern, und das ängstigte ihn.

»Ihr seid jetzt frei und habt meine Freundschaft gewonnen. Wer weiß? Vielleicht wird sie euch eines Tages nützlich sein.« Die Wolke aus schmerzlichen Erinnerungen war vom Gesicht des Alten gewichen; statt dessen machte sich ein launiger Ausdruck breit. Er musterte Luthien und sagte: »Der Umhang steht dir gut.«

»Ich habe ihn aus der Drachenhöhle«, erklärte Luthien. Als er aber dann den Alten schalkhaft zwinkern sah, erinnerte er sich an die Umstände seines Fundes. »Ihr habt den Sack mit Umhang und Bogen dort hingelegt«, sagte er.

»Als Belohnung für die Bergung meines Stabs«, antwortete Brind'Amour. »Eigentlich wollte ich dich erst im nachhinein damit beglücken, zumal ich fürchten mußte, daß sich Balthasar daran vergreifen könnte. Aber du siehst, ich habe an dich geglaubt, an euch beide, und das war richtig so. Immerhin hast du den Bogen bereits sinnvoll anwenden können.«

Oliver machte räuspernd auf sich aufmerksam. »Es war Euch also möglich, dieses Zeugs in die Höhle zu bringen. Warum seid Ihr nicht gekommen, um uns dort rauszuholen?« empörte sich der Halbling. »Den Stab hatte ich längst gefunden. Uns wäre vieles erspart geblieben.«

Brind'Amour schaute Luthien an in der Hoffnung, auf Verständnis zu treffen. Doch Olivers Argument hatte auch in ihm erneut Zweifel aufkommen lassen. »Der Zauber war nicht stark genug«, stammelte der Alte. »Ich wußte ja auch nicht genau, wo ihr wart und was ihr zu erwarten hattet.«

»Ach ja? Ihr habt den Sack auf gut Glück in die Kammer geschleudert?« hakte Oliver argwöhnisch nach. »Ich muß schon sagen: nicht schlecht gezielt.«

Brind'Amour hob die Arme, als wollte er einem Mißverständnis Einhalt gebieten. »Natürlich, euch auszumachen, war nicht schwer, und mit Hilfe einer simplen Formel ließ sich dann der Sack in die Kammer bringen. Dazu bedurfte es keiner Tunnelschleuse. Ihr versteht?«

Die Freunde sahen einander an. Nach einer Weile zuckte Oliver mit den Schultern und deutete damit an, daß er Brind'Amours Erklärung gelten ließ.

»Und was hatte es mit diesem seltsamen Pfeil auf sich?« wollte Luthien wissen.

»Ein harmloses Ding«, antwortete Brind'Amour kichernd. »Es lag neben dem Köcher und ist zufällig mit weggezaubert worden. Dieser Pfeil ist gar kein richtiger Pfeil, sondern eine sogenannte Feuerwerksrakete von der Art, wie sie früher in glücklicheren Tagen, bevor Grünspatz an die Macht kam, anläßlich großer Feierlichkeiten angezündet worden sind. Ich muß sagen, du hast das Ding wirklich sinnvoll angewendet.«

»Das war Glück«, meinte Luthien bescheiden. »Ich hatte keine Ahnung, was dieser Pfeil anrichtet.«

»Unterschätze nie den Wert glücklicher Umstände«, riet Brind'Amour. »War es denn kein Glück, daß du zur Stelle warst, als Oliver dich brauchte? Wäre dein Freund noch am Leben, wenn dich der Zufall nicht zu ihm geschickt hätte?«

»Mir hat mein Rapier geholfen«, protestierte Oliver, zog die Klinge blank und führte sie an die Seite seiner breiten Nase.

Brind'Amour brach in schallendes Gelächter aus.

»Oh, Ihr verletzt mich!« rief Oliver.

»Nichts für ungut. Die Zyklopen des Händlers hätten dich gewiß ärger verletzt«, entgegnete der Zauberer. Oliver mußte ihm recht geben. Er steckte die Waffe in die Scheide zurück, vergeblich bemüht, das eigene Lachen zu unterdrücken.

Plötzlich wandelte sich Brind'Amours Miene ein weiteres Mal. Er musterte Luthien mit ernstem Blick und sagte: »Zeig dich mit dem Umhang lieber nicht in der Öffentlichkeit.«

Luthien betrachtete das blutrote Tuch, das schimmernd von seinen breiten Schultern fiel. Die Warnung des Alten war ihm ein Rätsel, und er fragte sich, welchen Nutzen ein solches Kleidungsstück haben konnte, wenn es nicht getragen werden durfte.

»Er gehörte einem berüchtigten Dieb«, erklärte Brind'Amour. »Wie auch der Bogen. Klappbögen dieser Art zu tragen ist in Avon bei Strafe verboten. Denn dies sind die Waffen jener Banden, die im Untergrund wirken und den Thron bedrohen.«

Luthien schaute auf Umhang und Bogen und geriet erneut über den Wert dieser Sachen ins Rätseln. Was sollte er von Brind'Amours Geschenken halten, wenn sie für ihn am Ende nur eine Last bedeuteten?

Als hätte er Luthiens Gedanken gelesen, antwortete der Alte: »Halte daran fest und geh sorgsam damit um. Vielleicht werden sie dir einmal nützlich sein. Wenn nicht, betrachte sie als Zeugnis für deine Begegnung mit einem Drachen. Es können nur sehr wenige von sich behaupten, ein solches Biest mit eigenen Augen gesehen zu haben, denn von denen, die es sahen, hat wohl kaum jemand überlebt. Und denke daran, auch diese Begegnung muß ein Geheimnis bleiben«, fügte Brind'Amour hinzu und machte deutlich, wie ernst es ihm mit diesem Nachsatz war.

Luthien verwunderte sich über diese Forderung und warf einen verblüfften Blick auf den Freund. Der grinste verschlagen, legte den Zeigefinger an die Lippen und zwinkerte ihm zu. Der junge Bedwyr verstand und entnahm dieser Geste, daß Oliver, welterfahren wie er war, die Sache durchschaute und ihm später erklären würde.

Über den Drachen, die Geschenke und Brind'Amours Geschichtsunterricht wurde im weiteren Verlauf des Abend kein einziges Wort mehr gesprochen. Der Zauberer setzte den Freunden wieder ein vorzügliches Mahl vor und bot ihnen an, die Nacht noch einmal in den weichen Betten zu verbringen, womit die beiden sofort einverstanden waren.

Spät in der Nacht trat Brind'Amour an Olivers Bett, weckte ihn und führte ihn vor die Tür hinaus. »Paß gut auf ihn auf«, flüsterte der Alte.

»Ihr erwartet, wie's scheint, große Dinge von Luthien Bedwyr«, meinte der Halbling verschlafen.

Brind'Amour ging auf diese Bemerkung nicht ein und antwortete: »Ich mache mir Sorgen um ihn. Vor zwei Wochen noch führte er ein unbekümmertes Leben im Haus des Vaters. Jetzt ist er vogelfrei, ein Dieb und ein Krieger.«

»Ein Mörder?« fragte Oliver nach, interessiert zu erfahren, wie der Alte darüber dachte.

»Nein, ein Krieger. Er hat Zyklopen getötet, die nach seinem und auch nach deinem Leben trachteten«, antwortete Brind'Amour und warf einen Blick auf die geschlossene Tür zur Schlafkammer. Auf Oliver machte er den Eindruck eines besorgten Vaters.

»Er hat in den vergangenen Tagen viele Abenteuer auf einmal zu bestehen gehabt«, fuhr der Zauberer fort. »Er hat sich einem Drachen gegenübergesehen. Für einen Kerl wie Oliver deBurrows mag das nur eine Kleinigkeit sein ...«

»Allerdings«, unterbrach der Halbling und verdrehte die Augen, als machte er sich lustig über die eigene Angeberei.

»Aber für den jungen Luthien war dies gewiß von einschneidender Bedeutung«, ergänzte der Alte. »Ich bitte dich, Oliver, paß gut auf ihn auf. Das Fundament seiner Welt löst sich auf und wird wie Treibsand unter seinen Füßen zerfließen.«

Oliver stemmte eine Hand in die Hüfte, verlagerte sein Gewicht und tippte ungeduldig mit dem Fuß auf. »Ihr verlangt sehr viel von mir«, bemerkte er und krauste die Stirn. »Und wie wird es mir vergolten? All Eure Geschenke durfte Luthien für sich einstreichen.«

»Der Passierschein nach Montfort ist für dich sehr viel wertvoller als für Luthien«, erwiderte Brind'Amour. Er wußte über Olivers jüngsten Aufenthalt in dieser Stadt Bescheid, wußte, daß der Halbling bei manchem einflußreichen Händler dort auf der schwarzen Liste stand.

»Montfort interessiert mich nicht«, sagte der Halbling beiläufig und musterte seine manikürten Fingernägel.

Brind'Amour lachte. »Na schön, aber wie wär's denn damit?« Aus einem Gefach in der Wand zauberte er ein Gehänge aus Leder hervor. Olivers Augen wurden groß, als er erkannte, was es war: eine Montur, die zur gehobenen Ausrüstung eines Diebes gehörte. Sie ließ sich mittels langer Riemen an den Körper binden und war mit zahlreichen Schnallen und kleinen Täschchen zur griffbereiten Aufbewahrung diverser Einbrecherwerkzeuge ausgestattet.

»Hier ist was ganz Besonderes drin«, sagte Brind'-Amour und öffnete einen Beutel, der viel zu klein schien für das, was er enthielt: einen faustgroßen Ball, schwarz und faltig und mit einer dünnen Schnur versehen. »Sieh nur, die Schnur ist sehr viel feiner als jene, die du in Balthasars Höhle zurücklassen mußtest«, erklärte der Zauberer. »Und die Dregge hier haftet an jeder noch so glatten Oberfläche.« Zur Demonstration schleuderte er das Ding an die Felswand und zog die Schnur straff. »Es hält der Last von drei ausgewachsenen Männern stand. Und wenn man dreimal daran ruckt, löst es sich aus der Verankerung.« Gesagt, getan, und tatsächlich fiel beim dritten Ruck die Dregge von der Wand ab.

Brind'Amour stopfte das seltsame Ding in den Beutel zurück und öffnete ein weiteres Behältnis, das am Gürtel der Montur befestigt war.

Oliver traute seinen Augen nicht, als er hineinblickte, denn was von außen allzu klein wirkte, war von erstaunlichem Fassungsvermögen und enthielt jede Menge nützlicher Werkzeuge: Feilen, Nachschlüssel, dünne Drähte und sogar einen Glasschneider.

»Du brauchst dir nur einen Gegenstand zu wünschen, und schon hast du ihn zur Hand.«

Oliver zweifelte nicht an den Worten des Zauberers, wollte aber dennoch eine Probe aufs Exempel machen.

166

Er hielt die Hand über den Beutelrand, flüsterte »Dietrich« und zuckte vor Schreck zusammen, als sich die Finger um einen gekröpften Metallstift schlossen.

»Na? Kommen wir ins Geschäft?« fragte der Zauberer.

»Ich werde nie mehr von Luthiens Seite weichen«, gelobte Oliver, nachdem er sich von seinem Schock erholt hatte.

Am nächsten Morgen überreichte Brind'Amour den beiden die versprochenen Passierscheine für Montfort, und als sie in die Kammer kamen, wo Flußtänzer und Schäbig untergebracht waren, zeigte sich, daß Brind'Amours Zauber bereits wirkte. Wirbelndes Licht öffnete die Wand vor dem Tunnel, der sie auf die Straße nach Montfort hinausbringen sollte.

Der Abschied war kurz und freundlich, obgleich Luthien erkennen ließ, daß er nach wie vor Argwohn hegte. Brind'Amour schüttelte ihm die Hand und zwinkerte dem Halbling verschwörerisch zu.

In seiner Kristallkugel sah der Zauberer die beiden durch den Tunnel fliegen und auf die Landstraße hinaustreten, die nach Montfort führte. Er war voller Sorge und wußte um das große Risiko, das er eingegangen war, indem er dem jungen Bedwyr Umhang und Bogen anvertraut hatte – ob in gutem Glauben oder aus Verzweiflung war ihm selbst nicht ganz klar.

Gern hätte er die Freunde ständig im Auge behalten und schützend begleitet, doch Brind'Amour mußte sie nun ihrem Schicksal überlassen. Er durfte weder sein Höhlenversteck verlassen noch Ausschau halten, denn sein magischer Blick würde wohl kaum unbemerkt bleiben und Grünspatzens Hexerherzöge auf seine Spur bringen.

Falls König Grünspatz erführe, daß Brind'Amour noch lebte, würde er gewiß Himmel und Hölle in Bewegung setzen, um ihn zu Fall zu bringen, und nicht nur ihn, sondern auch Luthien und Oliver.

Brind'Amour ließ die Kristallkugel dunkel werden, ging in die Schlafkammer und warf sich ermattet aufs weiche Bett. Jetzt, da er sein Vorhaben in Gang gebracht hatte, blieb ihm nichts anderes, als hoffend abzuwarten.

13. Kapitel

Montfort

Flußtänzer zeigte Gefallen daran, wieder auf offener Straße zu sein. Regennaß glänzte sein weißes Fell. Am liebsten wäre er im gestreckten Galopp davongeprescht, doch Luthien hielt ihn im Zaum. Anders als in den nördlichen Gebieten war hier das Gelände rauh und zerklüftet. Sie näherten sich den Ausläufern des Eisernen Kreuzes und hatten noch eine gute Wegstrecke bis Montfort vor sich.

»Ich wünschte, er hätte uns näher an die Stadt herangeführt«, sagte Luthien ungeduldig. Er brannte darauf, den Ort kennenzulernen. »Aber dem Pferd tut's gut, daß es laufen kann.« Er tätschelte Flußtänzers muskulöse Flanke und lockerte die Zügel ein wenig. Das Pferd sprang voran, dicht gefolgt von Oliver und Schäbig.

»Der Alte hat uns so nahe wie möglich herangeführt«, sagte Oliver, dem allmählich bewußt wurde, wie sehr dem Zauberer an Luthiens Sicherheit gelegen war, und er erinnerte sich an dessen Bitte, auf den Freund Obacht zu geben. »Daß er sich in seiner Höhle versteckt halten muß, hat, wie ich vermute, seine Ursache in Montfort.«

Luthien dachte nach. Brind'Amour hatte davon gesprochen, daß Grünspatz und seine Herzöge mit dämonischen Mächten konspirierten. »Und diese Ursache nennt sich wohl Morkney«, spekulierte er.

»Das ist anzunehmen«, antwortete Oliver.

»Dann will ich mich nicht weiter beklagen«, sagte Luthien. »Brind'Amour hat sich als Freund erwiesen, und ich verzeihe ihm, daß er uns unter falschem Vorwand in die Drachenhöhle geschickt hat. Immerhin war er zur Stelle, als wir ihn brauchten.«

»Wäre er uns früher zur Hilfe gekommen, hätten wir den Schatz einsacken können«, entgegnete der Halbling und seufzte über die vertane Chance.

»Wir sind aber doch nicht leer ausgegangen«, sagte Luthien und lachte auf. Umhang und Klappbogen als einzige Belohnung für ein so gefahrvolles Unternehmen wie die Exkursion in die Drachenhöhle wirkten im nachhinein geradezu lächerlich auf ihn. Oliver jedoch schien alles andere als belustigt zu sein, und Luthien wunderte sich über den ernsthaften Ausdruck in dem sonst so wonnigen Gesicht des Halblings.

»Unterschätze nicht, was du bekommen hast«, sagte Oliver.

»Zugegeben, der Bogen ist was Besonderes.«

»Ich meine nicht den Bogen, obwohl auch der seinen Wert hat«, entgegnete der Halbling. »Sehr viel kostbarer noch ist der Umhang.«

Luthien blickte skeptisch drein und schaute auf die Satteltasche, als rechnete er damit, daß sich der besagte Umhang von selbst daraus entfalten und zur Geltung bringen würde. Zweifellos war er ein schönes Stück; die blutrote Farbe lud das Auge ein, sich darin zu verlieren, und schimmerte sogar bei schwächstem Licht, so daß der Eindruck entstand, als sei das Tuch belebt.

»Gib's zu, du hast keine Ahnung«, fuhr der Halbling fort. »Ist dir nicht aufgefallen, wie seltsam der Drache auf dich reagierte, als wir in der Schatzhöhle waren?«

Luthien erinnerte sich, von dem Drachen ignoriert worden zu sein; er hatte anscheinend gar nicht zur Kenntnis genommen, daß Oliver in Begleitung war.

»Bedenke, das Auge eines Drachen ist noch schärfer

als das eines Adlers«, sagte Oliver und versuchte, dem Freund auf die Sprünge zu helfen.

»Er hat mich nicht gesehen«, erwiderte Luthien; er ahnte, daß Oliver diese Antwort erwartete, wußte aber immer noch nicht, worauf der Freund hinauswollte.

»Warum wohl? Wegen des Umhangs«, erklärte Oliver. Und als Luthien den Kopf schüttelte, beteuerte er: »So ist es. Auch ich habe dich nicht gesehen und wäre fast über dich hinweggerannt.«

»Du warst zu sehr auf den Drachen fixiert«, meinte Luthien. »Und Balthasar hatte nur dich im Blick, zumal deine Taschen voll von seinen Schmuckstücken waren.«

»Aber ich habe dich schon aus den Augen verloren, bevor der Drache auftauchte«, versicherte Oliver und bewirkte, daß Luthien die Stirn krauste und ins Stutzen kam.

»Als ich den Stab fand, habe ich nach dir gerufen«, fuhr Oliver fort. »Ich dachte, du wärst hinter einem Haufen verschwunden oder davongelaufen. Erst als du die Kapuze vom Kopf gezogen hast, konnte ich dich sehen.«

»Vielleicht war's eine optische Täuschung«, sagte Luthien.

»Papperlapapp«, entgegnete der Halbling. »Ein solches Rot sticht doch ins Auge, aber trotzdem warst du vor der grauen Wand nicht auszumachen.«

Luthien starrte wieder auf die Satteltasche und fuhr sich nachdenklich mit der Hand übers Stoppelkinn.

»Ich bin sicher, daß der Umhang in den Straßen von Montfort sehr nützlich sein kann«, sagte Oliver.

»Für einen Dieb vielleicht.«

»Du bist ein Dieb.«

Luthien schwieg. War er wirklich ein Dieb? Warum ritt er an der Seite von Oliver deBurrows nach Montfort? Um über den eingeschlagenen Kurs nicht länger grübeln zu müssen, lachte der junge Bedwyr laut auf.

Nicht der eigene Entschluß, sondern der Zufall hatte ihn auf diesen Weg gebracht.

Hinter der nächsten Biegung öffnete sich ein Ausblick auf das Tal von Montfort. Die Stadt nistete zwischen hohen Felsen am Nordrand des Eisernen Kreuzes und wucherte in langen Häuserzeilen über die Hänge hinaus. Beherrscht wurde das Bild vom Anblick des sagenhaften Ministeriums.

Es schien Teil der majestätischen Berge und als solcher nicht von Menschen geschaffen, sondern durch die Hand Gottes aus dem Gebirge herausgetrennt und geformt worden zu sein. Das Portal flankierten zwei wuchtige, hohe Türme mit quadratischer Aussichtsplattform. Noch sehr viel höher ragte der spitz zulaufende Vierungsturm in der Mitte auf. Mächtige Strebebögen stemmten ihr Gewicht von außen gegen die gewaltigen Steinwände. Von allen Traufen reckten Wasserspeier ihre grinsenden Gesichter hervor. Voll erzählender Motive und freifließenden Formen waren die hohen, bunten Glasfenster.

Obwohl noch weit entfernt, war Luthien von diesem Anblick überwältigt, gleichzeitig aber mußte er an Brind'Amours Klage über den gegenwärtigen Mißbrauch dieser heiligen Stätte denken. Und wieder fühlte sich der junge Bedwyr zutiefst verunsichert; er hatte den Eindruck, als würde ihm der Boden unter den Füßen entzogen.

Wie die meisten Gebirgsstädte war auch Montfort von einem doppelten Außenwall umgeben, bewacht von zahllosen Zyklopen. Als Oliver und Luthien das Tor erreichten, stellten sich ihnen zwei Wachen in den Weg. Angesichts ihrer argwöhnischen Blicke rechnete Luthien damit, abgewiesen oder gar gefangengenommen zu werden, zumal sich der Halbling törichterweise vor ihnen aufzuspielen versuchte. Die Armbrustschützen auf dem Wehrgang brachten ihre Waffen in Anschlag.

Einer der Zyklopen trat auf Flußtänzer zu und fixierte die Satteltaschen. Luthien hielt die Luft an.

»Ich verlange, daß ihr uns endlich durchlaßt. Ihr habt keinen Grund, uns aufzuhalten«, protestierte Oliver.

Luthien verdrehte die Augen. Gewiß, wenn man den Klappbogen bei ihm fände, würde es Scherereien geben. Weitaus bedrohlicher aber war, was die Dreistigkeit des Halblings an Folgen nach sich ziehen mochte.

Der andere Zyklop beäugte den Kleinen mit unheilvollem Blick und rückte näher, worauf ihm Oliver die vom Zauberer gefälschten Passierscheine unter die Nase hielt. Der Zyklop nahm das Pergament entgegen und faltete es auseinander. Daß er nicht lesen konnte, zeigte sich allein schon daran, daß er den Bogen verkehrt herum vors Auge führte. Dennoch hellte seine Miene sichtlich auf; dann winkte er den Kameraden herbei. Dieser schien ein wenig gescheiter zu sein. Nach kurzem Zögern drehte er das Pergament sogar richtig herum, und nun strahlte auch sein Gesicht wie das des anderen. Er schaute zum Wehrgang hinauf, winkte die Armbrustschützen zurück und beeilte sich, den Reitern das Tor zu öffnen. Beide Wächter neigten sogar respektvoll die Köpfe, als Oliver und Luthien an ihnen vorbeiritten.

»Oh, dieser Zauberfritze hat wirklich was weg!« lachte Oliver, kaum daß sich das Tor hinter ihnen geschlossen hatte.

Luthien antwortete nicht; der Anblick von Montfort verschlug ihm fast den Atem. Für den jungen Bedwyr war bislang die größte Stadt Dun Varna gewesen, und er sah nun, daß der Geburtsort im Vergleich allenfalls den zwanzigsten Teil von Montfort ausmachte.

»Wie viele Menschen wohnen hier?« fragte er kleinlaut.

»Ungefähr zwanzigtausend«, antwortete der Halbling, und seinem Tonfall merkte Luthien an, daß Oliver kaum beeindruckt war.

Zwanzigtausend Menschen! Auf ganz Bedwydrin, der Insel, die fünftausend Quadratmeilen groß war, lebten nicht mehr als ein Viertel dieser Anzahl. Das enorme Ausmaß von Montfort und seine unglaubliche Bevölkerungsdichte machten den jungen Mann ein wenig beklommen.

»Daran gewöhnst du dich noch«, tröstete Oliver, der zu spüren schien, wie es um die Gemütslage des Freundes bestellt war.

Luthien entdeckte einen zweiten, inneren Wall, der den höhergelegenen Bezirk der Stadt umschloß und im Grenzbereich zur Unterstadt das Ministerium tangierte. Dank zahlreicher Erzminen floß viel Geld in die Stadt, doch Luthien bemerkte auf den ersten Blick, daß hier – im Unterschied zu den Gemeinden seiner Heimatinsel – nur ein kleiner Bevölkerungsteil am Reichtum teilhatte. Die Häuser der tiefergelegenen Bezirke waren bescheiden bis armselig. Auf den gepflasterten Straßen spielten Kinder mit selbstgebasteltem Spielzeug; sie schwangen Knüppel wie Schwerter oder wiegten Puppen, die aus Lumpen zusammengenäht waren. Die Händler und Handwerker, die Luthien sah, schienen überaus hart arbeiten zu müssen; ihre Rücken waren gebeugt, die Hände verdreckt und schwielig. Aber sie zeigten sich freundlich, lächelten und winkten den beiden ungewöhnlichen Besuchern zu.

Jenseits des inneren Walls waren prächtige Wohnhäuser zu sehen und Türme, die bis zum Himmel aufragten. Luthien konnte sich vorstellen, was für Menschen dort lebten. Er dachte an Aubrey und Avonese und hatte plötzlich nur noch wenig Lust, die Oberstadt zu erkunden. Es fiel ihm auf, daß der innere Wall sehr viel strenger bewacht war als beide Außenwälle, worüber er sich aber vorläufig keine weiteren Gedanken machte.

Oliver ritt zielstrebig in Richtung auf einen Stadtteil im Südosten zu, der von einem hohen Felshang überschattet wurde. Vor einem Stall angelangt, stieg er aus dem Sattel. Die Leute, die dort ihrer Arbeit nachgingen, schien er gut zu kennen. Er grüßte freundlich, reichte dem Stallmeister einen kleinen Beutel voll Münzen, überließ ihm die Zügel von Schäbig und forderte Luthien auf, das gleiche zu tun. Luthien hatte keinerlei Bedenken, denn er wußte, wie wichtig dem Halbling sein zwar häßliches, aber außergewöhnliches Pony war, und daß es hier im Stall gut untergebracht sein würde, wußte er offenbar aus Erfahrung.

»Auf ins Zwelf!« sagte der Halbling, als Luthien die Satteltaschen geschultert hatte.

»Ins Zwelf?«

Ohne eine Antwort zu geben, führte Oliver den Freund in eine finstere, heruntergekommene Gegend. Die Leute auf den Straßen hatten freudlose Gesichter, und hinter jeder Tür, an der die beiden vorbeikamen, schien sich eine Spelunke, eine Pfandleihe oder ein Bordell zu verbergen. Nach einer Weile schritt Oliver auf eine solche Tür zu, und Luthien erkannte am darüberhängenden Ladenschild, daß sie am Ziel waren. Auf diesem Schild waren ein stämmiger Zwerg und ein feingliedriger Elf abgebildet, die sich lachend zuprosteten; der Zwerg hielt einen Becher Bier in die Höhe, der Elf einen Pokal, wahrscheinlich mit Wein gefüllt. »DAS ZWELF, ZUR FRÖHLICHEN RUNDE AUS ZWERG UND ELF«, stand dort zu lesen, und darunter hatte jemand gekritzelt: »Zutritt für Zyklopen auf eigene Gefahr.«

»Was zieht dich ausgerechnet hier hin?« wollte Luthien wissen und hielt den Freund an der Schulter zurück.

Oliver deutete die Straße entlang und sagte: »Würdest du lieber in eine der anderen Tavernen einkehren?«

Luthien verstand den Sinn der Frage nicht. Doch als er genauer hinsah, entdeckte er, daß die jeweilige Kundschaft, die sich in den Türen zeigte, entweder ausschließlich aus Menschen oder Zyklopen bestand.

»Aber du bist weder Zwerg noch Elf«, antwortete Luthien. »Und dasselbe trifft für mich zu.«

»Das Zwelf bewirtet unter anderem auch Menschen«, erklärte Oliver.

Luthien stutzte ein weiteres Mal. Auf Bedwydrin gab es zwar nur wenige Elfen und noch weniger Zwerge; aber dennoch wurde kein Unterschied gemacht zwischen ihnen und den anderen Teilen der Gemeinschaft.

Doch Oliver zeigte sich entschlossen, und weil er mit den hiesigen Sitten und Gebräuchen offenbar vertraut war, willigte Luthien ein und folgte ihm in die Taverne.

Als er die Schankstube betrat, schlug ihm eine atemberaubende Wolke aus strengen Gerüchen entgegen, Bier- und Weindünste, Düfte von exotischen Kräutern. So verräuchert war der Raum, daß die Gäste kaum zu erkennen waren. Zusammen mit Oliver zwängte er sich an den Tischen vorbei und stellte fest, daß Menschen, Zwerge und Elfen jeweils getrennt voneinander saßen. An einem Tisch hockten fünf Zyklopen, die, wie an den silber-schwarzen Uniformen erkennbar, der prätorianischen Garde angehörten; sie lachten laut und provozierten die anderen Gäste mit üblen Schmähungen.

Die Stimmung im Raum war zum Zerreißen gespannt; es fehlte offenbar nicht viel zum Ausbruch einer wilden Keilerei. Luthien war froh, sein Schwert bei sich zu haben, und hielt die Satteltaschen fest gepackt, als er, von allen Seiten angerempelt, dem Tresen zustrebte.

Davor standen Hocker mit ungewöhnlich hoher Sitzfläche, über Trittsprossen besteigbar. Oliver machte es sich auf einem dieser Hocker bequem und war, derart erhöht thronend, in der Lage, die Ellbogen auf dem polierten Tresen abzustützen.

»Hallo, Tasman«, grüßte Oliver. »Freut mich zu sehen, daß du noch lebst und nicht, wie befürchtet, am Galgen baumelst.« Der Mann am Tresen war von rauher Erscheinung, obgleich schmächtig gebaut. Er drehte sich um und schüttelte den Kopf, als er Oliver erkannte, der ihm fröhlich zugrinste und mit der Hand an den großen Hut tippte.

»Oliver deBurrows«, sagte Tasman und wischte den Tresen vor dem Halbling mit einem Tuch trocken. »Hätte nicht gedacht, daß du dich so schnell wieder blicken läßt. Über deine jüngsten Mätzchen ist noch lange kein Gras gewachsen.«

»Du vergißt, daß ich stets das Glück auf meiner Seite habe«, entgegnete der Halbling.

»Und du scheinst vergessen zu haben, wie viele Leute hier ein Hühnchen mit dir rupfen wollen«, sagte Tasman. Er langte unter den Tresen und holte eine Schnapsflasche zum Vorschein. »Wollen wir hoffen, daß auch sie dich vergessen haben«, fügte er hinzu und schenkte dem Gast ein.

»Wenn nicht, verdienen sie dein Mitleid«, antwortete Oliver; er erhob sein Glas und fügte gleichsam als Trinkspruch hinzu: »Denn dann werden sie schmerzliche Bekanntschaft machen mit der Spitze meines Rapiers.«

Tasman schien von Olivers Sprüchen nicht viel zu halten. Er schüttelte den Kopf und stellte ein Glas vor Luthien hin, der neben Oliver auf einem niedrigeren Hocker Platz genommen hatte.

Bevor Tasman einschenken konnte, hatte Luthien die Hand aufs Glas gelegt. »Für mich bitte nur Wasser«, sagte er höflich.

Die stahlgrauen Augen des Schankwirts weiteten sich sichtlich. »Wasser?« wiederholte er perplex.

»So wird auf Bedwydrin, der Heimatinsel meines Freundes, helles Bier genannt«, log Oliver, um Luthien aus der Verlegenheit zu helfen.

»Aha.« Tasman krauste die Stirn und schob Luthien einen Krug zu, bis zum Überschäumen gefüllt mit starkem Bier. Luthien blickte vom Krug ins Gesicht des Freundes und ersparte sich jede weitere Bemerkung.

»Ich ... wir brauchen ein Zimmer«, sagte Oliver. »Ist bei dir eins frei?«

»Dein eigenes«, antwortete Tasman mürrisch.

Oliver strahlte zufrieden auf, griff in die Tasche und zählte eine angemessene Summe Silbermünzen ab.

»Es müßte nur noch ein bißchen aufgeräumt werden«, meinte Tasman und langte nach dem Geld, doch prompt zog Oliver die Hand zurück.

»Der Preis ist derselbe«, knurrte Tasman.

»Und die Arbeit ...«

»Ist nötig, weil du darin beim letzten Mal alles auf den Kopf gestellt hast«, führte Tasman aus.

Oliver dachte eine Weile nach; es schien, als könnte er den Worten des Wirts nicht folgen. Schulterzuckend köderte er ihn erneut mit dem Geld, hielt aber noch daran fest und sagte: »Damit wir uns richtig verstehen, das sollte auch reichen für unsere Getränke.«

»Einverstanden«, sagte Tasman. Er nahm das Geld und widmete sich anderen Gästen.

Dem Freund zugewandt, sah sich Oliver argwöhnischen Blicken ausgesetzt. Er seufzte tief und sagte: »Nun ja, ich bin schon früher einmal hiergewesen.«

»Das war nicht schwer zu erraten«, antwortete Luthien.

Oliver seufzte ein zweites Mal. »Ende vergangenen Frühjahrs hat mich ein Boot aus Gascony hier abgesetzt«, erklärte er und berichtete von ›kleineren Problemen‹ mit Bewohnern der Stadt, und daß er vor wenigen Wochen in den Norden aufgebrochen sei, um sich nach anständiger Arbeit umzuschauen. Ein paar Schritte abseits stehend, trocknete Tasman Gläser ab und grinste über Olivers Ausführungen. Es bedurfte dieser spöttischen Miene nicht, um Luthiens Skepsis zu schüren, zumal er ja längst wußte, was Oliver, der Wegelagerling, tatsächlich im Norden des Landes gesucht hatte. Aufschlußreicher als sein Bericht waren die vielen Auslassungen.

Luthien hatte Fantasie genug, um sich einen Reim darauf zu machen. Wahrscheinlich war Oliver vor wütenden Händlern aus der Stadt geflohen. Was er im einzelnen hier in Montfort angestellt hatte, würde Luthien mit der Zeit wohl auch noch in Erfahrung bringen. Darum verzichtete er darauf, ihn jetzt schon mit Fragen zu bedrängen.

Er hätte auch keine Gelegenheit mehr dazu gehabt, denn Oliver hörte abrupt zu erzählen auf, als eine hübsche Frau vorbeischlenderte, deren tief ausgeschnittene und durch ein Schnürband geraffte Bluse einen Großteil ihrer prallen Brüste zur Schau stellte.

»Du entschuldigst«, sagte Oliver, ohne die Frau aus den Augen zu lassen. »Meine fröstelnden Lippen sehnen sich an einen wärmenden Ort.« Er hüpfte zu Boden, eilte ihr nach, überholte sie und kletterte unmittelbar neben ihr auf einen freien Hocker.

Daß sein Gesicht nur bis auf Höhe ihrer Brüste heranreichte, schien ihn nicht im geringsten zu verunsichern. »Anbetungswürdige«, deklamierte er theatralisch. »Mein Herz soufliert der trock'nen Zunge auszusprechen, daß Ihr die schönste aller Rosen seid und ausgestattet mit den schärfsten …« Er schlug die Hände vor die eigene Brust und schien nach Worten zu suchen. »… Dornen, an die sich aufzuspießen mein stolzes Halblingherz entschlossen ist.«

Luthien folgte der Szene mit ungläubigem Staunen. Am meisten verblüffte ihn, daß die Frau, obwohl fast doppelt so groß wie Oliver, sichtlich angetan war und durchaus interessiert an seinen lächerlichen Schmeicheleien.

Tasman kicherte, wohl nicht zuletzt auch über Luthiens verdutzte Miene. »So kennen wir ihn«, sagte er, und seine Stimme verriet ernstempfundene Bewunderung. »Er sucht die Herausforderung, du verstehst?«

Luthien verstand – wenn überhaupt – nur die Hälfte. Als er wieder zu den beiden hinüberschaute, sah er, daß sie sich angeregt miteinander unterhielten. Unwillkürlich mußte er an Katerin O'Hale denken und stellte sich vor, wie sie mit den Halbling umgesprungen wäre, hätte er sich ihr so dreist genähert.

Doch diese Frau dort drüben nahm keinerlei Anstoß an Olivers Art und kaum verhohlenen Absichten; im Gegenteil, sie schien Gefallen daran zu finden. Luthien hatte sich in seinem jungen Leben noch nie so fehl am Platz gefühlt. In Gedanken kehrte er zu Katerin zurück und wünschte, wieder in Dun Varna zu sein, an der Seite seiner Freunde und seines Bruders. Er wünschte, daß alles wieder so wie früher wäre, daß Vicomte Aubrey nie seinen Fuß auf die Insel gesetzt hätte.

Luthien starrte auf den Tresen, nahm den Krug zur Hand und leerte ihn in einem Zug. Tasman schien das Unbehagen des jungen Gastes wahrzunehmen, füllte den Krug aufs neue und wandte sich ab, bevor Luthien Gelegenheit hatte, für das Bier zu zahlen. Kopfnickend bedankte sich der junge Bedwyr, drehte sich auf dem Hocker herum und musterte die anderen Gäste: Gauner und Strolche, Zyklopen, die Streit suchten, und ruppige Zwerge, die durchaus bereit zu sein schienen, den Einäugigen die Stirn zu bieten. Unwillkürlich langte Luthien nach dem Heft seines Schwertes.

Plötzlich spürte er eine leichte Berührung am Arm. Er schnellte herum und sah, daß der Hocker, den Oliver geräumt hatte, neu besetzt war.

»Zum ersten Mal in Montfort?« fragte die Frau.

Luthien schluckte. Auf den ersten Blick glaubte er, einem billigen Abbild von Avonese gegenüberzusitzen. Die Frau war stark geschminkt und parfümiert, das Oberteil des Kleides betörend tief ausgeschnitten.

»Mit 'ner Menge Geld in den Taschen, wie ich vermute«, schnurrte sie und streichelte ihm über den Arm. Luthien ahnte nun, was hier gespielt wurde. Er fühlte sich wie in eine Falle getappt und wußte nicht, wie er sich herauswinden konnte, ohne die Frau zu beleidigen.

Ein gellender Schrei ließ plötzlich den Lärm in der Schenke verstummen. Alle Köpfe fuhren herum, doch Luthien brauchte gar nicht hinzusehen; für ihn stand ohnehin sofort fest, daß Freund Oliver an dem Aufruhr beteiligt war.

Luthien sprang vom Hocker, drängte durch die Menge und sah den Halbling vor einem riesenhaften, verwahrlosten Kerl stehen, der einen Schlagring an den Knöcheln trug, aber er war auch so zu erkennen, daß nicht gut Kirschen essen war mit ihm. Ihm zur Seite standen zwei Typen ähnlichen Kalibers, die ihn gegen Oliver aufhetzten. Die von ihm umworbene Frau hatte sich ebenfalls auf die Seite des Hünen geschlagen und inspizierte ihre Fingernägel.

»Die Lady kann sich doch wohl selbst entscheiden«, meinte Oliver beiläufig. Luthien wunderte sich, daß Rapier und Dolch immer noch in ihren Scheiden steckten. Wie wollte sich der Knirps gegen diesen muskelstrotzenden Mann zur Wehr setzen?

»Sie gehört mir«, brüllte der andere und spuckte ein Stück Kautabak auf den Boden. Oliver betrachtete den häßlichen Auswurf, der zwischen seinen Füßen gelandet war, blickte dann wieder auf und sagte: »Wäre mir was auf die Schuhe gekleckert, hättest du sie sauber lecken müssen.«

Luthien raufte sich die Haare, entsetzt über die Torheit des Halblings, dem zahlenmäßig eine dreifache

Übermacht gegenüberstand – von der kräftemäßigen Überlegenheit der anderen Seite ganz zu schweigen. Dennoch schien er es auf einen Kampf anzulegen.

»Du sprichst von ihr wie von einem Pferd«, fuhr Oliver ruhig und gelassen fort. Dann wandte er sich der Frau zu, um die der Streit ging, lüftete den Hut und sprach: »Teuerste, Ihr habt besseres verdient als diesen Hornochsen.«

Wie nicht anders zu erwarten war, platzte dem Hünen nun der Kragen. Mit erhobenen Armen warf er sich Oliver entgegen. Doch anstatt zur Seite auszuweichen, sprang der Halbling beherzt nach vorn und rammte dem Angreifer die Stirn zwischen die Schenkel.

Der Kerl blieb wie angewurzelt stehen, schielte ins Leere und langte mit zitternden Händen in den Schritt.

»Fürs erste wäre somit jedes weitere Werben vergebliche Liebesmüh, gell?« feixte der Halbling.

Ächzend klappte der Hüne in sich zusammen. Mit gezücktem Dolch rückte nun einer seiner Kumpane näher. Doch bevor er zustechen konnte, hatte ihm Luthien die Waffe mit einem gezielten Schwerthieb entwunden. Gleichzeitig schlug er mit der freien Hand so fest zu, daß der Mann mit blutspritzender Nase zu Boden ging.

»Au!« schrie Luthien und schüttelte die schmerzenden Knöchel.

»Wie? Du hast meinem Freund weh getan? Schäm dich!« rügte Oliver den niedergeschlagenen Mann.

Jetzt ging der dritte Kerl zum Angriff über; auch er war mit einem langen Messer bewaffnet. Luthien hob das Schwert und machte sich auf einen Kampf gefaßt. Doch nun kam ihm Oliver zuvor – mit Rapier und Dolch.

Die Menge wich zurück. Luthien bemerkte, daß die Prätorianer dem Streit mit größter Aufmerksamkeit folgten, und ihm war sofort klar, daß Oliver, falls er seinen Gegner verwundete oder gar tötete, auf der Stelle verhaftet werden würde.

Ein jeder der Zuschauer schnappte vor Schreck nach Luft, als der Kerl mit seinem langen Messer zustieß. Doch Oliver wich elegant aus und klopfte ihm den Hosenboden mit der Rapierklinge aus. Auch die nächste Attacke parierte der Halbling auf ähnliche Weise.

Der Mann, den Luthien zu Boden geschickt hatte, berappelte sich und versuchte aufzustehen. Bevor Luthien ihm einen Nachschlag verpassen konnte, war die Frau zur Stelle, die, von Olivers Einsatz sichtlich angetan, erneut die Fronten wechselte. Sie zog einen ihrer Schuhe aus, hob ihn schützend an die Brust und wirkte in dieser Pose wie eine echte Dame. Doch dann verzerrte sich ihr Gesicht zu einer wütenden Grimasse, und mit bloßem Fuß trat sie dem Kerl so ungestüm ins Gesicht, daß dieser wieder zu Boden ging und die Arme über den Kopf zusammenschlug.

Die Menge quittierte das Zwischenspiel mit johlendem Beifall.

Oliver hielt den Gegner noch eine Weile hin, dann aber machte er ernst und ließ seine Klingen auf eine Art und Weise durch die Luft schwirren, die den anderen geradezu hypnotisierte. Unvermittelt sprang er nach vorn und entriß ihm mit dem Dolch das lange Messer.

»Jetzt reicht's!« rief der Halbling, worauf es in der Schenke so leise wurde, daß man eine Stecknadel hätte fallen hören. »Versuch nur, deine Waffe vom Boden aufzuheben. Vielleicht schaffst du's. Aber ich warne dich«, fuhr er in ruhigerem Ton fort und tippte mit dem Rapier an die breite Hutkrempe. »Es könnte durchaus sein, daß dir dabei der Arm abfällt.«

Der Mann warf einen letzten flüchtigen Blick auf das Messer, machte dann kehrt und rannte durch die Menge davon, die in lautes Gelächter ausbrach. Oliver verbeugte sich höflich, steckte seine Waffen zurück und stieg vorsichtig über jenen Strolch hinweg, der immer noch, die Hände zwischen die Beine gepreßt, am Boden lag und jammerte.

Oliver trat durch ein Spalier begeisterter Zuschauer und ließ sich huldvoll als Held des Tages auf die Schultern klopfen.

»Kaum ist er zurück, und schon gibt's wieder Ärger«, meinte Tasman, als der Halbling und Luthien zu ihren Hockern am Tresen zurückkehrten.

Oliver gab sich gekränkt und sagte: »Aber Gevatter, ich hatte immerhin die Ehre einer Dame zu verteidigen.«

»Ja«, lachte Tasman. »Einer Dame mit scharfen … Dornen.«

»Oh, wie kannst du nur …«, empörte sich Oliver. Lachend wandte er sich dem Gefährten zu, der vor Verwunderung den Kopf schüttelte.

»Du wirst lernen«, sagte Oliver.

Was als Versprechen gemeint war, hörte sich für Luthien an wie eine Drohung.

14. Kapitel

Der erste Coup

K leiner Alkoven« – einen lächerlicheren Straßenna-
men hatte Luthien nie gehört. Doch daß dieser
Name durchaus sinnfällig war, zeigte sich, als Oliver
am Ende einer von windschiefen Holzhäusern gesäumten Straße um eine Ecke bog und ankündigte,
daß sie nun am Ziel seien. Der Kleine Alkoven war
eine winzige Gasse, kaum drei Schritt breit, ein düste-
rer Winkel zwischen den Rückfronten hoher Gebäude.

Vorsichtig tappten sie in der Dunkelheit voran, stiegen über betrunkene Männer hinweg, die ihren
Rausch ausschliefen und entweder nicht nach Hause
zurückgefunden oder gar kein Zuhause hatten. Eine
einzige Laterne funzelte über einem zerbrochenen
Handlauf und ausgetretenen Stufen, die zu einer ei-
senbeschlagenen Tür hinabführten. Hinter einem
Fenster sah Luthien ein paar dunkle Gestalten auf-
und abgehen.

»Da tagt die Gilde der Diebe«, flüsterte Oliver.

»Bist du Mitglied?«

Was Luthien als angemessene Frage formulierte,
schien für den Halbling völlig abwegig zu sein. »Von
wegen«, erwiderte er hochtrabend und ging kichernd
weiter.

Nach wenigen Schritten erreichten sie einen engen
Treppengang, der zu einer Holztür hinabführte. Hier
blieb Oliver lange stehen, sah sich um und strich mit der
Hand über den wie immer sauber getrimmten Spitzbart.

»Da unten habe ich gewohnt«, flüsterte er aus dem Mundwinkel heraus. Er wirkte angespannt, geradezu nervös.

»Man muß wissen, wann's brenzlig wird«, zitierte Luthien den Freund, worauf Oliver schmunzelnd kehrtmachte, gleich darauf aber herumwirbelte und den Dolch durch die Luft schleuderte. Der traf wuchtig auf die Holztür und blieb zitternd darin stecken.

Bevor Luthien den Freund fragen konnte, was der mit diesem seltsamen Spiel bezweckte, klackerte es mehrmals kurz hintereinander; dann knirschte Stein auf Stein, und schließlich wurde ein Zischen laut. Als er sich der Tür zuwandte, sah er heiße Flammen von unten auflodern und Pfeile daraus hervorschießen. Die beiden Freunde sprangen in Deckung. Wenig später löste sich ein großer Stein aus dem Türsturz und fiel krachend in die Flammen.

Es war, als hätte ein Riese über den Treppenrand gelugt und eine Kerze ausgeblasen, denn plötzlich war das Feuer erloschen.

»Jetzt können wir runter«, sagte Oliver und hakte beide Daumen unter seinen breiten Gürtel. »Aber paß auf, wo du hintrittst. Die Pfeile könnten vergiftet sein.«

Luthien folgte dem Freund und meinte verdutzt: »Du bist offenbar bei manchen Leuten ziemlich unbeliebt.«

Oliver langte nach dem Dolch, um ihn aus der Holztür herauszuziehen. Doch so sehr er zerrte, die Klinge blieb stecken. »Diese Leute haben mich und meine charmante Art nur noch nicht richtig zu schätzen gelernt«, antwortete er, pflanzte entrüstet die Fäuste in die Hüfte und musterte den Dolch wie einen hartnäckigen Kontrahenten.

Luthien wollte behilflich sein, wurde aber barsch zurückgestoßen, und bevor er protestieren konnte, sprang der Halbling hoch, packte den Dolch mit beiden Händen und stemmte die Füße gegen das Türblatt.

Ein entschlossener Ruck löste die Klinge, worauf Oliver einen eleganten Salto rückwärts vollführte und sicher auf dem Boden landete, den Hut aus der Luft auffing und den Dolch in die Scheide steckte.

»Meine überaus charmante Art«, wiederholte er, sichtlich zufrieden mit sich selbst, zumal ihm Luthien den Gefallen tat, Bewunderung zu zeigen.

Der Halbling verbeugte sich und wies mit ausgestrecktem Arm zur Tür. Luthien war aber gar nicht darauf erpicht, als erster das Haus zu betreten. »Wenn ich richtig verstanden habe, war das einmal deine Wohnung«, sagte er und trat zur Seite.

Oliver warf den Umhang über die Schulter zurück, stiefelte erhobenen Hauptes an Luthien vorbei, holte tief Luft und öffnete die Tür. Beißender Rußgestank schlug den Freunden entgegen, und obwohl kaum Licht vorhanden war, sahen sie, daß die Innenseite der Tür schwarz verkohlt war. Vorsichtig trat Oliver über die Schwelle, zog aber sogleich den tastenden Fuß zurück.

Innen sauste eine schwere, lange Klinge mit doppelter Schneide an der Türöffnung vorbei. Der Balken, an dem sie aufgehängt war, knirschte und ächzte unter der schwingenden Last, die langsam auspendelte und schließlich zum Stillstand kam.

»Du bist bei manchen mehr als unbeliebt«, stellte Luthien fest.

»Du irrst«, antwortete Oliver und grinste heimtückisch. »Diese Falle habe ich selbst eingebaut.« Er zog den Hut und schlüpfte vorsichtig an dem scharfen Pendel vorbei.

Luthien folgte schmunzelnd, doch das Schmunzeln wich schlagartig aus seinem Gesicht, als ihm bewußt wurde, daß ihn der Halbling vorsätzlich in die Falle hatte tappen lassen wollen. Wutschnaubend betrat er die Wohnung.

Oliver war nach links gegangen und hantierte an

einer Lampe herum. Es mußte Öl nachgegossen werden. Als er sie schließlich zum Leuchten brachte, sah Luthien, daß das Glas zersprungen und das Gehäuse verbeult und verrußt war.

Wie die Lampe so war auch jeder andere Gegenstand der Wohnungseinrichtung zerschlagen und angeflämmt. Die Möbel und Teppiche waren zu nichts mehr nutze. Noch hing ätzender Rauch in der Luft, obwohl die längst abgekühlt war.

»Ein magischer Feuerball«, spekulierte Oliver. »Oder Elvengrog.«

»Elfengrog?«

»Eine Flasche, gefüllt mit leicht entzündbaren Ölen«, antwortete Oliver und trat die Überreste eines Stuhles beiseite. »Im Stopfen hängt ein Lumpenfetzen, der, angesteckt, wie eine Lunte wirkt. Sehr wirkungsvoll.

Auf Schlaf müssen wir wohl vorerst verzichten«, sagte er und kramte aus den Satteltaschen ein paar einfache Kleidungsstücke hervor.

»Du willst doch jetzt nicht etwa anfangen, die Wohnung aufzuräumen?« fragte Luthien.

»Was denn sonst? Ich will schließlich nicht auf der Straße übernachten«, entgegnete Oliver, und so machten sich beide an die Arbeit.

Es dauerte zwei volle Tage, um all den Müll zu beseitigen und die Räume zu lüften. Zum Essen gingen die beiden ins Zwelf; ab und zu schauten sie im Stall nach den Pferden. Sooft sie nach ihren kurzen Ausflügen in die Wohnung zurückkehrten, fanden sie darin eine Meute von Kindern vor, neugierige, halb verhungerte und verdreckte Bälger, die darauf warteten, daß Oliver ihnen etwas zum Essen mitbrachte. Und das versäumte er nie.

Am zweiten Abend wurde ihnen von Tasman angeboten, ein Bad in der Schenke zu nehmen. Frisch gewaschen und mit ihren guten Kleidern ausstaffiert, kehrten Oliver und Luthien in die Wohnung zurück, die nun wieder als ein Zuhause bezeichnet werden konnte.

Dort empfingen sie kahle Wände und rauhe Dielenbretter. Immerhin hatte Oliver eine neue Öllampe gekauft. Als Bettstatt dienten ihre Reisematten.

»Morgen abend werden wir uns nach geeigneten Möbeln umschauen«, sagte Oliver und kroch unter seine Decke.

»Wie steht's um unsere Kasse?« fragte Luthien, dem natürlich nicht entgangen war, daß Olivers Geldbeutel zunehmend schlanker wurde.

»Trübe«, antwortete der Halbling. »Darum mein Vorschlag, mit der Anschaffung von Möbeln bis zum Abend zu warten.«

Luthien verstand und machte kein Hehl aus seiner Enttäuschung. Oliver hatte nicht die Absicht, irgend etwas einzukaufen.

»Ich habe schon was Bestimmtes im Auge«, sagte Oliver. »Nämlich das Haus eines gewissen Händlers, dem ich bereits während meines letzten Aufenthaltes in der Stadt einen Besuch abstatten wollte. Die Wachposten werden immer noch dieselben sein, so auch die Vermögenswerte.«

Luthien meldete Widerspruch an, doch bevor er ein Wort sagen konnte, meinte Oliver grinsend: »Das gefällt dir wohl nicht. Hältst du das Handwerk der Diebe für unehrenhaft?«

Luthien fand die Frage lächerlich.

»Wie gut kennst du die Gesetze?« wollte der Halbling wissen.

Luthien zuckte mit den Achseln, als wollte er zum Ausdruck bringen, daß darüber doch wohl allgemein Klarheit herrsche – zumindest was den Tatbestand des Diebstahls anbelangte. »Es ist verboten, sich fremdes Eigentum anzueignen.«

»Falsch!« rief der Halbling. »Was du sagst, gilt beileibe nicht immer. Mitunter ist die Aneignung fremden Eigentums ein durch und durch legales Geschäft.«

»Und du machst Geschäfte, wenn ich recht verstehe«, antwortete Luthien ironisch.

Oliver lachte. »Das Geschäftemachen überlasse ich den Händlerfritzen. Ich beschränke mich darauf, dem Gesetz Geltung zu verschaffen«, entgegnete er. »Wohlgemerkt, wir reden hier über das Gesetz, nicht über Gerechtigkeit. Solange König Grünspatz herrscht, solltest du beides nicht miteinander verwechseln.« Damit beendete er das Gespräch und wälzte sich zur Seite. Luthien blieb noch lange wach. Er dachte über Olivers Worte nach und fühlte sich unwohl dabei.

Sie schlichen über die Dachfirste der hohen Häuser in der Oberstadt. Luthien hatte seinen blutroten Umhang angelegt. Oliver trug einen bequemen schwarzen Anzug und die Montur – das Geschenk von Brind'Amour. In den Straßen patrouillierten Zyklopen der prätorianischen Garde. Manche schoben auch auf den Dächern Wache, doch Oliver wußte ihnen auszuweichen.

Die beiden erreichten eine hüfthohe Brüstung, drei Stockwerke über der Straße. Oliver spähte darüber hinweg, blinzelte Luthien zu und nickte mit dem Kopf.

Luthien kam sich vor wie ein ungezogenes Kind auf verbotenen Wegen. Nervös schaute er sich nach allen Seiten um und raffte den Umhang zusammen.

Oliver nahm den kleinen, faltigen Ball aus dem Schulterhalfter, heftete ihn an die Brüstung und wickelte das dünne Seil ab.

»Freu dich, mein Guter!« flüsterte Oliver. »Heute nacht wirst du vom Meister lernen.« Lautlos seilte er sich zu einem Fenster ab. Dort verharrte er in der Luft hängend und zog ein kleines Werkzeug aus der Montur, einen Glasschneider, wie Luthien richtig vermutete, obwohl er das Ding im Dunklen nicht erkennen konnte. Aber er sah nun, wie es der Freund ansetze, einen großen Bogen auf dem Fenster beschrieb und behutsam das angeritzte Glasstück herausdrückte. Nachdem er sich einmal kurz umgeschaut hatte, verschwand der Halbling in der Öffnung.

Als das Seil wieder frei war, machte sich Luthien an den Abstieg und kletterte dem Halbling hinterher.

Oliver ließ eine kleine Lampe aufleuchten und schwenkte den gebündelten Lichtstrahl durch den Raum. Luthien traute den Augen kaum. Zwar stammte er als Grafensohn selbst aus vermögenden Verhältnissen, doch im Vergleich zu dem, was er hier an Prunk erblickte, wirkte das Haus seines Vaters geradezu armselig. An den Wänden hingen Gobelins; dicke Teppiche bedeckten den Boden, und überall standen kostbare Kunstgegenstände herum – Vasen, Statuen, Zierwaffen und sogar eine komplette Ritterrüstung.

Ein großer Schreibtisch aus Eichenholz war das einzige Möbelstück in diesem Raum. Darauf stellte Oliver die Lampe ab. Dann machte er sich händereibend auf die Suche nach Beute. Das A und O der Räuberei sei, so hatte er Luthien wenige Stunden zuvor anvertraut, eine wohlüberlegte Auswahl der zu stehlenden Stücke zu treffen; es gelte, möglichst Wertvolles aufzugreifen, das außerdem im Sinne einer unbehinderten Flucht möglichst handlich sein müsse.

Nach kurzer Bestandsaufnahme nahm Oliver eine hübsche Vase aus blauem Porzellan und goldverzierten Rändern in die Hand. Freudestrahlend kam er damit auf Luthien zu, blieb aber plötzlich wie angewurzelt stehen.

Auch Luthien hörte die schwerfälligen Schritte im Flur.

Die Freunde eilten ans Fenster. In seiner Panik übersah Luthien die ausgeschnittene Glasscheibe, die Oliver zur Seite gelegt hatte. Laut klirrend zersprang sie unter seinem Fuß. Oliver zögerte nicht lange; die Vase unter den Arm geklemmt, stieg er durchs Fenster und packte das Seil.

Luthien warf einen Blick zur Tür zurück und sah, wie sich die Klinke bewegte. Erst jetzt wurde er gewahr, daß die Lampe noch immer auf dem Schreibtisch stand. Er stürmte durchs Zimmer, blies die Flamme aus und wich zur Wand zurück, als zwei Zyklopen zur Tür hereintraten.

Die beiden hielten ihre Nasen schnuppernd in die Luft und schlichen argwöhnisch umher. Da sie selbst eine Laterne bei sich trugen, hoffte Luthien, daß sie den schmauchenden Docht der ausgelöschten Lampe nicht riechen würden. Und das schien tatsächlich der Fall zu sein. Eine der Wachen nahm am Rand des Schreibtischs Platz, nur einen Schritt von Luthien entfernt.

Luthien hielt die Luft an und langte nach dem Heft des Schwerts. Fast hätte er es aus der Scheide gezogen, als sich der Zyklop herumdrehte.

Fast hätte er ihn attackiert, doch er tat es nicht, denn der Einäugige schien ihn nicht zu bemerken, obwohl er in seine Richtung blickte.

»Solche Bilder gefallen mir«, sagte die Wache lachend und wandte sich dem Kollegen zu. Luthien bemerkte nun, daß er unmittelbar vor einem Gobelin stand, auf dem eine Schlachtszene mit siegreichen Zyklopen abgebildet war. Der Betrachter hatte offenbar nicht registriert, daß zum Original eine zusätzliche Figur hinzugetreten war.

»Komm«, sagte der andere wenig später. »Hier ist niemand. Du mußt dich verhört haben.«

Der Zyklop auf dem Schreibtisch zuckte mit den Achseln und machte sich auf die Beine. Auf dem Weg zur Tür schaute er sich noch einmal um und blieb stehen.

Unter den Rand der Kapuze hinausblinzelnd, sah Luthien, daß der Wachposten die zertretene Glasscheibe entdeckt hatte. Der schlug nun dem Kollegen auf die Schulter und lief mit ihm zum Fenster hin.

»Aufs Dach!« schrie einer der beiden, zum Fenster hinausgebeugt.

Kaum waren die beiden Zyklopen aus dem Zimmer gerannt, hastete Luthien ans Fenster. In diesem Augenblick kam Oliver am Seil herbeigeschwungen, kletterte über den Sims und löste die magische Dregge, indem er dreimal am Seil ruckte. Er hatte den Ball hereingeangelt und wollte ihn gerade am Fenstersims verankern, um auf die Straße hinunterklettern zu können, als durch den Flur Verstärkung herbeipolterte.

»Zu spät«, sagte Luthien und hielt Oliver beim Arm fest.

»Dabei habe ich so sehr darauf gehofft, auf Gewalt verzichten zu können«, antwortete Oliver, gelassen wie immer.

Luthien drängte den Halbling zur Wand, schmiegte sich rücklings an den Gobelin und ließ den kleinen Freund unter seiner tarnenden Kutte verschwinden.

Luthien spähte unter dem Kapuzenrand hervor; Oliver fand Ausblick durch eine kleine Öffnung zwischen den Falten. Und so sahen beide einen drahtigen Mann mit Nachthemd und Schlafmütze ins Zimmer eilen, den Hausherrn, wie's schien, gefolgt von mehreren Zyklopen. Ein jeder trug eine Laterne bei sich.

»Verdammt!« brüllte der Mann, als er sich umschaute, die Lampe auf dem Schreibtisch, das zerbrochene Fensterglas und das leere Postament erblickte, auf dem die Vase gestanden hatte. In heller Aufregung trat er an den Schreibtisch, öffnete die Schublade mit einem Schlüssel und seufzte erleichtert auf.

»Ein Glück«, frohlockte er. »Es fehlt also nur die billige Vase.«

Luthien schaute hinter dem Umhang auf den Halbling hinab, der zu ihm aufblickte und listig mit dem Auge zwinkerte.

»Die Statuette ist noch da«, sagte der Händler und streichelte selbstvergessen über die kleine geflügelte Gestalt, die auf dem Schreibtisch stand. »Und das hier.« Seine Hände tauchten in die Schublade, worauf ein Klimpern und Klackern von Juwelen laut wurde. Dann schob er die Lade wieder zu, schloß ab und kommandierte: »Durchsucht die ganze Gegend, und meldet den Vorfall der Stadtwache.« Er blickte sich um und krauste die Stirn. Luthien und Oliver wähnten sich ertappt. »Und ich will, daß sämtliche Fenster vergittert werden!« knurrte der Händler.

Dann verließ er das Zimmer, nahm die Wachen mit und tat den Freunden sogar den Gefallen, die Tür hinter sich abzuschließen.

Oliver schlüpfte unter dem Umhang hervor, rieb sich gierig die Hände und eilte sogleich auf den Schreibtisch zu. Dankenswerterweise hatte der Händler die Lampe darauf stehen lassen.

»Die Lade ist verschlossen«, flüsterte Luthien, doch Oliver kramte bereits in einem Beutel seines Gehänges und zog daraus mehrere kleine Gegenstände zum Vorschein, die er nebeneinander auf die Schreibtischplatte legte.

»Du könntest dich auch irren«, sagte er wenig später und zog voller Stolz die Lade auf, die gefüllt war mit edlen Schmuckstücken: juwelenbesetzten Halsketten und Armspangen, Ohrringen und dergleichen mehr. Oliver stopfte die Klunker in einen kleinen Sack, der ebenfalls Bestandteil der wundersamen Diebesmontur war. Der Halbling lernte Brind'Amours Geschenk immer mehr zu schätzen.

»Greif dir die Statuette«, sagte er zu Luthien, während er auf das freistehende Postament zutrat und die Vase darauf zurückstellte.

Stundenlang warteten sie am Fenster, bis die Zyklopen ihre Fahndung endlich eingestellt und sich verzogen hatten. Dann warf Luthien die Dregge aufs Dach hinauf, und in Windeseile waren die Freunde auf und davon.

In der Dunkelheit des Zimmers war den Freunden nicht aufgefallen, welch sichtbare Spur sie dort zurückgelassen hatten. Die aber entdeckte der Händler. Als er am nächsten Morgen den Verlust seiner kostbarsten Werte bemerkte, tobte er vor Wut, packte die Vase, die Oliver an ihren Ort zurückgestellt hatte, und schleuderte sie quer durch den Raum, wo sie an der Wand neben dem Schreibtisch in tausend Stücke zersprang.

Auf dem Gobelin, vor dem Luthien Zuflucht gesucht hatte, war der Schemen eines bemantelten Mannes zu erkennen – ein blutroter Schatten, der die Schlachtszene befleckte und sich trotz gründlichster Wäsche nicht mehr entfernen ließ. Der Hexenmeister, den der Händler Tage später zu sich rief, stand staunend davor und wußte keinen Rat.

Der blutrote Schatten blieb für immer.

15. Kapitel

Der Brief

Luthien lehnte sich voller Behagen im Polstersessel zurück, streckte die bloßen Füße auf dem dicken, teuren Teppich aus und gähnte. Er fühlte sich rundum wohl. Er und Oliver waren kurz vor Tagesanbruch von ihrem dritten Raubzug in dieser Woche zurückgekehrt und zu Bett gegangen. Doch das laute Geschnarche des Freundes hatte ihn nicht schlafen lassen. Schließlich war er auf den Einfall gekommen, Olivers Füße in einen Eimer voll kalten Wassers zu stellen. Und nun dachte er halb schmunzelnd, halb gähnend zurück an die ungebärdigen Proteste des Halblings.

Luthien war allein in der Wohnung. Oliver hatte sich auf die Suche nach einem Hehler gemacht, um eine vor drei Tagen in Besitz genommene Vase zu verscherbeln. Es war ein schönes Stück, dunkelblau und mit Gold besprenkelt. Eigentlich hatte Oliver sie für sich behalten wollen, doch Luthien war der Ansicht, daß es wichtiger sei, Lebensmittelvorräte anzuschaffen, um den nahenden Winter bequem überstehen zu können.

Bequem. Für Luthien hatte dieses Wort einen seltsamen Klang. Als Habenichts war er vor gut drei Wochen in Montfort angekommen, hatte ein ausgebranntes Kellerloch bezogen, das Oliver seine Wohnung nannte. Die war inzwischen kaum wiederzuerkennen, denn jetzt hingen hier Gobelins an den Wänden, lagen kostbare Teppiche auf dem Boden, und nicht minder kostbar war das Mobiliar.

Die Freunde hatten bei etlichen Kaufleuten reiche Beute gemacht. Teile davon schmückten nun die Wohnung; der Rest war im Handel mit ansässigen Hehlern versilbert worden.

Das Schmunzeln in Luthiens Gesicht wich langsam einem sorgenvollen Ausdruck. Solange er das Jetzt oder die letzten Tage bedachte, konnte er das Lächeln beibehalten. Doch die Vergangenheit ließ sich nicht verdrängen, und außerdem galt es, in die Zukunft zu blicken. Zwar wußte er die Bequemlichkeiten durchaus zu genießen, für die er und Oliver gesorgt hatten, doch er konnte nicht stolz darauf sein. Er war Luthien Bedwyr, Sohn des Grafen von Bedwydrin und Held der Arena.

Oder? War er nunmehr nur noch Luthien, der Dieb im blutroten Umhang?

Er seufzte und dachte wehmütig an seine Herkunft, sehnte sich zurück nach der Unbefangenheit von früher, als es für ihn noch keine größere Sorge gegeben hatte als ein Riß in seinem Fischernetz. Und was die Zukunft anbelangte, war er damals voller Zuversicht gewesen.

Jetzt wagte er es kaum, über Künftiges nachzudenken. Sollte es etwa sein Schicksal sein, im Haus eines Händlers ermordet zu werden? Möglich war auch, daß die Gilde der Diebe, die auf der anderen Seite des kleinen Alkovens ihr Quartier hatte, ihnen, der freischaffenden Konkurrenz, den Erfolg neidete und das Handwerk zu legen versuchte. Mußten er und Oliver fürchten, aus Montfort vertrieben zu werden und im harschen Winter den Gefahren der Straße ausgesetzt zu sein? Oliver hatte sich nur deshalb bereit erklärt, die Vase zu verkaufen, weil er die Notwendigkeit der Vorratsbeschaffung für den Winter einsah, zumal auch er, wie Luthien wußte, stets damit rechnete, Hals über Kopf aus der Stadt fliehen zu müssen.

Es hielt ihn plötzlich nicht länger im Sessel. Er sprang auf, durchquerte das kleine Zimmer, nahm vor dem eichenen Schreibtisch Platz und breitete das Pergament vor sich aus, jenen Brief, den er bereits vor zehn Tagen begonnen hatte mit den Worten *Lieber Vater …* Doch wie zuvor wußte er auch jetzt nicht so recht, was er schreiben sollte. Daß aus ihm ein Dieb geworden war? Seufzend tunkte er den Federkiel ins Tintenfaß und fing an zu schreiben.

Ich bin in Montfort und habe mich mit einem ungewöhnlichen Burschen zusammengetan, einen Gasconen namens Oliver deBurrows.

Schmunzelnd hielt Luthien inne, als ihm bewußt wurde, daß für eine angemessene Beschreibung seines Freundes weder Papier noch Tinte ausreichte.

Warum ich zur Feder greife, ist mir selbst nicht ganz klar. Es scheint ja leider so, daß wir uns nicht nur räumlich voneinander entfernt haben. Dennoch will ich Dir mitteilen, daß es mir gut geht …

Vorsichtig blies Luthien über das Pergament, um die Tinte antrocknen zu lassen, und erneut verdrängten Sorgenfalten das Lächeln im Gesicht.

… wenn auch nicht ganz so gut, wie ich es wünschte. Denn ich habe Dinge gesehen und erfahren, die mich betrüben, Vater, und es drängt sich mir mehr und mehr die Frage auf, ob dieser herrschsüchtige König und seine Armee aus zyklopischen Hunden tatsächlich unseren Treueid verdienen.

Wieder geriet Luthien ins Stocken. Es behagte ihm nicht, auf politische Themen einzugehen, denn trotz Brind'Amours nachdrücklicher Unterweisung verstand er davon herzlich wenig. Als dann die Feder erneut übers rauhe Pergament kratzte, schlug sie eine Richtung ein, der Luthien guten Gewissens folgen konnte.

*Du solltest Dir einmal ein Bild davon machen, wie die
Kinder von Montfort zu leben genötigt sind. Vor Hunger
wühlen sie im Unrat der Gosse nach eßbaren Resten,
während ihre Eltern geknechtet werden von habgierigen
Kaufleuten.*

*Ich bin zum Dieb geworden, Vater. Jawohl, ich bin ein
Dieb.*

Luthien ließ die Feder fallen und starrte auf den
Brief. Er hatte nicht die Absicht gehabt, dem Vater sein
Geheimnis anzuvertrauen. Gewiß nicht. Und doch
kam dieses Bekenntnis wie von selbst, wohl als Ergebnis seines wachsenden Grolls. Luthien war drauf und
dran, das Pergament zu zerreißen, doch er besann sich
anders und las die letzten Worte noch einmal.

Ich bin ein Dieb.

Ihm war, als blickte er in den klaren, unbestechli-
chen Spiegel seiner bekümmerten Seele. Und das Abbild schreckte ihn nicht. Also griff er wieder zur Feder,
strich das Pergament glatt und fuhr zu schreiben fort.

*Es herrscht ein großes Unrecht. Mein Freund Brind'-
Amour spricht von einer Strahlfäule, und der Vergleich
trifft durchaus zu, denn Eriador, die Rose von einst, welkt
vor unseren Augen dahin. Ob König Grünspatz und seine
Herzöge schuld daran sind, sei dahingestellt; allerdings bin
ich mir sicher, daß, wer mit Zyklopen gemeinsame Sache
macht, lieber Fäulnis sieht als eine Rose.*

*Diese Plage lastet schwer auf Montfort, und darum ziehe
ich los im Schatten der Nacht, um Vergeltung zu üben, so
gering sie auch sei.*

*Ich habe Zyklopen erschlagen, aber das Übel steckt tiefer.
Ich fürchte um Eriador. Ich fürchte um die Kinder.*

Luthien lehnte sich zurück und starrte gedankenversunken auf den Brief. »Um Vergeltung zu üben, so gering sie auch sei«, las er laut und mußte sich eingeste-
hen, daß seine Vergeltung geradezu erbärmlich war in
Anbetracht seiner Vorstellung davon, wie die Welt eigentlich beschaffen sein sollte.

Er hatte sich schon halb vom Stuhl erhoben, als er sich noch einmal hinsetzte, zur Feder langte und mit tintennassem Kiel die Anrede durchkreuzte. »Nichtswürdiger!« zischte er vor sich hin, und vor Wut schossen ihm Tränen in die zimtbraunen Augen.

Luthien lag schlafend im Sessel, als Oliver freudestrahlend in die Wohnung zurückkehrte. Der Geldbeutel an seinem Gürtel war prall gefüllt. Offenbar hatte er ein gutes Geschäft mit der Vase gemacht.

Er trat vor Luthien hin, um ihn zu wecken, denn er hatte die Absicht, mit ihm auf den Markt zu gehen und einzukaufen. Doch zufällig traf sein Blick auf den Brief, und so schlich er neugierig zum Schreibtisch. Seine heitere Miene verflüchtigte sich, als er die zornigen Worte las. Dann kehrte er an den Sessel zurück und betrachtete mitleidsvoll das selbst im Schlaf bekümmerte Gesicht des Freundes. Schließlich rang er sich zu einem Lächeln durch und ließ den Geldbeutel vor Luthiens Ohr klimpern.

»Wach auf!« rief der Halbling. »Die Sonne scheint, und der Markt wartet auf unseren Besuch.«

Murrend drehte sich Luthien auf die andere Seite, doch Oliver packte ihn bei den Schultern. »Komm, du Schlafmütze«, sagte er. »Der Winter steht vor der Tür, und wir haben noch einiges zu besorgen. Ich für mein Teil brauche unter anderem ein Dutzend warmer Mäntel.«

Luthien blinzelte unter halb geöffneten Lidern hervor. Ein Dutzend Mäntel, zusätzlich zu all denen, die er bereits besaß? Luthien glaubte nicht richtig gehört zu haben.

»Ein Dutzend, wenn nicht mehr«, wiederholte der Halbling. »Davon werde ich mir dann das schönste Stück aussuchen.« Und mit gezierter Miene fügte er hinzu: »Die anderen … *peh!* … die können mir gestohlen bleiben. Weg damit.«

Luthien war völlig perplex. Hatte Oliver nun endgültig den Verstand verloren, daß er Mäntel zu kaufen gedachte, um sie sogleich wieder wegzuwerfen?

»Komm, Beeilung!« sagte der Halbling und drängte ungeduldig zur Tür. »Wir müssen zum Markt, bevor die verlotterten Kinderscharen aufkreuzen und uns die besten Sachen vor der Nase wegstehlen.«

Die Kinder. Jetzt verstand Luthien, wen Oliver im Sinn hatte; ihnen, die in etwa so groß waren wie er selbst, wollte er die Mäntel zukommen lassen. Luthien sprang aus dem Sessel und folgte dem großherzigen Freund nach draußen.

Im Laufschritt erreichten sie das Zentrum der Unterstadt, einen weiten, offenen Marktplatz voller Buden und Zelte und fliegender Händler. Es wurde gesungen, auf fremdartigen Musikinstrumenten gespielt; Jongleure und Akrobaten warteten mit ihren Kunststückchen auf. Luthien hielt seine Geldbörse fest in der Hand, und befolgte damit Olivers eindringlichen Rat. Die meisten Musikanten und Trickkünstler, so hatte er gesagt, trügen ihre Darbietungen nur deshalb vor, um von ihrem eigentlichen Gewerbe abzulenken.

Die Sonne strahlte hell, und es herrschte Hochbetrieb auf dem Markt. Eine große Handelskarawane, die wohl letzte in diesem Jahr, war in der Nacht eingetroffen. Sie kam aus Avon und hatte auf dem Weg hierher die Hohe Mauer im Osten und die nördlichen Ausläufer des Eisernen Kreuzes passiert. Zwar wurden die meisten Güter in Port Charley umgeschlagen, der Hafenstadt an der Westküste, doch weil die baranduinischen Piraten die Meerenge unsicher machten, zogen die großen, reichen Karawanen des Südens die längere, aber sicherere Landroute vor.

Die beiden Freunde schlenderten eine Weile umher. Oliver kaufte eine Tüte Zuckerkand. Bald darauf kamen sie an den Stand eines Pelzhändlers. Der Halbling bestaunte die Auslage; einer der Mäntel schien ihm besonders gut zu gefallen, und er versuchte, mit dem Verkäufer zu feilschen, doch der beharrte auf den vollen Preis. Es kam zu einem heftigen Wortwechsel zwischen den beiden. Schließlich warf Oliver die Arme in die Luft, nannte den Händler einen »Barbaren« und kehrte ihm den Rücken.

Luthien mußte sich sputen, um mit seinem elegant gekleideten Freund Schritt halten zu können. »Der Preis war doch in Ordnung«, sagte er.

»Er wollte nicht handeln«, entgegnete der Halbling empört.

»Aber er hat wirklich nicht zu viel verlangt.«

»Ich weiß«, antwortete Oliver ungeduldig und warf einen Blick auf den Pelzstand zurück. »Barbar.«

Luthien verzichtete auf jede weitere Bemerkung. Er kannte sich mit den Gepflogenheiten des Marktes kaum aus, hatte aber immerhin schon herausgefunden, daß für die meisten Waren deutlich überhöhte Preise gefordert wurden. Das Feilschen um einen Nachlaß schien Teil des Geschäfts zu sein, bei dem es offenbar nicht zuletzt darauf ankam, daß sich am Ende sowohl Händler als auch Kunde einbilden konnte, die jeweils andere Seite übervorteilt zu haben.

Es dauerte nicht lange, und sie kamen an einer zweiten Pelzhandlung vorbei. Oliver stritt mit dem Verkäufer um den Preis eines Mantels, dessen Qualität der des soeben verschmähten Stücks ganz ähnlich war. Die beiden einigten sich, und Oliver zählte dem Händler den ausgemachten Betrag in die Hand – fünf Silbermünzen mehr als er für den anderen Mantel bezahlt hätte. Luthien wollte den Freund darauf aufmerksam machen, doch der grinste so zufrieden vor sich hin, daß sich jeder Einwand erübrigte.

Und so verbrachten sie den ganzen Vormittag: Sie kauften, feilschten, sahen den Schaustellern zu und spendierten den vielen Kindern, die auf dem Markt herumsprangen, jede Menge Zuckerkand. Luthiens Laune verbesserte sich beträchtlich.

Als es Zeit wurde, nach Hause zurückzukehren, trug er einen großen, prallvollen Sack auf der Schulter. Oliver sorgte für den Geleitschutz und hielt mit Argusaugen Ausschau nach möglichen Beutelschneidern. Er hatte gerade den Blick zur Seite gerichtet auf eine verdächtige Gestalt, als Luthien unvermittelt stehen blieb und Oliver auf den Sack auflaufen ließ. Der Halbling prallte zurück, schüttelte verwirrt den Kopf und bückte sich, um den zu Boden gefallenen Hut aufzuheben. Der Strolch, der Olivers Aufmerksamkeit auf sich gezogen hatte, lachte vor Schadenfreude lauthals auf.

»Dummkopf«, beschwerte sich Oliver bei seinem Freund. »Sag doch Bescheid, wenn du stehenbleibst.« Den Staub vom Hut klopfend, schimpfte er weiter, bis ihm auffiel, daß Luthien gar nicht zuhörte.

Mit weit aufgerissenen Augen starrte der junge Bedwyr nach vorn. Oliver folgte der Blickrichtung und sah nun selbst, was den Freund so sehr faszinierte.

Die junge Frau war wirklich außergewöhnlich schön; ihrer Schönheit konnten auch die schäbigen, zerlumpten Kleider, die sie trug, keinen Abbruch tun. Sie ging mit gesenktem Kopf daher, und die langen, weizenblonden Haare fielen in dichten Wellen über Wangen und Schultern. Wie Oliver zu erkennen glaubte, lugte zwischen den Locken ein spitz zulaufendes Ohr hervor. Die großen, grün leuchtenden Augen zeugten von einer inneren Stärke, die im krassen Widerspruch stand zum äußeren Erscheinungsbild. Ihr folgte auf Schritt und Tritt ein Mann, dessen scharf geschnittenen Gesichtszüge Oliver an einen Bussard erinnerten.

Oliver trat an die Seite des Freundes und stieß ihn unsanft mit dem Ellbogen an. Doch Luthien rührte sich nicht. »Sie ist eine Sklavin«, sagte der Halbling. »Wahrscheinlich eine Halbelfe. Und dieser Kerl da hinter ihr wird sie bestimmt nicht abtreten, selbst wenn du ihm alles Gold von Eriador für sie anbieten würdest.«

»Eine Sklavin?« fragte Luthien verwundert, und es schien, als wäre ihm die Bedeutung dieses Wortes fremd.

Oliver nickte. »Sie ist nichts für dich.«

Als Luthien zurückblickte, waren die Frau und ihr Meister in der Menge verschwunden.

»Schlag sie dir aus dem Kopf«, sagte Oliver, doch Luthien paßte, daß dies kaum mehr möglich war.

Die beiden kehrten in ihre Wohnung zurück, luden ihre Einkäufe dort ab und gingen, weil Oliver darauf bestand, ins Zwelf, wo sie ihre Stammplätze am Tresen einnahmen. Luthien mußte immerzu an die Frau denken.

Er dachte auch an Katerin O'Hale, seine Jugendliebe. Obwohl er erst wenige Wochen von ihr getrennt war, kam ihm die Zeit mit ihr, wie überhaupt sein Leben auf Bedwydrin, so weit entrückt vor wie ein schöner Traum, der sich angesichts der harschen Wirklichkeit verflüchtigt.

Er fragte sich, was er für Katerin noch empfand. Ja, er war ihr zugetan, vielleicht sogar verliebt in sie gewesen. Doch ihre Nähe hatte sein Blut nie so sehr in Wallung gebracht wie dieser eine Blick auf jene wunderschöne junge Frau. Daß er so hingerissen von ihr war, wußte er sich selbst nicht zu erklären. Vielleicht spielte der Umstand eine Rolle, daß er sie als Leibeigene zutiefst bedauerte. Vielleicht war er auch aufgrund seiner sorgenvollen Lebenssituation aus dem seelischen Gleichgewicht geraten. Hatte all dies seine Emotionen so sehr durcheinandergebracht? Wie würde er empfinden, wenn Katerin in diesem Moment zur Schenke hereinkäme?

Luthien konnte und wollte diesen Überlegungen nicht länger folgen. Gewiß war nur eines: daß ihn der Anblick dieser wunderschönen Sklavin überwältigt hatte, und so versuchte er, sich ihr Bild zu vergegenwärtigen. Doch es entschwand ihm allmählich; zu stark waren die störenden Einflüsse seiner gegenwärtigen Umgebung.

»Viele Elfen sind versklavt«, erklärte Oliver. »Vor allem die Mischlinge.«

Luthien warf dem Freund einen verärgerten Blick zu, und es schien, als wertete er dessen Bemerkung als Beleidigung seiner Liebsten.

Wie zur Klarstellung fügte Oliver hinzu: »Ich spreche von denen, die halb Elfe, halb Mensch sind. Davon gibt's nicht wenige.«

»Und die werden als Sklaven gehalten?« fragte Luthien empört.

Oliver zuckte mit den Schultern. »Wenn sie es sich gefallen lassen? Dein Mitgefühl in allen Ehren. Es hätten vor allem die Zwerge verdient, denn die werden hier in Avon am geringsten geachtet.«

»Und wie steht's um die Halblinge?« entgegnete Luthien gehässig.

Oliver fuhr mit den Händen durch die langen, braunen Locken. »Ein rechter Halbling weiß sich Respekt zu verschaffen«, antwortete er. Dann schnippte er mit den Fingern und ließ Tasman die leeren Krüge füllen.

Luthien hatte kein Interesse an einer Fortsetzung des Gesprächs. Er schwelgte in Erinnerung an die schöne Frau und machte sich Gedanken um die Sklaverei im allgemeinen. Soweit er wußte, gab es auf Bedwydrin keine Leibeigenschaft. Auf der Insel lebten Vertreter unterschiedlichster Arten in Frieden und Fairneß miteinander. Nur die Zyklopen waren nicht gern gesehen, mußten aber auf Weisung aus Carlisle geduldet werden. Dennoch wollte niemand mit ihnen zu tun haben, und so mancher Wirt ließ sich irgendwelche Ausreden einfallen, um sie nicht beherbergen zu müssen.

Aber Sklaverei? Für Luthien waren solche Zustände

widerwärtig, und allein der Gedanke daran, daß dieses wunderschöne Wesen, an das er auf den ersten Blick sein Herz verloren hatte, einem Kaufmann als Sklavin diente, erfüllte ihn mit einer Bitterkeit, die kein Maß Bier herunterzuspülen vermochte.

Als er schon etliche Krüge geleert hatte, löste sich seine Zunge, und sein wütendes Gegrummel über Ungerechtigkeiten, die nicht länger hinzunehmen seien, wurde immer lauter, so daß sich Oliver genötigt sah, ihn zur Vorsicht zu mahnen. Er stieß ihn heftig an mit dem Ergebnis, daß sich der junge Mann mit Bier bekleckerte. Wütend wandte er sich dem Freund zu, doch bevor er lospoltern konnte, hatte ihn Oliver mit vielsagenden Gesten auf zwei Kerle aufmerksam gemacht, die abseits am Tresen hockten. Luthien schnappte einige Worte ihres Gesprächs auf und spitzte sofort die Ohren.

»Ich sage dir, es war der Blutrote Schatten!« beteuerte der eine. »Er ist zurück und wird dem Herzog und seiner Bagage gehörig auf die Füße treten. Wart's ab.«

»Dummes Geschwätz«, entgegnete der andere und winkte mit der Hand ab. »Was meinst du, Tasman? Mein Kumpel behauptet, der Blutrote Schatten wäre von den Toten wiederauferstanden und würde wieder durch Montfort spuken.«

»So glaub mir doch, man hat seinen Schatten gesehen«, eiferte sich der erste. »Das weiß ich aus zuverlässiger Quelle. Der Schatten ist da und läßt sich weder abwaschen noch mit Farbe überstreichen.«

»Mir ist auch so was zu Ohren gekommen«, bestätigte Tasman, der wie üblich mit einem Lappen den Tresen wischte. »Angenommen, es verhält sich wirklich so«, meinte er. »Was würdest du davon halten?«

»Das will ich dir sagen« antwortete der eine. »Es wäre mir ein Vergnügen zu sehen, wie den feisten

Ausbeutern der kalte Angstschweiß ausbricht und die Knie zu zittern anfangen.«

»Aber hast du dann nicht auch das Nachsehen?« gab Tasman zu bedenken. »Und in den Straßen der Oberstadt würde es bald nur so wimmeln von Wachsoldaten.«

Der Angesprochene war eine Weile stumm und dachte nach. »Sei's drum«, antwortete er schließlich. »Hauptsache, den Schweinen geht's endlich ans Leder!« Er drohte vom Hocker zu kippen, als er herumfuhr und mit hoch erhobenem Krug den übrigen Gästen zuprostete: »Auf den Blutroten Schatten!« Es überraschte Luthien, daß der Trinkspruch auf allgemeine Zustimmung stieß.

Oliver krauste die Stirn in Erinnerung daran, was Brind'Amour über die Geschenke an Luthien gesagt hatte.

»Von wem ist hier eigentlich die Rede?« lallte Luthien, zu beschwipst, um sich selbst einen Reim darauf machen zu können.

»Von dir, du Esel!« Oliver trank den letzten Schluck aus seinem Krug und sprang vom Hocker. »Komm, es wird Zeit für dich, ins Bett zu gehen.«

Luthien saß da wie vom Donner gerührt und starrte entgeistert auf die beiden Strolche. Er hatte immer noch nicht begriffen, worum es ging.

Auf dem Nachhauseweg kehrte ihm die schöne Sklavin in den Sinn zurück, und er dachte immer noch an sie, als Oliver längst eingeschlafen war.

Derjenige, der an der vermuteten Rückkehr des Blutroten Schattens Zweifel angemeldet hatte, betrachtete Oliver und Luthien mit mehr als bloß flüchtigem Interesse, als die beiden die Schenke verließen. Bald darauf ging auch er und schlich über Umwege zu einer geheimen Pforte, die durch den Wall zur Oberstadt führte.

Die zyklopischen Wachen schienen den Mann zu kennen, waren aber wenig erfreut, ihn zu sehen und musterten ihn mit argwöhnischen Blicken. Der zeigte ihnen sein Siegel und eilte weiter.

Er hatte Wichtiges zu berichten.

16. KAPITEL

Gefährlicher Leumund

Konzentrier dich auf das, was wir vorhaben«, sagte Oliver in strengem Tonfall, als er und Luthien auf dunklen Straßen dem inneren Stadtwall entgegenstrebten.

»Ich finde, wir sollten die Sache abblasen«, entgegnete Luthien. »Geld haben wir doch ohnehin mehr als genug ...«

Oliver riß den Freund am Arm herum und zischte wütend: »Ich rate dir gut, sag nie, nie noch einmal so etwas Dummes!«

Schulterzuckend setzte sich Luthien wieder in Bewegung, doch Oliver packte erneut zu und hielt ihn zurück. »Versprich's!«

»Wann hast du denn endlich genug?« fragte Luthien.

»Ha!« schnaubte der Halbling. »Ich werde solange rauben, bis die Reichen arm und die Armen reich geworden sind, um dann wieder ganz von vorn anzufangen.«

»Und was hat das für einen Sinn?« wollte Luthien wissen.

»So würdest du nicht fragen, wenn du ein echter Dieb wärst«, antwortete Oliver und schnippte mit den Fingern, was er sich im Laufe der vergangenen Tage offenbar als Tick angewöhnt hatte.

»Papperlapapp«, entgegnete Luthien und drängte an Oliver vorbei.

Der Halbling schüttelte den Kopf. Seit dem Markttag letzter Woche war Luthien wie ausgewechselt, nur noch schlecht gelaunt, bisweilen sogar trübsinnig; aß ohne Appetit, redete kaum und verweigerte seine Teilnahme an Beutezügen durch die Oberstadt.

Diesmal aber hatte Oliver darauf bestanden, daß er ihn begleitete; er hatte ihn buchstäblich aus der Wohnung gezerrt. Der Freund brachte durchaus Verständnis auf für Luthiens turbulente Gemütslage; zudem machte er sich selbst große Sorgen darüber, daß die Gerüchte um den Blutroten Schatten grassierten und alle reichen Kaufleute in Angst und Schrecken versetzten. Die nahmen sich mittlerweile so sehr in acht, daß die Diebe von Montfort ungewöhnlich zurückhaltend geworden waren.

Doch dieser allgemeine Aufruhr schien den jungen Bedwyr herzlich wenig zu kümmern. Woran er tatsächlich krankte, wußte der Halbling sehr wohl, schließlich war er selbst eine romantische Natur. Aber im Gegensatz zu seinem Freund wußte er das Geschäftliche von privaten Gefühlen zu trennen. Er eilte Luthien nach und sagte: »Wenn ich einen Blick in dein Ohr werfen würde, bekäme ich sicherlich das Bild einer versklavten Halbelfe zu Gesicht, einer Schönheit mit weizenblonden Haaren und den grünsten aller Augen.«

»Du bist nicht groß genug, um in mein Ohr blicken zu können«, entgegnete Luthien in schroffem Tonfall.

»Das brauche ich auch nicht, denn meine Vorstellung reicht bei weitem aus«, entgegnete der Halbling nicht weniger schroff. Doch dann besann er sich darauf, daß es ungünstig wäre, den Freund zu verärgern, denn je gereizter die Stimmung, desto größer war die Gefahr, daß der geplante Raubzug scheiterte. »Ich weiß, was du durchmachst«, sagte er. »Du leidest.«

Oliver hatte diesmal offenbar den richtigen Ton angeschlagen, denn Luthiens Widerstand schien gebrochen. Im stillen gab er dem Freund recht. Noch nie hatte es ihn so schlimm erwischt. Er konnte weder essen noch schlafen, und ständig stand ihm, wie Oliver richtig vermutete, das Bild der Halbelfe im Sinn. Luthien hatte den Eindruck, in ihre Seele geschaut und darin die vollkommene Entsprechung der eigenen Seele erblickt zu haben. Er war sonst eher von nüchternem Schlage und wußte um die Haltlosigkeit eines solchen Eindrucks. Dennoch, der Schmerz, den er empfand, ließ sich nicht wegleugnen.

»Wie schön ist die Wildblume jenseits des Feldes«, sagte Oliver leise. »Sie leuchtet dir aus dem Schatten der Bäume entgegen, und ist doch unerreichbar. Es scheint, als hättest du nie eine schönere Blume gesehen, geschweige denn in den Händen gehalten.«

»Und wenn ich nun das Feld überqueren würde, um die Blume zu pflücken?« fragte Luthien.

Oliver zuckte mit den Achseln. »Darauf würde ich an deiner Stelle verzichten. Ich würde es beim schönen Anblick belassen und das Bild in Erinnerung halten.«

»Feigling.« Zum ersten Mal seit Tagen lachte Luthien auf.

»Wie bitte?« entgegnete Oliver und versuchte beleidigt dreinzuschauen. »Mich nennst du feige, ausgerechnet mich, den tollkühnen Oliver deBurrows, der sich in die Oberstadt vorwagt und sich unter die Nägel reißt, was nicht niet- und nagelfest ist?«

Luthien registrierte, daß der Halbling ihn daran zu erinnern versuchte, weshalb sie sich auf den Weg gemacht hatten. Er gab klein bei, und gemeinsam zogen die beiden weiter.

Nach einer Stunde hatten sie es geschafft, an den zahlreichen Patrouillen vorbeizukommen, den Wall zu überwinden und in jenes südlich gelegene Viertel vorzudringen, das im Schatten der hohen Klippen lag. Dort stiegen sie auf eins der Dächer. Sie waren kaum oben, als erneut ein Wachtrupp vor ihnen auftauchte.

Luthien zog schnell die Kapuze über den Kopf, während Oliver unter dem roten Umhang Deckung suchte. Ohne die Eindringlinge zu bemerken, marschierten die Zyklopen davon.

Luthien zögerte. »Wir hätten nicht kommen sollen«, flüsterte er. »Es sind zu viele Wachen unterwegs.«

»Wir sollten uns geschmeichelt fühlen«, widersprach Oliver. »Man zollt uns großen Respekt, und es wäre undankbar, wenn wir die Erwartungen enttäuschten, die in den Blutroten Schatten gesetzt werden.«

Luthien hatte den Verdacht, daß Oliver, vermessen wie er war, die Gefahren auf die leichte Schulter nahm. Kopfschüttelnd beobachtete er den Freund dabei, wie er, auf dem First balancierend, seine Dregge durch die Luft wirbeln ließ und auf das benachbarte Dach schleuderte. Er zog das Seil straff und sicherte es mit einem Laufknoten, der sich auch von der anderen Seite aus leicht würde lösen können. Als Luthien zu ihm aufgeschlossen war, hielt er noch einmal Ausschau nach allen Seiten, um sicherzustellen, daß kein Zyklop in der Nähe war, und hangelte sich schließlich behende auf die andere Seite hinüber. Luthien folgte.

»Es gibt Pfeile, die sich durch Felsstein beißen«, sagte Oliver, als sie in schwindelnder Höhe eine zweite Gasse überquerten. »Solche Geschosse wären was für deinen Bogen.«

»Wohin gehen wir eigentlich?« wollte Luthien wissen.

Der Halbling deutete in nördliche Richtung auf eine Gruppe spitzgiebliger Häuser. Verwundert klimperte Luthien mit den Augen. Die beiden hatten bislang immer nur im Süden der Oberstadt zugeschlagen. Die flachen Dächer und die schattenwerfende Bergwand boten zwar ideale Bedingungen. Doch der Grund für den Revierwechsel lag auf der Hand; es waren im Süden der Stadt so viele zyklopische Wachen zusammengezogen worden, daß sie wahrscheinlich nun an anderer Stelle fehlten.

Dennoch war dem jungen Bedwyr nicht wohl zumute. In den weniger leicht zugänglichen Häusern wohnten die reichsten Kaufleute der Stadt, unter anderem auch Mitglieder der großen Familie von Herzog Morkney. Luthien ging allerdings davon aus, daß Oliver wußte, was er tat. Darum behielt er seine Vorbehalte für sich und folgte; er schwieg auch noch, als ihn der dreiste Halbling zurück auf die Straßen hinabführte.

Die Straßen waren breit und mit Steinplatten gepflastert, gesäumt von zweistöckigen Häusern mit reich verzierten Fassaden voller Erker und kleiner Balkone. Junge Liebespaare schlenderten umher, an allen Ecken standen Wachposten; doch unter den Falten von Luthiens Umhang blieben die beiden Freunde unbemerkt.

Sie erreichten eine Kreuzung, von der eine Straße abzweigte, die das Straßenschild als Allee der Kunsthandwerker auswies. Oliver machte Luthien auf einen kleinen Trupp zyklopischer Wachen aufmerksam, die sichtlich entspannt und arglos ihre Runden drehten.

»Ich denke, daß wir heute mal ausnahmsweise nicht vom Dach aus einsteigen«, flüsterte er schmunzelnd und rieb voller Vorfreude die Hände aneinander.

Luthien ahnte, was der Freund im Schilde führte, und legte die Stirn in Falten, denn Oliver hatte immer wieder davor gewarnt, in die vornehmen Geschäfte dieses Stadtbezirks einzubrechen. Deren Inhaber heuerten nämlich oft Hexer an, die sich darauf verstanden, magische Diebstahlsicherungen zu installieren.

Oliver zupfte den Freund am Ärmel und lockte ihn weiter. Obwohl er ein ungutes Gefühl hatte, vertraute Luthien dem erfahrenen Komplizen und folgte. Wenig später standen sie im Schatten einer Nische zwischen zwei Geschäften. Oliver bestaunte die Auslagen hinter den Schaufenstern.

»Da stehen die wertvolleren Sachen«, sagte der Halbling und musterte mit Kennerblick feines Porzellan und Kristallgefäße. »Aber das hier« – er wandte sich den kleinen Zinnfiguren und Kunstgegenständen in der anderen Auslage zu – »wird leichter zu vermarkten sein. Und dieses hübsche Ding will ich mir nicht entgegen lassen«, fügte er hinzu und zeigte auf die Statuette eines Halbling-Ritters. Oliver schien sich entschlossen zu haben. Er schaute sich noch einmal um und kramte den Glasschneider aus einem der Beutel seines Gehänges.

Luthien starrte auf das kleine Standbild, das dem Freund so sehr gefiel: ein aus Zinn geformter Halbling in kühner Haltung, mit wehendem Umhang und blankgezogenem Schwert, dessen Spitze im Sockel steckte neben bloßen, dichtbehaarten Füßen. Ein hübsches Stück fürwahr, aber Luthien bemerkte auch, daß es reichlich billig war im Vergleich zu den übrigen, mit Edelsteinen besetzten Figurinen ringsum.

Luthien packte Oliver beim Arm, als der gerade den Glasschneider ansetzen wollte.

»Wer hat das Ding da wohl reingestellt?« fragte Luthien.

Oliver blickte verblüfft zu ihm auf.

»Warum steht es so auffällig da? Überleg doch!«

Oliver richtete den Blick zurück auf das Standbild. »Wer's da hingestellt hat? Na, doch wohl der Inhaber, oder?« Der Halbling war merklich irritiert.

»Warum?«

»Was soll die Frage?«

»Das kann doch nur ein Köder sein, ausgelegt für diebische Halblinge«, flüsterte Luthien.

Wiederum blickte Oliver verwundert zu ihm auf.

»Du mußt lernen, Gefahren zu wittern«, sagte Luthien grinsend, wobei er den Tonfall des Freundes perfekt nachahmte.

Endlich bemerkte auch Oliver, daß die Statuette

fehlplaziert wirkte. Er drehte sich um und nickte. »Verschwinden wir lieber.«

Luthien spürte, wie sich ihm die Nackenhaare sträubten. Vorsichtig spähte er auf die Straße hinaus, schaute nach links und nach rechts. Mit ernster Miene wandte er sich dem Freund zu und flüsterte: »Zyklopen, hüben wie drüben!«

»Aber vorhin waren doch nur ...« Oliver stockte. »Wir sitzen also in der Falle?«

»Uns bleibt nur der Weg über die Dächer«, antwortete Luthien.

Der Halbling zögerte nicht lange. Schnell hatte er die Dregge zur Hand und über die Dachkante geworfen. Dann reichte er dem Freund das abgesicherte Seil und meinte höflich: »Bitte nach Ihnen.«

Luthien wußte, warum Oliver ihm den Vortritt ließ. Der Halbling war nur zu faul zum Klettern und wollte hochgehievt werden.

»Und schau dich da oben gründlich um, bevor du mich hochholst«, mahnte er grinsend an.

Luthien verdrehte die Augen und machte sich an den beschwerlichen Aufstieg. Kichernd nahm Oliver zur Kenntnis, daß sich der Umhang des Freundes als Schatten auf dem Schaufenster niedergeschlagen hatte.

Als Luthien durch die Fassade kletterte, konnte er natürlich nicht sehen, was Oliver unterdessen tat; dennoch war er nicht überrascht, als er Minuten später den Halbling aufs Dach hievte, zusätzlich beschwert um das Gewicht eines Sackes voller Porzellanteller und Kristallpokale.

»Wir wollen doch nicht mit leeren Händen nach Hause«, entschuldigte er sich.

Über steile Dächer und Regenrinnen schlugen sie den Rückweg ein. Im Unterschied zum Bezirk nahe des Walles standen die Häuser hier dicht bei dicht. So ähnelte der Block einer bizarren Gebirgslandschaft aus spitzen Giebeln und schlank aufragenden Schornsteinen. Plötzlich hatten sich die beiden aus den Augen verloren. Luthien glaubte, den Freund wiedergefunden zu haben, als die schemenhaften Umrisse einer Gestalt vor ihm aus einer Traufe auftauchten. Fast hätte er sich ihr zu erkennen gegeben, bemerkte aber rechtzeitig, daß sie um etliches größer war als der Halbling.

Ein Zyklop.

Luthien legte sich flach auf den Bauch und dankte dem Himmel für seinen Umhang. Besorgt hielt er nach Oliver Ausschau, doch der schien auf der anderen Seite des Daches vorausgeeilt zu sein. Es war nur noch zu hoffen, daß er vorsichtig sein würde.

Luthien stand vor einer riskanten Entscheidung. Er nahm den Bogen, klappte ihn auseinander und legte einen Pfeil auf. Der Zyklop rückte näher, wähnte sich aber, wie es schien, allein. Luthien zweifelte nicht daran, ihn mit dem Pfeil erwischen zu können. Doch wenn der nicht auf der Stelle tödlich träfe, würde das Monstrum die halbe prätorianische Wache von Montfort zusammenbrüllen.

Die Entscheidung wurde dem jungen Bedwyr abgenommen, als kurz darauf ein heftiger Aufprall und Geschrei zu hören waren, begleitet von Hänseleien, wie sie nur ein gewisser Halbling zu formulieren wußte.

Oliver war auf den Zwischenfall durchaus vorbereitet gewesen. Über die Traufe schleichend, hatte er einen Schatten auf dem First entlanghuschen sehen. Zuerst wähnte er den Freund dort oben, bezweifelte dann aber, daß dieser so töricht wäre, sich dermaßen auffällig zu verhalten.

Der Halbling suchte Deckung, denn die Traufe bot ihm wenig Schutz; einem angreifenden Zyklopen wäre es ein leichtes, ihn in die Tiefe zu stoßen. Als

Oliver dann über die Kante einer Dachgaube spähte, entdeckte er jenen Zyklopen, den auch Luthien im Blick hatte. Also machte der Halbling kehrt und eilte über die Traufe in Richtung auf das benachbarte Dach, das vergleichsweise flach gebaut war. Von dort aus wollte er auf die andere Seite überwechseln, um dem Zyklopen, der dem Freund offenbar den Weg versperrte, in den Rücken fallen zu können.

Doch so weit kam Oliver nicht.

Der auf dem First Wache schiebende Zyklop hatte ihn bemerkt und kam ihm mit gezogenem Schwert halb laufend, halb rutschend entgegengestürmt. Oliver ließ den Beutesack fallen, zückte Rapier und Dolch und ging in Abwehrhaltung. Als der Zyklop, wie erwartet, mit ausgestrecktem Schwert attackierte, sprang der Halbling zur Seite und fing die Klinge mit der Kurzwaffe ab.

Statt das Schwert fallen zu lassen, hielt der Angreifer hartnäckig daran fest. Durch Olivers Riposte aus dem Gleichgewicht gebracht, mißlang es ihm, seinen Angriffsschwung rechtzeitig zu bremsen, und so stürzte der Zyklop über den Rand. Oliver gab ihm noch einen deftigen Tritt ins Hinterteil mit auf den Weg in die Tiefe. Sein Schreien brach abrupt ab, als er fünfundzwanzig Fuß weiter unten, ins eigene Schwert fallend, auf die Pflastersteine schlug. Da lag er nun, aufgespießt und mit verrenkten Gliedern.

»Nichts für ungut«, hänselte der Halbling, der sich seine Häme nicht verkneifen konnte. »Aber du wolltest ja unbedingt deine Waffe behalten.«

Oliver wirbelte herum. Drei weitere Zyklopen kamen über die Dachschräge angerannt, worauf der eitle kleine Geck nichts Eiligeres zu tun hatte, als sein Erscheinungsbild auf Vordermann zu bringen. Er zog den Hut, den er in die Montur geklemmt hatte, klopfte die Beulen aus und setzte ihn auf den Kopf.

Der Lärm schreckte den Zyklopen auf, der vor Luthien in der Dachrinne stand. Doch ehe er reagieren konnte, steckte ihm Luthiens Geschoß im Rücken. Luthien wollte sich gerade erheben, um dem Freund zur Hilfe zu eilen, ging aber sogleich wieder in Deckung, als von links oben Armbrustbolzen herbeigesurrt kamen.

Die Schützen schossen blind drauflos, da sie ihr getarntes Ziel nur ahnen, nicht aber sehen konnten. Trotzdem flogen manche Bolzen so dicht an Luthien vorbei, daß sich ihm vor Schreck fast die Blase entleerte.

Er selbst konnte die Schützen gut erkennen; ihre schwarzen Silhouetten zeichneten sich deutlich vorm grau bewölkten Himmel ab. Was er zuvor nur geahnt hatte – nämlich, daß in seinem Klappbogen Zauberkräfte steckten –, wurde nun zur Gewißheit, als er aus ungünstiger Position und mit ungelenken Bewegungen einen Pfeil abschoß, der unter normalen Umständen weit gefehlt hätte, dennoch aber voll ins Schwarze traf.

Einer der Zyklopen zuckte zusammen und ließ den Kopf hängen. Luthien sah, daß ihm der Pfeil in der Stirn steckte. Mit beiden Händen langte das Monstrum nach dem zitternden Schaft, dann kippte es nach hinten weg und rutschte auf der anderen Seite die Dachschräge hinab.

Seine beiden Kumpane beeilten sich, hinter dem First in Deckung zu gehen.

Olivers Dolch schnellte nach vorn, das Rapier zuckte hin und her; links wie rechts parierte er die wütenden Angriffe der Wachen. Den Kopf einziehend, wich er einem seitlich geführten Schwert aus.

Dann ging er zum Gegenangriff über und rammte die Rapierspitze in den Oberschenkel eines der Zyklopen. Der schrie vor Schmerzen auf.

»Haha!« triumphierte der Halbling, den es selbst am meisten überraschte, daß sein wildes Stochern Wirkung zeigte. Wie zum Gruß tippte er mit der Klinge an den Rand der breiten Hutkrempe. Doch für solche Späße hatte der Verletzte wenig Sinn. Mit ungestümer Wucht fiel er über den Halbling her.

Oliver stand mit dem Rücken zum Abgrund; die Stiefelabsätze ragten bereits über den Rand der Rinne. Mit wirbelnden Fechthieben hielt er die Zyklopen auf Distanz. Es gelang ihm sogar, wieder sicheren Tritt zu fassen, doch bald mußte er einsehen, daß er sich in der gefährlichen Nähe zum Abgrund nicht lange gegen die drei Gegner würde behaupten können.

Mit neu geladenen Armbrüsten tauchten die beiden Zyklopen hinter dem First wieder auf. Sie blickten sich um, fluchten auf den Dieb und seinen Umhang und zielten auf die Stelle, an der sie Luthien vermuteten.

Luthien aber war inzwischen um die Dachkante herumgeklettert, über den toten Zyklopen hinweggestiegen und befand sich nun hinter den beiden Armbrustschützen. Er hob den Bogen und ließ den Pfeil fliegen. In den Rücken getroffen, brüllte einer der Einäugigen kurz auf. Der andere fuhr herum und starrte verstört ins Leere, und ehe er sich hinter dem First in Sicherheit bringen konnte, hatte auch ihn ein Pfeil des unsichtbaren Gegners ereilt. Stöhnend verschwand der Zyklop hinter dem Dachgrat.

Luthien legte einen weiteren Pfeil auf die Sehne, denn überraschenderweise hatte sich der im Rücken getroffene Zyklop wieder aufgerafft und wankte ihm entgegen. Mit jedem Schritt trieb es ihn schneller die Dachschräge hinab. Außer sich vor Schmerz und Wut geriet er zunehmend außer Kontrolle, bis er kurz vor Luthien der Länge nach hinschlug und mit dem Gesicht über die rauhen Schindeln rutschte.

Oliver konnte von Glück reden, daß die drei Zyklopen nie gelernt hatten, in harmonischer Abstimmung miteinander den Feind zu bekämpfen. Statt den jeweils anderen zu unterstützen, behinderten sie sich gegenseitig.

Dennoch schwebte der Halbling in äußerster Gefahr, und es war weniger die eigene Fähigkeit als vielmehr die Ungeschicklichkeit der Gegner, der er seine Vorteile verdankte. Der Angriff des einen Zyklopen wurde abgefangen von seinem Kampfgenossen, der ihm zur Seite stand und gleichzeitig mit ihm vorpreschte. Die beiden verkeilten sich ineinander; der eine platschte sogar aufs Hinterteil, was den dritten, der ebenfalls attackierte, derart verdutzte, daß er für einen Moment die Übersicht verlor.

Oliver ließ sich die Gelegenheit nicht entgehen, entwand ihm mit dem Dolch das Schwert und schleuderte es hinunter auf die Straße.

»Und was gedenkst du jetzt zu tun?« feixte der Halbling, als der Entwaffnete wie entgeistert auf die leere Hand starrte. Dann fing er wütend zu knurren an, krallte die Finger und sprang auf Oliver zu. Mit einem Fausthieb hatte der Halbling nicht gerechnet; im letzten Augenblick knickte er in der Hüfte ein und konterte mit wild flatternden Armen das Übergewicht, das ihn rücklings in die Tiefe zu ziehen drohte. Schnell hatte er sich wieder gefangen, brachte den Dolch vor und zwang den angreifenden Zyklopen zurück.

»Die Frage war doch wohl erlaubt, oder?« fragte Oliver.

Die beiden anderen Zyklopen hatten die Zeit genutzt, um voneinander freizukommen, und nun standen alle drei wieder angriffsbereit vor dem Halbling. Derjenige, der sein Schwert verloren hatte, zog grinsend einen langen Krummdolch aus der Scheide.

Seufzend bemerkte Oliver: »Jetzt scheint's doch noch brenzlig zu werden.«

Eines der Monstren stob herbei; der Halbling sprang zur Seite und staunte nicht schlecht, als der Angreifer weiterrannte, über den Rand der Traufe hinaus. In seinem Rücken steckte ein Pfeil. Verwundert blickte Oliver zum First hinauf. »Ich liebe diesen Kerl«, sagte er mit Blick auf Luthien, der dort mit dem Bogen stand und zum Köcher langte, um einen zweiten Pfeil aufzuspannen.

Um ihn daran zu hindern, preschte einer der Zyklopen los. Schulterzuckend legte Luthien den Bogen ab und zückte das Schwert. Er nutzte den Vorteil seiner erhöhten Position und ließ die Klinge niederfahren, als der Zyklop zum Stoß ansetzte. Klirrend prallten die Schwerter aufeinander. Doch so einfach ließ sich das Monstrum nicht entwaffnen. Es hielt das Heft mit beiden Händen gepackt und drängte hartnäckig auf den Gegner ein.

Luthien drosch erneut von oben zu, schlenzte mit einer Bewegung aus dem Handgelenk die gegnerische Waffe zur Seite, ließ das eigene Schwert im Kreis zurückschwenken und streckte zustoßend den Ellbogen.

Der Zyklop verzog das Gesicht, taumelte zurück und entledigte sich so der Klinge, die ihm durch die Brust gefahren war. Er starrte auf die Wunde, preßte die Hand davor, um das sprudelnde Blut einzudämmen, und kippte bäuchlings aufs Dach.

Der nunmehr allein übriggebliebene Zyklop versuchte in blinder Wut, den Halbling zur Strecke zu bringen. Der sprang hin und her, hüpfte hoch und mußte mehrmals auch das pralle Bäuchlein einziehen, um dem fuchtelnd geführten Krummdolch auszuweichen. Mit ausgestrecktem Rapier hielt er den ungestümen Angreifer auf Distanz und hoffte darauf, daß sich der Wüterich zu einem Fehler hinreißen ließ.

»Euereins als Einäugige zu bezeichnen ist im Grunde nicht ganz richtig«, lachte der Halbling. »Denn ich weiß, ihr habt zwei Augen; und das braune Äuglein am Hinterteil ist mit Abstand das hübschere der beiden.«

Grollend holte das Monstrum zum Schlag aus und hob den Dolch hoch über den Kopf, als wollte er den Halbling der Länge nach zweiteilen. Doch schon war Oliver auf ihn zugesprungen und fing den Schlagarm ab, indem er seine Unterarme über dem Kopf verschränkte. Die kleinen Beine drohten unter der wuchtigen Masse einzuknicken.

Oliver wirbelte um die eigene Achse und warf sich mit dem Rücken auf den Gegner, worauf der in der Hüfte einknickte. Blitzschnell drehte der Halbling den Dolch in der Hand, ließ den Arm wie ein Pendel herumfahren und rammte dem anderen die Klinge dorthin, wo er dessen Lenden vermutete.

Kreischend bäumte sich das Monstrum auf und sprang in die Höhe; Oliver half nach, indem er sich mit seinem ganzen Gewicht gegen die Schienbeine des Gegners zurückfallen ließ. Der stürzte über den Rand in die Tiefe, beschrieb eine halbe Umdrehung in der Luft und prallte rücklings auf den Pflastersteinen auf.

Der Halbling rief ihm nach: »Wo du schon mal unten bist, kannst du ja dein Schwert wiederaufsammeln.«

»Obacht, da rückt Verstärkung an!« warnte Luthien und eilte auf den Freund zu. Oliver langte in den Beutesack, holte einen Porzellanteller daraus hervor und schleuderte ihn wie einen Diskus von sich. Luthien schaute dem fliegenden Kreisel nach und sah ihn auf dem Nasenrücken eines Zyklopen zerspringen, der über den Dachgrat spähte.

»Ein teures Geschoß«, meinte der Halbling.

Die beiden rannten los, kletterten über Giebel und Traufen und seilten sich schließlich auf die Straße ab. Sie hörten die Laufschritte der Verfolger; da schien eine ganze Armee auf den Beinen zu sein und sämtliche Fluchtwege abzuschneiden.

Oliver wollte in einer Toreinfahrt Deckung suchen, doch Luthien hielt ihn zurück. »Da stöbern sie uns mit Sicherheit auf«, sagte er und zog den Freund mit sich vor die Hauswand am Rand des Torbogens. Als ein Wachtrupp in die Straße stürmte, schlüpfte der Halbling unter Luthiens Umhang.

Wie zu erwarten war, durchsuchten die Verfolger sämtliche Nischen und Winkel. Viele rannten schnaubend weiter; andere rüttelten an jeder Haus- und Ladentür. Es dauerte lange, bis die Freunde ihre Flucht fortzusetzen wagten. Der Osten dämmerte schon.

Bald hatten die Verfolger ihre Spur wiederaufgenommen. Ein Zyklop, der besonders schnell war, blieb ihnen hartnäckig auf den Fersen. Es zeigten sich die ersten Sonnenstrahlen am Horizont. Im Schutz der Dunkelheit eine Verschnaufpause einzulegen war jetzt nicht mehr möglich. Das Monstrum saß ihnen im Nacken und machte brüllend aufmerksam auf die Flüchtigen.

»Schieß ihn ab!« hechelte der Halbling, dem allmählich die Puste auszugehen schien. Luthien wäre der Aufforderung gern nachgekommen, allein fehlte ihm die Zeit, um den Bogen zu spannen.

Der teilende Stadtwall kam in Sicht. Davor öffnete sich der weite Platz, dem Herzog Morkney seinen Namen gegeben hatte. Ringsum befanden sich luxuriöse Geschäfte und teure Restaurants. Um diese frühe Morgenstunde war der Platz wie leergefegt. Nur an dem pompösen Brunnen, der in der Mitte stand, zeigte sich Bewegung: Ein Zwerg arbeitete mit Hammer und Meißel an einer Steinskulptur. Er kümmerte sich kaum um die beiden, die an ihm vorbeirannten, dicht gefolgt von dem riesigen Zyklopen, der hämisch kicherte, voller Zuversicht darauf, die beiden erwischen zu können, zumindest den Kleinen, dessen Kräfte merklich nachließen.

In seinem Übereifer war der Einäugige so sehr auf die Flüchtigen fixiert, daß er blindlings in den schweren Hammer des Zwerges rannte. Vor dem zugeklappten Augenlid sah er am Ende nur noch Funken sprühen.

Am Wall angelangt, blickten die Freunde zurück und nickten dem kleinen Retter anerkennend zu; doch der gab sich nach wie vor gleichgültig, hob seelenruhig den Hammer vom Boden auf und setzte seine Arbeit fort, ehe die anderen Zyklopen auf den Platz gestürmt kamen.

Die Morgensonne strahlte vom Himmel, als die beiden ihre Wohnung erreichten. Während Luthien seinem Groll über das nach seiner Meinung viel zu waghalsige Unternehmen Luft machte, durchwühlte Oliver den Sack und ärgerte sich über all die zerbrochenen Teller und Gläser.

Luthien wunderte sich: »Wie konntest du in dieser heiklen Lage überhaupt an Beute denken?«

Oliver blickte auf und grinste. »Mut will schließlich belohnt sein«, sagte er und setzte die Bestandsaufnahme fort. Schmunzelnd griff er tief in den Sack, zwinkerte dem Freund listig zu und präsentierte ihm den ritterlichen Halbling aus Zinn.

17. KAPITEL

Liebesleid

Während der nächsten Tage verließen die Freunde nur selten ihre Wohnung, abgesehen von gelegentlichen Ausflügen ins Zwelf. Es interessierte sie zu erfahren, welche neuen Gerüchte über den mysteriösen Blutroten Schatten im Umlauf waren. Und sie bekamen einiges zu hören, denn alle Gespräche kreisten um dessen letzten großen Auftritt in der Oberstadt, wo es ihm auf wundersame Weise gelungen war, sich der Verschwörung mehrerer Kaufleute zu entziehen, in zwei Geschäfte einzubrechen und einer Übermacht zyklopischer Wachen die Stirn zu bieten. Weil dieses Gaunerstück hohe Wellen schlug, hielten es die Freunde für angebracht, eine Weile unterzutauchen.

Oliver genoß die selbstverordnete Ruhepause und schwelgte in der Vorstellung, als Halbling legendenhafte Statur anzunehmen. Luthien dagegen wirkte verdrossen und brütete tagein, tagaus vor sich hin. Zuerst glaubte Oliver, daß der Freund in Anbetracht des großen öffentlichen Aufsehens nervös geworden sei oder daß ihn das Nichtstun langweilte; dann aber stieg er dahinter, daß Luthiens Kummer vom Herzen herrührte.

»Sag bloß, du denkst immer noch an sie«, wunderte sich der Halbling. Er öffnete die Tür, um die laue Septemberluft ins Zimmer zu lassen. Das Wetter war für die Jahreszeit ausgesprochen heiter.

Luthien tat so, als verstünde er die Bemerkung des

225

Freundes nicht, sah aber dessen sorgenvoller Miene an, daß er ihn durchschaut hatte. Er fühlte sich ertappt und senkte sichtlich verlegen den Blick.

»Oh, wie tragisch!« rief der Halbling, ließ sich in den Sessel fallen und warf in dramatischer Gebärde den Arm vors Gesicht. »Welch ein Jammer!« Aus Versehen stieß er mit den Beinen gegen die Säule, auf der der Zinnhalbling stand; blitzschnell langte er hin, um zu verhindern, daß die Figur zu Boden fiel.

»Was faselst du da?« Luthien hatte wenig Lust auf Rätselraten.

»Ich spreche von dir, du Dummkopf«, erwiderte Oliver. Auf Luthiens Reaktion wartend, staubte er den Sockel ab und stellte seine Trophäe zurück. Dann musterte er den beharrlich schweigenden Freund mit ernster Miene und sagte: »Wir suchen alle nach einem Lebenssinn. Dagegen ist nichts einzuwenden. Ich bedauere nur, daß du ihn in Gestalt dieser Frau gefunden zu haben glaubst.«

Luthien kniff verärgert die Brauen zusammen und machte Anstalten, von seinem Sessel aufzuspringen. Doch Oliver winkte mit der Hand ab.

»Leuge nicht«, sagte er. »Du kannst mir nichts vormachen. Deine Gedanken sind voll von Minne.«

Luthien lehnte sich zurück. »Ich weiß wirklich nicht, wovon du redest«, entgegnete er, und um seine Ahnungslosigkeit auch gestisch zum Ausdruck zu bringen, schaute er sich fragend nach allen Seiten um.

»Von Minne«, wiederholte Oliver. »Du hast diese Schönheit gesehen und bist in Liebe entflammt. Dich drängt's, auf den Markt zu gehen und nach ihr Ausschau zu halten.«

Luthien biß sich auf die Unterlippe, als wollte er die Zunge hindern, dem Freund recht zu geben.

»Sie ist die Königin deines Herzens, für sie wirst du kämpfen, in ihrem Namen große Taten vollbringen, deinen Mantel vor ihr ausbreiten, um sie trockenen

Fußes über eine Regenpfütze steigen zu lassen, und dich schützend vor sie stellen, um den Pfeil, der auf sie zuschnellt, mit der eigenen Brust abzufangen.«

»Auf dich schnellt gleich meine flache Hand zu«, knurrte Luthien.

»Natürlich bist du verlegen«, erwiderte Oliver gelassen, »denn dir dürfte ja klar sein, wie lächerlich du klingst.« Luthien schien in seiner Wut kaum an sich halten zu können, doch der Halbling ließ sich davon nicht irritieren. »Dabei ist dir diese Frau, diese Halbelfe, völlig unbekannt. Zugegeben, sie sieht ganz hübsch aus. Aber alles andere, was dein Verlangen schürt, hast du ihr in deiner Fantasie bloß angedichtet.«

Luthien mußte unweigerlich schmunzeln. Ja, der Halbling hatte durchaus recht, sein Verhalten zu belächeln. Aber er konnte seine Gefühle nicht unterdrücken. Bis in die Träume hinein verfolgte ihn das Bild der schönen Halbelfe, obwohl er sie doch nur für einen kurzen Augenblick leibhaftig vor sich gesehen hatte. Über diese Besessenheit ließ sich unmöglich vernünftig reden; allein der Versuch wäre lächerlich.

»Du scheinst in dieser Hinsicht jede Menge Erfahrungen gemacht zu haben«, meinte Luthien und bewirkte mit dieser Bemerkung, daß Oliver wehmütig zu lächeln anfing. »Persönliche Erfahrungen.«

»Durchaus.« Mehr gab der Halbling nicht preis.

Sie ließen es dabei bewenden. Luthien ruhte sich im Sessel aus, während Oliver seine zahlreichen Beutestücke abstaubte und umstellte. Was Luthien nicht bemerkte: Hin und wieder leuchtete die Miene des Halblings auf in Erinnerung an glückliche Momente. Mitunter verzog sich auch das Gesicht wie unter Schmerzen; dann kamen ihm weniger angenehme Erinnerungen in den Sinn.

Nach einer Weile überraschte Oliver den Freund damit, daß er ihm seinen Wintermantel über den

Schoß warf. »Er ist ruiniert!« jammerte er und hob einen Ärmel, um den Freund auf einen Riß im Futter hinzuweisen.

Luthien musterte den Schaden und stellte fest, daß ein scharfer Gegenstand den Riß verursacht haben mußte, eine Dolchklinge zum Beispiel. Oliver hatte den Mantel noch kein einziges Mal getragen, da es seit Tagen beständig mild war, sogar nach Sonnenuntergang. Seltsam, wie dieser Riß zustande gekommen war; seltsam auch, daß Oliver ihn gerade jetzt entdeckte.

»Ich werde den Fetzen wohl an die Kinder abtreten«, maulte Oliver. Er stemmte die Hände in die Hüfte und schmollte. »Es ist bald mit einem Kälteeinbruch zu rechnen. Komm, beeil dich«, sagte er, warf sich einen leichten Umhang über die Schulter und ging zur Tür. »Wir müssen zum Markt; da will ich mir einen neuen Mantel kaufen.«

Luthien ließ sich nicht zweimal bitten.

Sie verbrachten den ganzen Tag auf dem Markt, doch die junge Schönheit, die Luthiens Herz gestohlen hatte, war nirgends zu sehen.

»Es hat keinen Zweck«, sagte Oliver, als es schon dunkel wurde. »Was mir gefällt, ist viel zu teuer. Wir sollten's morgen noch einmal versuchen; vielleicht ist dann der Händler bei besserer Laune und läßt mit sich handeln.«

Luthiens Enttäuschung legte sich, und als er den Freund anblickte, verriet sein Lächeln tief empfundene Wertschätzung. Er wußte, was der Halbling im Schilde führte, und war ihm dankbar dafür. Daran konnte kein Zweifel mehr bestehen: Olivers Mitgefühl zeugte davon, daß ihm Verliebtheit – oder die »Minne«, wie er sich ausdrückte – alles andere als fremd war.

Am nächsten Morgen machten sie sich wieder auf den Weg zum Markt. Oliver feilschte mit den Händlern; Luthien sah sich in der Menge um. Als sie dann vor einer Garküche zu Mittag aßen, klagte Oliver über raffgierige Händlerfritzen, die, weil der Winter vor der Tür stand, die Preise für warme Pelzmäntel in die Höhe trieben.

Es dauerte eine Weile, ehe dem Halbling auffiel, daß Luthien gar nicht zuhörte und anscheinend auch zu essen vergessen hatte. Er hockte da mit einem Stück Brot in der Hand und starrte über den Platz. Oliver folgte seinem Blick und erkannte das Sklavenmädchen an der Seite seines Meisters, dem eine Gruppe von Dienern folgte.

Oliver krauste die Stirn, als die Halbelfe unter ihren weizenblonden Locken aufblickte und ihren Verehrer mit einem scheuem Lächeln bedachte. Daß diese harmlose Geste nicht ohne Folgen bleiben würde, sah der welterfahrene Halbling sehr wohl voraus.

Und tatsächlich: Als der Händler bemerkte, daß seine Sklavin unerlaubterweise den Blick gehoben hatte, trat er auf sie zu und schlug ihr mit der Hand ins Gesicht.

Oliver reagierte schnell, zog Luthien am Ärmel zu sich herum und nannte ihm ein Dutzend Gründe, warum es äußerst töricht sei, sich zu dieser Tageszeit und an diesem Ort mit dem Händler anzulegen. Alleine hätte der Halbling den Freund aber wahrscheinlich dennoch nicht zurückhalten können. Zum Glück eilten einige Bekannte aus dem Zwelf herbei, die ebenfalls bemerkt hatten, daß sich Unheil zusammenbraute. Und erst als ein Trupp der prätorianischen Garde herbeimarschierte, ließ sich der aufgebrachte junge Bedwyr beruhigen.

»Alles in Ordnung«, versicherte Oliver den argwöhnisch gewordenen Zyklopen. »Mein Freund hat eine Kakerlake an seinem Brot entdeckt, doch die ist jetzt weg und war so gut, ihm noch ein Stückchen übrigzulassen.«

Die Prätorianer zogen ab, warfen aber bedrohliche Blicke zurück.

Kaum waren sie verschwunden, befreite sich Luthien von den vielen Händen, die ihn festhielten, und sprang auf – doch der Händler und sein Gefolge waren nicht mehr zu sehen.

Oliver bat seine Zechbrüder, Luthien zur »Vernunft« zu bringen und nach Hause zu begleiten. Sie taten ihm den Gefallen und packten so heftig zu, daß dem jungen Mann keine andere Wahl blieb. Als sie wieder in der Wohnung waren und die Helfer weggegangen waren, fing Luthien mächtig zu toben an, trat auf die Möbel ein und hämmerte mit den Fäusten gegen die Wand.

»Von einem Grafensohn hätte ich ein wenig mehr Contenance erwartet«, bemerkte Oliver trocken und stellte sich schützend vor das kleine Standbild des ritterlichen Halblings.

Luthien stürmte auf den Freund zu und brüllte: »Finde heraus, wer dieser Schuft ist!«

»Wer?«

Luthien ließ den Arm vorschnellen, schnappte sich die Statuette und drohte damit, sie vor die Wand zu werfen. Der entsetzte Ausdruck auf Olivers Gesicht ließ keinen Zweifel daran, daß er unter diesen Umständen zu allen Zugeständnissen bereit war.

»Ich will, daß du in Erfahrung bringst, wer er ist und wo er wohnt«, sagte Luthien in ruhigerem Tonfall.

»Das ist nicht klug«, entgegnete Oliver und langte nervös nach seinem Schmuckstück. Doch er reichte nicht heran; Luthien brauchte dazu nur den Arm ein wenig zu heben.

»Es könnte eine Falle sein«, gab der Halbling zu bedenken. »Die Händlerfritzen lauern darauf, uns zu erwischen. Womöglich ahnen sie, daß du der Blutrote Schatten bist und an den hübschen Köder anbeißen wirst.«

»An einen Köder wie diesen hier?« sagte Luthien und winkte mit der Statuette.

»Ja, genau«, rief Oliver freudig, weil er glaubte, daß der Freund endlich begriffen hatte. Doch die Miene verfinsterte sich schlagartig, als ihm klar wurde, worauf Luthien anspielte. Auch er, Oliver, hatte sich nicht davon abhalten lassen, den Köder vom Haken zu nehmen.

Der Halbling gab sich geschlagen und zuckte mit den Achseln. »Minnefritzen«, grummelte er, stiefelte zum Zimmer hinaus und schlug mit Wucht die Tür hinter sich zu. Doch Oliver war von zartfühlendem Schlag, und noch ehe er die Stufen zur Straße hinaufgestiegen war, lächelte er schon wieder.

18. KAPITEL

Sklavin nur zum Schein

H ast du dir die Sache immer noch nicht aus dem Kopf geschlagen?« fragte Oliver, als er am späten Nachmittag zurückkehrte und Luthien in der kleinen Wohnung unruhig auf- und abmarschieren sah.

Luthien blieb stehen und taxierte den Halbling mit unnachgiebigem Blick.

»Geld und Juwelen zu stehlen ist eine Sache«, meinte der Kleine. »Eine Sklavin zu entführen eine ganz andere.«

Luthien rührte keine Miene.

Oliver seufzte. »Sturer Bock«, sagte er. »Na schön. Es scheint, wir haben Glück. Das Haus des Händlersfritzen liegt im Nordwesten der Stadt, unterhalb der Straße, die nach Port Charley führt. Dort sind nur wenige Wachposten abgestellt, und der Stadtwall, der bis zu diesem Neubauviertel hin verlängert werden soll, ist noch längst nicht fertig. Hauptsächlich wohnen da die weniger betuchten Kaufleute. Trotzdem, was du vorhast, ist kein Pappenstiel. Du kannst Gift darauf nehmen, daß uns Herzog Morkney und die gesamte prätorianische Garde auf den Fersen sein werden. Wenn wir's denn riskieren sollten …«

»Heute nacht noch«, entschied Luthien, und wieder seufzte der Halbling.

»Dann werden wir heute nacht noch Abschied nehmen müssen von dieser gastlichen Stadt«, antwortete Oliver. »Und auf offener Straße überwintern.«

»Sei's drum.«

»Sturer Bock«, murrte Oliver. Er ging in sein Schlafzimmer und schlug die Tür hinter sich zu.

Unbemerkt bogen sie in die Gasse neben dem Händlerhaus ein, ein hübsches, zweigeschossiges Gebäude, mit vielen kleinen Balkonen und Fenstern. Nach wie vor äußerte Oliver Bedenken, die Luthien nicht zur Kenntnis nahm. Der junge Mann hatte einen Sinn des Lebens gefunden, der auf etwas anderes zielte als auf den Erwerb und das Wegwerfen von Wintermänteln zugunsten armer Kinder. Er hielt sich vielmehr für den sprichwörtlichen Ritter in glänzender Rüstung, der seine Herzensdame aus der Gewalt eines Bösewichts befreit.

Die Frage, ob sie denn überhaupt gerettet werden wollte, stellte er sich nicht.

Im Haus und ringsum war alles still, denn nur selten verirrten sich Diebe hierher, und auf den Straßen patrouillierten nur wenige Wachen. Hinter einem der Fenster im angebauten Trakt brannte eine Kerze. Im Schatten der Ziegelwand schlichen sie näher.

»Kann ich dich wirklich nicht davon abbringen?« fragte Oliver ein letztes Mal. Vergebens. Seufzend nahm er seine magische Dregge zur Hand und schleuderte sie über einen Balkon. Diesmal kletterte der Halbling als erster hinauf, weil er Sorge hatte, Luthien könnte, ungeduldig wie er war, ohne ihn ins Haus einsteigen. Ihm war durchaus zuzutrauen, daß er das ganze Haus auf den Kopf stellen und dann mit der Frau in seinen Armen ins Ministerium gehen würde, um dort von Herzog Morkney zu verlangen, auf der Stelle getraut zu werden.

Der Halbling kletterte übers Balkongeländer und schlich zur Tür. Nachdem er sich vergewissert hatte, daß niemand in der Nähe war, ging er ans Geländer zurück, um Luthien ein Zeichen zu geben. Es überraschte ihn nicht, daß dieser bereits auf halbem Weg nach oben war.

Er wollte den Freund gerade ob seiner Unbeherrschtheit rügen, als sein Blick über den Hof auf das von Kerzenlicht beleuchtete Fenster fiel. Dahinter war eine Frau zu sehen – die schöne Sklavin, unverwechselbar auszumachen an ihren langen, schimmernden Locken. Voller Neugier beobachtete der Halbling, wie sie das Haar unter eine schwarze Kappe steckte, ein Bündel zur Hand nahm, die Kerze löschte und ans Fenster trat.

Luthien hatte inzwischen das Geländer erreicht und blieb rittlings darauf sitzen, als er, von Oliver aufmerksam gemacht, über die Schulter zurückblickte.

Ein aus Bettlaken zusammengeknüpfter Strang fiel über den Fenstersims zu Boden; eine schlanke Gestalt, in Schwarz und Grau gekleidet wie ein Dieb, rutschte gewandt daran herab.

Luthien verzog das Gesicht zu einer wütenden Grimasse, glaubte er doch, daß irgendein Schuft bei seiner Liebsten eingestiegen sei.

Oliver bemerkte die Reaktion des Freundes und wußte dessen Miene zu deuten. Er machte ihn auf sich aufmerksam und legte den Zeigefinger über die geschürzten Lippen.

Die schlanke Gestalt sprang zu Boden und schlüpfte im Schatten davon.

»Na?« flüsterte Oliver und deutete auf das Seil.

Luthien verstand nicht.

»Willst du nicht wieder runterklettern?« fragte der Halbling. »Hier haben wir nichts mehr zu suchen.«

Luthien blickte für einen Moment unschlüssig drein, als er aber dann das breite Grinsen des Halblings sah, ging ihm ein Licht auf, und sofort seilte er sich wieder vom Balkon ab. Oliver sputete sich zu folgen. Seine Erleichterung über die unerwartete Wende wich einer unguten Vorahnung, was diese vermeintliche Sklavin anbelangte. Jedenfalls machte er sich auf eine lange, gefahrvolle Nacht gefaßt.

Zurück im Hof zupfte Oliver dreimal am Seil und holte die Dregge ein, rannte hinter Luthien her und schloß an der übernächsten Straßenecke zu ihm auf.

Luthien war dort stehengeblieben und spähte um einen Mauervorsprung hinweg in eine enge Gasse. Oliver schlüpfte durch dessen gegrätschte Beine und plierte in dieselbe Richtung.

Tatsächlich, da stand die Halbelfe; daran konnte kein Zweifel bestehen, denn sie hatte die Kappe vom Kopf genommen und schüttelte ihre weizenblonden Locken aus. Neben ihr waren zwei andere Gestalten zu erkennen; die eine hatte eine ähnliche Statur wie sie, die andere erreichte zwar Luthiens Größe, war aber sehr viel zierlicher gebaut.

Luthien schaute auf den Halbling herab, der zu ihm aufblickte und das Wort ›Elfen‹ mit den Lippen formte. Luthien wußte nur wenig über diese Spezies, zeigte aber kopfnickend an, daß er mit ihm einer Meinung war.

In Verfolgung der Dreiergruppe, die dem reichen Viertel von Montfort zustrebte, ließ Luthien den Freund vorangehen, denn der hatte mehr Erfahrung in solchen Dingen. Zwar konnte der junge Bedwyr das Offensichtliche nicht leugnen, aber dennoch kam er aus dem Staunen nicht heraus, als er sah, daß die drei Elfen in eine dunkle Gasse schlichen und über ein Seil durch ein Fenster im Obergeschoß eines unbeleuchteten Hauses stiegen.

»Sie braucht deine Hilfe nicht«, flüsterte Oliver dem Freund ins Ohr. »Komm, laß uns gehen, ich bitte dich.«

Luthien fand keine Worte; er wollte dem Halbling widersprechen, mußte ihm aber im stillen recht geben. Es schien tatsächlich so, daß die Frau keine Hilfe nötig hatte. Aber er konnte jetzt nicht gehen. Er stieß den Freund von sich und starrte zum Fenster hinauf.

Wenig später tauchten die drei wieder auf. Ein ein-
gespieltes Team, wie es schien. Sie bugsierten einen
prall gefüllten Sack nach unten. In die Gasse zurückgekehrt, lupfte die Sklavin geschickt den Seilhaken aus
der Verankerung.

Oliver schlüpfte unter Luthiens Umhang, und Luthien mußte zur Seite weichen, als die drei Gestalten
im Abstand einer Armeslänge vorbeieilten. Luthien
hätte die Halbelfe ohne weiteres festhalten und hier
und jetzt zur Rede stellen können. Allein der Halbling
ahnte, was den Freund zu tun drängte, und kam ihm
zuvor, indem er dessen Hände packte und energisch
festhielt. Kaum waren die drei elfischen Diebe um die
Ecke verschwunden, setzten Oliver und Luthien nach,
verfolgten sie den ganzen Weg zurück bis in den nord-
westlichen Bezirk der Stadt.

An ihrem Treffpunkt trennten sich die drei auch
wieder; zwei trugen den Sack davon, während die
Sklavin in das Haus ihres Herrn zurückkehrte.

»Komm, laß sie gehen«, flüsterte Oliver, obwohl er
wußte, daß seine Bitte auf taube Ohren stieß. Luthien
kannte ihren Weg, zog die Kapuze seines Umhangs tief
ins Gesicht, eilte unbemerkt an der Sklavin vorbei und
wartete an der Straßenecke vor dem Haus des Händlers.

Die Frau eilte in seine Richtung, völlig lautlos, ganz
wie eine gewiefte Diebin. Unmittelbar neben ihrem
unsichtbaren Beobachter blieb sie stehen, schaute sich
um und trat dann auf die Straße hinaus.

»Sklavin nur zum Schein«, sagte Luthien klar ver-
nehmbar und hob den Kopf.

Er zuckte vor Schreck zusammen, denn damit hatte
er nicht gerechnet: Die Halbelfe fuhr blitzschnell
herum und zog ein kurzes Schwert, wie aus dem
Nichts. Klirrend schlug die Klinge dicht über Luthiens
geducktes Haupt ans Mauerwerk und sprühte Funken. Luthien versuchte, zur Seite auszuweichen, doch

ehe er sich versah, hatte ihm die Diebin die Schwertspitze an den Hals gesetzt und hielt ihn in Schach.

»Das würde ich lieber sein lassen«, meldete sich Oliver, der von hinten herangeschlichen war.

»Du bist nicht gefragt«, tönte eine Elfenstimme im Rücken des Halblings.

Oliver seufzte und riskierte einen Blick über die Schulter. Da stand einer der Komplizen, ein Elf. Seine Miene verhieß nichts Gutes, ebensowenig wie das Schwert, mit dem er auf Olivers Rücken zielte. Im Abstand einiger Schritte hatte die Dritte im Bunde Stellung bezogen und den gespannten Bogen auf den Halbling angelegt.

»Ich könnte mich auch irren«, gab er unumwunden zu. Vorsichtig steckte er sein Rapier in die Scheide zurück, langte dann langsam in seine Montur, zog den Hut daraus hervor und setzte ihn auf.

Luthien hatte den Eindruck, als spießten ihn die Blicke aus grünen Augen förmlich auf. »Wer bist du«, verlangte die Frau zu wissen.

»Oliver«, antwortete Luthien, weil ihm gerade kein anderer Name einfiel.

»Er ist ein dummer Narr«, schaltete sich der Halbling ein.

Luthien quittierte dessen Bemerkung mit säuerlicher Miene.

Die Frau gab leichten Druck auf ihre Waffe und zwang Luthien zu schlucken.

»Schon gut«, stammelte er. »Ich heiße Luthien.«

Zwischen zusammengebissenen Zähnen stieß sie hervor: »Was treibst du hier in dieser Gegend?«

»Ich habe dich auf dem Markt gesehen und bin ...«

»Er ist deinetwegen hier«, fiel ihm der Freund ins Wort. »Obwohl ich ihm davon abgeraten habe, und zwar eindringlich, das kannst du mir glauben.«

Ihre Gesichtszüge wurden ein wenig freundlicher; es schien, daß sie den jungen Mann wiedererkannte.

Schließlich ließ sie das Schwert sinken und fragte: »Du bist wirklich meinetwegen hier? Weshalb?«

»Ich sah, wie du geschlagen wurdest«, versuchte Luthien zu erklären. »Das heißt, ich konnte nicht ... wieso läßt du dir so etwas gefallen?«

»Ich bin eine Sklavin«, antwortete die Frau. »Halbelfe, geringer als ein Mensch.« In ihrem spöttischen Tonfall klang Bitterkeit und Zorn mit an.

»Wir sollten von der Straße runter«, meinte der Elf und wies Oliver den Weg in die Gasse. Zu dessen Erleichterung steckte er sein Schwert in die Scheide. Die Bogenschützin nahm den Pfeil von der Sehne.

Die Halbelfe bat Luthien zu folgen, zögerte, als er an ihr vorbeiging und starrte verwundert auf die dunklen Umrisse, die der junge Mann an der Mauer zurückgelassen hatte. Dann ging ein Strahlen über ihr Gesicht.

»Wie ich sehe, seid ihr alle Halbelfen«, sagte Oliver, als er Gelegenheit fand, die drei aus der Nähe zu betrachten.

»Ich bin eine Vollelfe«, korrigierte die mit dem Bogen. Der Blick, den sie auf ihren männlichen Begleiter richtete, verriet, daß die beiden eng miteinander verbunden waren. »Aber wir gehören zusammen wie eine Familie.«

»Ihr, das heißt die ›Schröpfer‹, wenn ich recht verstehe«, meinte Oliver, worauf alle drei mit verstörter Miene reagierten.

»Eine berühmt, berüchtigte Diebesbande«, klärte der Halbling seinen Freund auf. »Es heißt fälschlicherweise, daß sie ausschließlich aus Vollelfen bestünde.«

»Du hast von uns gehört, Halbling?« fragte Luthiens Schwarm.

»Wer in Montfort hätte das nicht«, sagte Oliver, und diese Antwort schien den Dreien zu gefallen.

Die Halbelfe beäugte Luthien mit sichtlichem Wohlgefallen.

»Siobhan!« wies sie der männliche Begleiter zurecht.

»Weißt du denn nicht, wen wir da gefangen haben?« fragte sie, ohne den Blick von Luthien abzuwenden.

»Ich bin Oliver deBurrows«, stellte sich der Halbling vor; er ging fest davon aus, daß sein Name allenthalben bekannt war. Doch zu seiner Enttäuschung schien keiner der drei von ihm Notiz zu nehmen.

»Du hast einen merkwürdigen Schatten an der Mauer zurückgelassen«, sagte Siobhan. »Dort drüben. Einen blutroten Schatten.«

Luthien schaute sich um, richtete dann den Blick zurück auf Siobhan und zuckte mit den Achseln.

»Der Blutrote Schatten!« Der Halbelf zeigte sich tief beeindruckt und nahm nun endgültig die Hand vom Schwert.

»Und ich bin Oliver deBurrows«, wiederholte der Halbling mit Nachdruck. Aber auch diesmal schien keiner auf ihn zu achten. Die drei hatten nur Augen für Luthien.

»Du machst viel von dir reden«, sagte Siobhan und lächelte verschmitzt. Luthiens Herz pochte so ungestüm, daß er fürchtete, es könnte aussetzen. »Jawohl«, fuhr sie fort, von ihren Freunden Zustimmung erheischend. »Ein jeder weiß, was du so treibst. Die reichen Kaufleute zittern vor dir. Zum Vergnügen des gemeinen Volkes.«

Luthien spürte deutlich, daß sein Gesicht die Farbe des Umhangs angenommen hatte, wenn nicht sogar noch um eine Nuance dunkler war. »Mit Olivers Hilfe«, stammelt er.

»Sag's ihnen«, murmelte der Halbling beleidigt.

»Ich hätte dich für sehr älter gehalten«, meinte Siobhan. »Für einen langlebigen Elf oder dergleichen.«

Luthien erinnerte sich an Brind'Amours Erklärung, daß der Umhang einem sagenhaften Dieb gehört hatte. Wahrscheinlich spielte Siobhan auf diesen ehemaligen Besitzer an. Luthien schmunzelte in Gedanken daran,

was der erste Blutrote Schatten in Montfort wohl angestellt haben mochte.

»Es wird spät, wir müssen los«, mahnte die Elfe;
und an Siobhan gewandt: »Und du geht jetzt besser
zurück ins Haus deines Herrn.«

Siobhan nickte. »Wie gesagt, unsere Gruppe besteht
nicht nur aus Elfen«, sagte sie zu Luthien.

»Soll das eine Einladung an uns sein?« fragte Oliver.

Siobhan schaute ihre Freunde an, die nach kurzer
Bedenkzeit ihr Einverständnis kundtaten, indem sie
mit dem Kopf nickten. »Wenn ihr so wollt«, sagte
Siobhan. Sie sah dem jungen Bedwyr in die Augen,
und ihr Blick ließ ihn hoffen, daß ihre Einladung mehr
versprach als der mögliche Beitritt zu einer Diebesbande.

»Ihr seid willkommen, du und der ruhmreiche Oliver deBurrows«, sagte sie, und ihr Augenzwinkern
machte deutlich, um wen es ihr in erster Linie ging.

Luthien warf einen Blick über die Schulter auf seinen kleinen Freund und sah, daß der kaum merklich
den Kopf schüttelte.

»Denkt drüber nach. Es kann nie schaden, gute Beziehungen zu haben.« Siobhan schenkte Luthien ein
letztes Lächeln, das ihn dahinschmelzen und mit Gewißheit annehmen ließ, daß sie nicht nur an seiner
Partnerschaft als Dieb interessiert war. Schließlich ver-
abschiedete sie sich auch von ihren Gefährten und
ging los, um über den Strang aus Bettlaken in ihr Zimmer zurückzuschleichen.

Luthien schaute ihr wie gebannt nach. Oliver schüttelte nur den Kopf und seufzte.

19. KAPITEL

In heiligen Hallen

Interesse heuchelnd, lehnte sich Herzog Morkney über den Rand seines riesigen Schreibtischs und stützte die knochigen Ellbogen auf, die unter den weiten Ärmeln einer roten Robe zum Vorschein kamen. Ihm gegenüber standen mehrere Kaufleute; sie plapperten aufgeregt durcheinander. Zusammen brachten sie nur die Wörter ›Dieb‹ und ›Blutroter Schatten‹ zustande.

Der Herzog hatte während der vergangenen Wochen die Beschwerden dieser Männer schon etliche Male über sich ergehen lassen müssen, und er konnte sie langsam nicht mehr hören.

»Und das Schlimmste ist«, schrie einer der Händler so laut, daß die anderen verstummten, »das Schlimmste ist, daß ich den verfluchten Schattenfleck von meinem Schaufenster nicht mehr wegbekomme. Was soll ich bloß der Kundschaft sagen? Die macht sich schon über mich lustig.«

»Hört, hört!« riefen die anderen.

Morkney hob die knotige Hand an den Mund und versuchte zu verbergen, daß er grinste. »Er ist doch bloß ein gemeiner Dieb, mehr nicht«, sagte er. »Wir leben nun schon so lange mit diesem Pack, wie könnte uns da die Ankunft eines neuen Strolchs verunsichern? Immerhin ist er so entgegenkommend, daß er nach jeder Tat sein Schandmal zurückläßt.«

»Ihr versteht nicht ganz …«, hob einer der Händler

zu sprechen an, stockte aber, und sein Gesicht wurde kreidebleich, als er Morkneys blutunterlaufene Augen mit unheilvoll drohendem Ausdruck auf sich gerichtet sah.

Um seinen Kollegen vor dem Zorn des tückischen Herzogs in Schutz zu nehmen, meldete sich schnell ein anderer zu Wort und warnte: »Der Pöbel schlägt sich auf seine Seite und bietet ihm Hilfe an.«

»Hilfe? Wobei?« knurrte Morkney. »Bei diesen lächerlichen Beutezügen? Ihr habt doch selbst zugegeben, daß dieser Dieb auch nicht mehr Schaden anrichtet als all die anderen seinesgleichen. Was schreckt euch so? Dieser Schatten etwa? Verletzt er womöglich euer aufgeblasenes Ehrgefühl?«

»Der Zwerg vom Platz ...«

»Wird angemessen bestraft werden«, führte Morkney aus und zwinkerte den Bittstellern mit dem Auge zu. »An Zwergen im Frondienst gibt's doch wohl immer Bedarf, nicht wahr?« fragte er listig, und die Gruppe der Händler zeigte sich einverstanden.

»Geht zurück in eure Geschäfte«, sagte der Herzog, lehnte sich in seinem Stuhl zurück und fuchtelte mit den dürren Armen herum. »König Grünspatz hat mir gegenüber angedeutet, daß er mit den Erträgen nicht gerade zufrieden ist, und darin sehe ich ein sehr viel schwerwiegenderes Problem als kleine Diebereien oder ein alberner Schatten, der sich nicht entfernen läßt.«

»Er ist uns aus der Falle entwischt«, versuchte einer der Händler zu erklären, was drei der anderen durch Kopfnicken bestätigten; gemeinsam hatten sie dem Schatten in der Allee der Kunsthandwerker aufgelauert.

»Dann stellt ihm eine weitere Falle, wenn ihr das für richtig haltet«, schnauzte Morkney die Bittsteller an.

Murrend verließen sie das herzogliche Amtszimmer.

»Soso, der Blutrote Schatten«, grummelte der greise

Hexer vor sich hin und durchwühlte die Pergamente auf der Suche nach den jüngsten Anweisungen von König Grünspatz. Morkney gehörte seit eh und je der alten Bruderschaft der Hexer an; er war bereits Mitglied gewesen, als der ursprüngliche Blutrote Schatten sämtliche Kaufleute von Eriador und Nord-Avon in Angst und Schrecken versetzt hatte. In den Ermittlungen gegen diesen Meisterdieb hatte man schon damals viele Erkenntnisse zusammentragen können, dennoch war es nie gelungen, ihn zur Strecke zu bringen.

Und nun sollte er wieder zurück sein? Morkney fand diese Behauptung absurd. Der Blutrote Schatten war ein normal Sterblicher gewesen und schon längst unter den Toten. Wahrscheinlich, so dachte der Herzog, hatte der Zufall irgendeinem kleinen Dieb den magischen Umhang in die Hände gespielt. Mochte auch das Erkennungszeichen dasselbe sein; wer dahintersteckte, war gewiß ein anderer.

»Ein kleiner Dieb«, murmelte Morkney und kicherte in Gedanken an die Folter, die dieser neue Strolch erleiden würde, sobald er von den Händlern gefaßt worden wäre.

»Ich arbeite allein«, sagte Oliver entschlossen.

Luthien sah ihn fragend an.

»Nur mit dir«, präzisierte der Halbling. Er hatte seine feinsten Ausgehsachen angezogen; ein hoher, mit einem Federbusch geschmückter Filzhut krönte die aufsehenerregende Erscheinung des Gecken deBurrows. »Jedenfalls kommt für mich die Mitgliedschaft in irgendeiner Gilde nicht in Frage«, fuhr er fort. »Ich will die Beute für mich behalten und mir nicht vorschreiben lassen, wo und wann der nächste Einbruch stattfinden soll.«

Luthien wußte darauf keine stichhaltigen Argumente zu entgegnen. Er war nicht einmal selbst davon überzeugt, daß es in praktischer Hinsicht günstig wäre, den Schröpfern beizutreten. Allerdings wollte er Siobhan häufiger sehen, und zu diesem Zweck war er bereit, Zugeständnisse zu machen.

»Ich weiß, woran du denkst«, sagte Oliver in anklagendem Tonfall.

Luthien seufzte. »Dieberei kann nicht alles sein, Oliver«, versuchte er zu erklären. »Es gibt Wichtigeres als materiellen Gewinn. Zugegeben, der Anschluß an die Gruppe würde unsere Beute und unsere Freiheit schmälern, aber er brächte uns gewiß ein höheres Maß an Sicherheit. Du weißt, wie verbissen die Händler hinter uns her sind.«

»Und gerade deshalb dürfen wir uns dieser Bande nicht anschließen«, entgegnete Oliver.

Luthien verstand nicht, was der Freund damit meinte.

»Willst du deine Bewunderer enttäuschen?« fragte der Halbling.

»Bewunderer?«

»Stell dich nicht so dumm. Der Blutrote Schatten ist in aller Munde, und alles freut sich, wenn dieser Name fällt. Abgesehen von den Händlern natürlich, was die Freude um so größer macht.«

Luthien schüttelte den Kopf. »Aber ich würde doch nach wie vor den Umhang tragen«, stammelte er. »Und das Zeichen wäre …«

»Deine mysteriöse Besonderheit ginge verloren«, unterbrach der Halbling. »Es hätte sich bald rumgesprochen, daß du dich den Schröpfern angeschlossen hast. Dein einzigartiger Ruf wäre dahin; du würdest mit den anderen Bandenmitgliedern in einen Topf geschmissen. Nein, sage ich! Du mußt unabhängig bleiben und auf eigene Faust agieren. Wir werden die tumben Händlerfritzen solange narren, bis sie resignieren, und dann ziehen wir weiter. Damit seine Legende Furore macht, wird der Blutrote Schatten aus Montfort verschwinden.«

»Und dann?«

Oliver zuckte mit den Achseln. »Wir könnten uns eine andere Stadt vorknöpfen. Princetown in Avon zum Beispiel. Nach ein paar Jahren würden wir nach Montfort zurückkehren, um der Legende neue Nahrung zu geben. Du hast hier schon viele Wunder bewirkt, bist aber noch zu jung, um das zu würdigen«, sagte der Halbling. So ernst hatte Luthien den Freund noch nie sprechen hören. »Du, der Blutrote Schatten, der die feisten Händlerfritzen an der Nase rumführt, hast den armen Leuten diesseits des Walles wieder etwas gegeben, was sie über viele Jahre entbehren mußten.«

»Und das wäre?« fragte Luthien ohne jede Spur von Ironie.

»Hoffnung«, antwortete Oliver. »Du hast ihnen die Hoffnung zurückgegeben. So, und jetzt gehe ich auf den Markt. Kommst du mit?«

Luthien nickte, blieb aber noch eine Weile gedankenversunken zurück und ließ den Freund vorausgehen. Dessen Worte waren nicht von der Hand zu weisen. Er, Luthien Bedwyr, war aufgrund einer sonderbaren Verkettung von Zufälligkeiten zur Verkörperung einer Legende geworden, von der er bis vor wenigen Wochen nie etwas gehört hatte, wider Willen in die Rolle eines Anführers gedrängt, von dem die unterdrückte Masse erwartete, daß er die grausame Macht von König Grünspatz breche.

Luthien konnte es kaum fassen. Der eigene Werdegang machte ihn schwindeln. Seine Schritte waren merklich beschwingt, als er loslief, um Oliver einzuholen.

Es war ein kalter, trister Tag – typisch für die Jahreszeit –, und auf dem Markt herrschte nur wenig Betrieb. Es gab auch nicht mehr so viel zu kaufen, und mit neuen Warenlieferungen war vorläufig nicht zu rechnen, denn die Karawanen würden über Monate ausbleiben.

Es waren nur wenige Leute unterwegs; um so deutlicher fiel das Freundespaar auf, vor allem Oliver in seiner schrillen Aufmachung. Die patrouillierenden Zyklopen warfen ihnen argwöhnische Blicke zu. Einer schien sich besonders intensiv für sie zu interessieren; er trug einen dicken Verband um den Schädel.

Luthien und Oliver hielten vor einer Garküche an, um einen Imbiß zu sich zu nehmen. Sie unterhielten sich mit dem Wirt über das Wetter, die Kundschaft und dergleichen mehr.

»Ihr solltet euch lieber verziehen«, flüsterte plötzlich eine Stimme, als der Wirt davongeschlurft war, um andere Gäste zu bedienen.

Die beiden tauschten fragende Blicke und sahen dann eine schlanke, in Mantel und Kapuze gehüllte Gestalt neben der Bude stehen. Als sie den Kopf hob und unter dem Kapuzenrand hervorlugte, erkannten die Freunde das Gesicht des Halbelfen, den sie in der vergangenen Nacht getroffen hatten.

»Weiß man über uns Bescheid?« fragte Oliver leise.

»Sie haben einen Verdacht«, antwortete der Halbelf. »Aber natürlich hüten sie sich, euch in aller Öffentlichkeit damit zu konfrontieren. Es sind zu viele Zeugen anwesend.«

»Natürlich«, flüsterte Oliver. Luthien blickte scheinbar unbeteiligt vor sich hin, um das heimliche Gespräch nicht durch Gesten zu verraten. Außerdem verstand er nicht, worüber die beiden sprachen. Wenn die Zyklopen ihn und Oliver tatsächlich verdächtigten, warum kamen sie dann nicht und verhafteten sie? Luthien war lange genug in Montfort, um zu wissen, daß unliebsame Personen ohne viel Federlesens aus dem Verkehr gezogen wurden. Sooft die prätorianische Garde im Kleinen Alkoven aufkreuzte, schleppte sie mindestens einen Strolch in Ketten davon.

»Es gibt Neuigkeiten zu berichten«, sagte der Halb-elf.

»Sprich«, sagte Oliver, hob aber sogleich die Hand an den Mund, als eine Gruppe von Zyklopen vorbei-marschierte.

»Nicht jetzt«, flüsterte der Halbelf wenig später. »Bei Mondaufgang wird sich Siobhan hinterm Zwelf ver-steckt halten.«

»Wir werden da sein«, versprach Oliver.

»Sie will, daß er allein kommt«, flüsterte der Mittler. Oliver schaute Luthien an, und als er sich zu dem Halbelfen herumdrehte, war dieser verschwunden.

Seufzend richtete Oliver seinen Blick zurück auf den Marktplatz und bemerkte, warum der Halbelf so plötzlich davongeeilt war. Die Gruppe der Zyklopen kehrte zurück und zeigte unverhohlen Interesse an dem Freundespaar.

Oliver flüsterte Luthien zu: »Mein Paps hat immer gesagt: Ein kluger Dieb weiß Einschlupf zu finden, ein klügerer versteht sich aufs Verschwinden.« Er stand auf und nahm Luthien beim Arm, doch schon waren die Wachen herbeigesprungen und hatten die beiden umstellt.

»Kalt heute«, meinte einer.

»Wollt euch wohl für den Winter eindecken«, sagte der zweite.

Oliver wollte antworten, doch Luthien kam ihm zuvor. Er blickte dem Zyklopen unerschrocken ins Ge-sicht und sagte: »Allerdings. Für viele ist der Winter in Montfort kälter als für gewisse andere.«

Offenbar begriff der Zyklop nicht, was Luthiens Be-merkung zu bedeuten hatte; selbst Oliver wußte im er-sten Augenblick nichts damit anzufangen. Er ahnte nicht, was seine zurechtweisenden Worte am Morgen vor Verlassen der Wohnung im Herzen des jungen Mannes bewirkt hatten. Luthien war voll neuen Mutes, machte sich vertraut mit der Rolle des Blutroten Schattens, des schweigenden Fürsprechers der Unterprivilegierten, des Beschaffers von Mänteln für frierende Kinder, des Widersachers reicher Leute.

»Wie lange seid ihr schon in Montfort?« wollte eines der Monstren wissen und beäugte Luthien mit kritischem Blick.

Jetzt trat Oliver vor, legte den Arm um die Taille des Freundes und sagte: »Seit dem Tage, da mein Sohn zur Welt kam« – Luthien traute seinen Ohren kaum – »ach, die arme Mutter; sie hat die Geburt dieses großen, stattlichen Knaben nicht überlebt.«

Der Blick des Zyklopen wanderte zwischen den beiden verwirrt und skeptisch hin und her. »Er ist dein Vater?« fragte er Luthien.

Luthien schwang den Arm um Olivers Schulter. »Jawohl, er ist mein Paps«, antwortete er mit gasconischem Akzent.

»Und was habt ihr hier zu schaffen?« wollte der Prätorianer wissen, doch sein Kumpan zog ihn an der Schulter herum und forderte ihn wortlos auf, die beiden in Frieden zu lassen.

Dutzende von Menschen, etliche Zwerge und mehrere Elfen waren zusammengelaufen und verfolgten die Szene mit größter Aufmerksamkeit und grimmiger Miene. Nicht wenige hatten einen Dolch oder ein kurzes Schwert im Gürtel stecken.

Die Zyklopen beeilten sich davonzukommen.

»Was ist geschehen?« fragte Luthien.

»Die Zyklopen sind auf mutige Leute gestoßen«, antwortete Oliver. »Komm, laß uns gehen. Der Schröpfer hat recht; wir sollten uns hier nicht blicken lassen.«

»Küß mich!« Die helle Stimme ließ den jungen Mann zusammenfahren; noch weniger gefaßt war er auf das, was sie von ihm verlangte.

Luthien stand wie versteinert da. Er starrte Siobhan an und wußte nicht ein noch aus.

»Das willst du doch«, sagte sie und ließ nicht den geringsten Zweifel anklingen.

»Ich bin gekommen, um zu hören, was es Neues gibt«, entgegnete Luthien, bereute seine Worte aber sogleich. Wie töricht, ausgerechnet jetzt auf ein anderes Thema zu lenken!

Das silberne Mondlicht, das in ihren Haaren glänzte, machte die schöne Halbelfe für Luthien noch begehrlicher, als sie es ohnehin schon für ihn war. Sie lächelte neckisch und strich die langen Locken aus dem zarten Gesicht. Luthien warf einen Blick über die Schulter, als fürchtete er, von Oliver beobachtet zu werden. Doch der Halbling saß in die Schenke. Es war verabredet, daß Luthien ihn dort treffen sollte, sobald er mit Siobhan gesprochen hatte.

Als Luthien sich wieder zu ihr wandte, war ihr Lächeln spurlos verschwunden.

»Der Zwerg ...«, fing sie verärgert zu sprechen an. Doch weiter kam sie nicht. Luthien war impulsiv auf sie zugegangen und küßte sie auf den Mund, wich dann ebenso abrupt einen Schritt zurück und blickte verlegen drein.

Ganz anders Siobhan: Sie schmunzelte, strich mit der Hand über den Nacken und war völlig entspannt. »Warum hast du mich dazu aufgefordert?« fragte Luthien bestürzt.

»Weil du es so wolltest«, antwortete sie unumwunden.

Luthien ließ die stolzen Schultern hängen.

»Ich war ja auch darauf aus«, fügte sie hinzu, »und wollte möglichst schnell zur Sache kommen.«

»Zur Sache kommen?« fragte Luthien, sichtlich verdutzt. Was sie da sagte, klang nicht gerade vielversprechend.

Siobhan holte tief Luft. »Ich wollte euch, dich und Oliver, darüber aufklären, daß ...« Sie stockte; es schien ihr schwerzufallen, den Satz zu Ende zu bringen.

Luthien war alarmiert. »Was?« forderte er zu wissen und trat auf sie zu. Doch sie hob die Hand und hielt ihn zurück.

»Der Zwerg«, stammelte sie. »Der Zwerg, der euch auf dem Morkney-Platz geholfen hat … Er ist festgenommen worden, hockt in einem Verließ und wartet auf seinen Prozeß.«

Luthien ballte die Fäuste. »Wo hält man ihn fest?« fragte er, und es schien, als wollte er auf der Stelle losstürmen, um den Zwerg zu befreien.

Siobhan aber zuckte mit den Schultern. »Es gibt viele Verließe, in denen er stecken könnte«, antwortete sie bekümmert. »Wir wissen nur, daß er morgen zusammen mit einer großen Anzahl anderer Gefangener im Ministerium vor Gericht steht. Er wird bestimmt zur Zwangsarbeit im Bergwerk verurteilt werden.«

Luthien schwieg und versuchte, seine Gedanken zu ordnen. Woher wußte sie von dem Zwischenfall auf dem Morkney-Platz?

Siobhan schien auf die unausgesprochene Frage vorbereitet zu sein und antwortete schmunzelnd: »Ich habe doch gesagt, daß es günstig ist, gute Beziehungen zu pflegen. Jetzt verstehst du vielleicht, was ich meine.«

Luthien nickte.

»Übrigens«, ergänzte sie. »Shuglin, so heißt der Zwerg, wußte natürlich, daß ihm Verhaftung droht.«

»Gehört er auch zu eurer Bande?«

Siobhan schüttelte den Kopf. »Er ist ein einfacher Handwerker.«

Luthien nickte, obwohl er im Grunde ratlos war. Wieso hatte ihm dieser Zwerg geholfen, obwohl er damit rechnen mußte, verhaftet und bestraft zu werden?

»Ich muß jetzt gehen«, sagte Siobhan und blickte zum Nachthimmel auf, um zu sehen, welchen Stand der Mond inzwischen eingenommen hatte.

»Wann werde ich dich wiedersehen?« drängte es Luthien zu fragen.

»Bald«, versprach Siobhan und zog sich zurück.

»Siobhan!« rief Luthien viel zu laut und alle Vorsicht außer acht lassend. Das hübsche Mädchen kehrte um und sah ihn fragend an.

Luthien schaute in ihre grün schimmernden Augen und fand keine Worte. Um so beredter war sein Ausdruck.

»Noch ein Kuß?« fragte sie, und schon berührten sich sacht die Lippen der beiden.

»Wir werden uns schon wiedersehen«, neckte sie und machte sich von ihm frei. Dann war sie verschwunden, ein Schatten unter Schatten.

»Hüte dich«, warnte Oliver auf dem Nachhauseweg; es war spät geworden, und Luthien hatte ein paar Krüge Bier zuviel getrunken. »Du wirst doch nicht so dumm sein und darauf reinfallen ...«

»Sei's drum«, antwortete Luthien entschlossen, wenngleich ein wenig lallend.

»Es kommt alle naslang vor, daß Zwerge angeklagt und zur Zwangsarbeit verurteilt werden«, fuhr Oliver fort. »So was nennt man legale Versklavung. Auf diese Weise ist Montfort reich geworden.«

»Sei's drum.«

Oliver gab sich geschlagen.

Es war noch dunkel, als die beiden im Schatten des Ministeriums den trennenden Stadtwall überwanden. Neben ihnen ragte das nördliche Querhaus der Kathedrale auf; davor öffnete sich ein weiter Platz. »Wir müssen zum Westportal hin«, sagte Oliver und forderte den Freund auf, den Umhang abzulegen.

Luthien gehorchte und verschwendete keinen Gedanken auf den fraglichen Sinn und Zweck dieser Anweisung. Er war dem Ministerium nie zuvor so nahe gewesen und fühlte sich winzig klein dagegen. Er schaute auf zu den gewaltigen Strebepfeilern und den vielen Wasserspeiern, die an den Simsen vorkragten und sich über ihn lustig zu machen schienen. Geheimnisvoll und mächtig wirkte Montforts Ministerium im fahlen Licht der Dämmerung.

Bald nachdem die Sonne aufgegangen war, füllte sich der Platz mit Händlern und Handwerkern. Auch ein paar Prätorianer befanden sich in der Menge. Luthien bemerkte, daß viele Leute ihre Kinder mitgebracht hatten.

»Heute ist Steuerzahltag«, erklärte Oliver. Luthien nickte und wurde gewahr, daß wieder eine Woche vergangen und nun auch der Monat September am Ende war. »Sie bringen ihre Kinder mit in der Hoffnung, glimpflich davonzukommen«, sagte Oliver und ließ durch sein Kichern anklingen, daß er eine solche Hoffnung für töricht hielt.

Sie hielten sich hinter dem Querhaus versteckt, bis die Eichenpforten am Westportal aufgeschlossen und für die lange Reihe der Steuerpflichtigen geöffnet wurden. Zu beiden Seiten des Eingangs standen stämmige Zyklopen, die die Männer und ihre Familien in die Kathedrale trieben wie Schafe in den Pferch.

Oliver und Luthien nahmen Deckung im Schatten der Mauer, als ein großes Fuhrwerk heranrollte und vor dem nördlichen Seiteneingang am Querhaus anhielt. Mehrere Prätorianer kamen aus der Kathedrale, um die herbeigeschafften Gefangenen in Empfang zu nehmen: vier Männer, drei Frauen und zwei Zwerge. Sie alle trugen weite, graue Umhänge, die lose von den Schultern hingen und bei manchen vorn offenstanden. Den Zwerg, der ihm und Oliver geholfen hatte, erkannte Luthien auf den ersten Blick an dessen buschigem, blauschwarzem Bart, der über den Rand der verhüllenden Kapuze hinauswucherte, sowie an dem ärmellosen Lederwams, den er auch am Morgen seiner Verhaftung auf dem Morkney-Platz getragen hatte.

Luthien erinnerte sich an den Namen, den Siobhan genannt hatte, und flüsterte: »Shuglin.« Es drängte ihn, den Helfer zu befreien, doch Oliver hielt den Freund zurück.

»Nicht jetzt«, zischte der Halbling und zeigte auf ein kleines Haus jenseits des Fuhrwerks. Hinter den Fenstern huschten etliche Gestalten vorbei, und vorm Eingang kauerten zwei, die wie Bettler aussahen. Sie waren von Kopf bis Fuß verhüllt, und Luthien verstand nun, was den Freund in Sorge versetzte. Bettler in der Oberstadt anzutreffen war mehr als ungewöhnlich, und diese Burschen hier hatten, unschwer erkennbar, die breitschultrige Statur von Zyklopen.

»Ob sie uns erwarten?« flüsterte Luthien.

»Es könnte durchaus sein«, antwortete der Halbling. »Zwar wäre eine solche Falle allzu offensichtlich, aber vielleicht ahnen sie ja, wie leicht du dich übertölpeln läßt.«

Luthien nahm keinen Anstoß an dieser Bemerkung; er war viel zu angespannt und verunsichert. Das Tageslicht nahm zu; vor und hinter den riesigen Mauern der Kathedrale wimmelte es von prätorianischen Wachen. Luthien wußte nicht weiter, doch auszubüchsen kam für ihn nicht in Frage.

Seine bedrückte Miene wechselte in einen Ausdruck wachsender Verwunderung über, als er den Freund betrachtete. Der Halbling hatte die dunkle Jacke, die Schuhe und den Hut abgelegt und in die Taschen seines Gehänges gestopft, die Hosenbeine hochgekrempelt und ein geblümtes Jungmädchen-Kleid angezogen. Nun setzte er eine Perücke aus langem, schwarzem Roßhaar auf den Kopf (Luthien hatte keine Ahnung, woher die stammte) und zupfte einen Gesichtsschleier zurecht, um Knebel- und Spitzbart zu verbergen.

Der gute, alte Oliver, dachte Luthien; er mußte schwer an sich halten, um nicht laut aufzulachen.

»Ich bin ab sofort das unschuldige Töchterlein eines vermögenden Händlerfritzen«, erklärte Oliver und reichte dem Freund einen gefüllten Geldbeutel. Luthien warf einen Blick hinein und bekam große Augen, als er sah, daß die Münzen aus Gold waren.

Oliver ergriff Luthiens Hand und führte ihn um die Ecke des Querhauses herum. Einen weiten Bogen um das Gefangenenfuhrwerk und den Trupp der Zyklopen schlagend, schlenderten sie über den Platz auf das Westportal des Ministeriums zu.

Luthien war tief beeindruckt vom Anblick des gewaltigen Westwerks, der kunstvoll gegliederten Fassade. In zahlreichen Nischen standen herrliche, bunt bemalte Statuen der Helden von einst, der Lichtgestalten aus Eriadors Geschichte. Der junge Bedwyr bemerkte, daß diese Standbilder seit langem vernachlässigt worden waren; die Farbe blätterte, die Konturen bröckelten und auf jedem Vorsprung häufte sich Vogelkot.

»Papa, beeil dich; wir kommen noch zu spät«, maulte der Halbling mit piepsiger Stimme.

Aus seinen Träumereien aufgeschreckt, warf Luthien einen irritierten Blick auf den Freund, straffte aber sogleich die Schultern und legte einen Schritt zu, als er zwei zyklopische Wachen in der Nähe stehen sah. »Ist es wirklich schon so spät?« fragte er.

»Dalli, dalli«, feixte eines der Monstren. »Wer nicht rechtzeitig seine Steuern berappt, muß im Bergwerk Steine klopfen.« Und mit grinsendem Blick auf Oliver fügte er hinzu: »Oder dem Herzog das Töchterlein abtreten.« Das gehässige Lachen der beiden hätte Luthien am liebsten mit seinem versteckten Schwert beendet, doch er hielt sich zurück.

Oliver stieß ihn von der Seite an und deutete kopfnickend auf den Geldbeutel. Luthien verstand und nahm ein paar Goldmünzen zur Hand. Alle Achtung, dachte er anerkennend, wußte er doch, wie schwer es dem knausrigen Halbling fiel, sich von Teilen seiner Beute zu trennen.

»Sollte ich mich wirklich verspätet haben?« fragte Luthien die Zyklopen, schaute sich um und bot ihnen die Münzen an.

»Ach was«, antwortete einer der beiden und öffnete eine der hohen Pforten, während der andere das Schmiergeld einsteckte.

Luthien und Oliver betraten den Vorraum, eine kleine, enge Durchgangshalle, die im Grundriß knapp zehn auf zehn Fuß maß. Als die Pforte hinter ihnen zugeschlagen wurde, atmeten die Freunde erleichtert auf. Unverzüglich schritt Luthien auf die Pforte zu, die zum Hauptschiff führte, wurde aber von Oliver zurückgehalten. Er legte den Finger an die Lippen und preßte das Ohr an die Holztür. Von drinnen tönte eine dunkle Stimme; die die Namen der Steuerzahler aufrief.

Wie sollte es nun weitergehen? fragte sich Luthien. Oliver schien eine Antwort in Aussicht zu nehmen und schaute nach oben. In beide Seitenwände waren auf halber Höhe Öffnungen eingelassen, die Einschlupf boten in einen Gang, der sich durch das Westwerk erstreckte.

Im Nu hatte Oliver seine magische Dregge ausgeworfen. Die beiden kletterten am Seil hinauf und liefen durch den Gang, der, wie es schien, für Wartungsarbeiten an den Statuen und hohen Fenstern angelegt worden war. Über eine enge Wendeltreppe erreichten sie einen Säulengang, der in einer Höhe von fünfzig Fuß rund um das Hauptschiff herumführte.

»Das Triforium«, erklärte Oliver und zwinkerte verschmitzt mit den Augen. Von hier oben ließ sich bestens observieren, was unten im Hauptschiff passierte.

Luthien schaute nach oben und war überwältigt von dem riesigen Kreuzgewölbe, das sich über den weiten

Raum spannte; er kam sich darunter klein und unbedeutend vor.

Oliver war schon ein paar Schritte vorausgeeilt. »Komm endlich«, mahnte er im Flüsterton. Vorsichtig schlichen sie den Laufgang entlang. Zwischen den Säulen zur Linken standen große Steinskulpturen jüngeren Datums: geflügelte Scheusale mit gehörnten Häuptern, die auf das Hauptschiff herabblickten. Die Freunde waren voller Abscheu angesichts dieser dämonischen Fratzen, die den heiligen Ort entweihten.

Sie erreichten die Ecke zum südlichen Querhaus; das Triforium winkelte nach rechts ab. Schräg gegenüber ragten gigantische Orgelpfeifen auf. Darunter hatte sich einst der Chor gesammelt, wo früher Gottesdienst gefeiert wurde; jetzt schwärmten Zyklopen dort umher.

Vom Hochaltar waren die beiden noch rund dreißig Schritt entfernt. Dahinter lag die Apsis, jenes Halbrund am östlichen Rand, das Teil des trennenden Walls war und eigentlich noch zur Unterstadt gehörte.

Zunächst wurden Luthiens Blicke von den mächtigen Bündelpfeilern nach oben unter die Kuppel des Vierungsturms gelenkt. Als er dann schwindelnd den Kopf senkte und in den Altarraum hinabschaute, bekam er erstmalig Morkney, den verhaßten Herzog von Montfort, zu Gesicht. In ein rotes Gewand gehüllt, thronte er mit gelangweilter Miene auf einem Stuhl unmittelbar hinter dem Altartisch.

Auf einem Podest am Rand der Apsis stand der Steuereintreiber, flankiert von zwei riesenhaften Zyklopen. Er rief einen Namen in den Raum, worauf sich ein Mann aus dem Gestühl im Hauptschiff erhob und nach vorn eilte, um seine Abgaben zu entrichten.

Der Mann, ein Schankwirt aus der Unterstadt, reichte einem der Zyklopen einen Beutel voller Münzen und wagte sich nicht zu rühren, während der Inhalt des Beutels auf dem Altartisch ausgeschüttet und nachgezählt wurde. Morkney ließ sich die Summe nennen, wiegte den Kopf hin und her und winkte schließlich beiläufig mit der Hand, um den Wirt zu entlassen. Der lief zur Sitzbank zurück, sammelte seine beiden Kinder ein und sputete sich, ins Freie zu kommen.

Diese Prozedur wiederholte sich ein ums andere Mal auf die gleiche Weise. Die meisten Männer durften nach geleisteter Zahlung nach Hause zurückkehren. Dann aber trat ein alter Gemüsehändler vom Markt vor, dessen Abgabe den raffgierigen Herzog offenbar nicht zufriedenstellte. Morkney flüsterte einem der Zyklopen ein paar Worte zu, worauf dieser den Mann ergriff und davonschleppte. Eine alte Frau – die Gattin, wie's schien – sprang von ihrem Platz auf und fing lauthals zu lamentieren an. Auch sie wurde davongezerrt.

»Nicht zu fassen!« murmelte Oliver vor sich hin.

Rund zwei Stunden später hob Morkney die dürre Hand und unterbrach die Steuererhebung, um Gericht zu sitzen über die Angeklagten. Der Eintreiber machte einem anderen Mann am Lesepult Platz.

»Man führe die Gefangenen vor!« rief dieser. Zwei Zyklopen, die in der ersten Sitzreihe gesessen hatten, standen auf und zogen die Männer, Frauen und Zwerge an einer Kette hinter sich her.

»Da ist unser Retter«, bemerkte Oliver gelassen. »Hast du eine Idee, wie wir an ihn rankommen könnten?«

Luthien schwieg, zumal deutlich war, daß der Halbling die Frage nicht ernstgemeint hatte, denn es gab nicht die geringste Möglichkeit, helfend einzugreifen. In der Kathedrale hielten sich mindestens drei Dutzend Zyklopen auf, und wahrscheinlich schoben draußen noch mal so viele Wache. Darüber hinaus war

Morkney als trickreicher Hexer bekannt, der sich gewiß nicht so einfach überlisten ließ.

Kaum waren die einzelnen Anklagen verlesen worden, standen auch schon Urteil und Strafe fest: Die vier Männer sollten nach Princetown deportiert werden. Oliver mutmaßte, daß man sie dort zum Militärdienst zwingen würde. Die drei Frauen mußten im Haushalt verschiedener Kaufleute dienen, die alle zu Morkneys Freunden zählten. Und den Zwergen stand, wie zu erwarten war, eine langjährige Knechtschaft in den Bergwerken bevor.

Die Freunde mußten ohnmächtig mitansehen, wie Shuglin durch das Querhaus zum Nordeingang geschleift wurde, wo ein Fuhrwerk zum Abtransport bereitstand.

Anschließend wurde mit dem Eintreiben der Steuern fortgefahren. Oliver und Luthien schlichen durchs Triforium in den Gang zurück, der im Vorraum mündete. Nachdem sie sich an der Wand abgeseilt hatten, holte Oliver die Dregge ein, verstaute sie in der Montur, zog den Schleier übers Gesicht und forderte Luthien auf, die Pforte zu öffnen. Die zyklopischen Wachen machten sich lustig über den vermeintlichen Händler und sein unschuldiges »Töchterlein«, doch Luthien überhörte ihre Zoten. Wortlos ging er an der Seite des Freundes zurück in die Wohnung, wo er wie ein gefangener Hund zwischen den Wänden unruhig hin- und herschlenderte.

Oliver, der nach wie vor sein Mädchenkostüm trug, machte darauf aufmerksam, daß es bald Mittag sei und das Zwelf aufmache, doch Luthien schien ihn nicht zu hören.

»Wir konnten für den armen Kerl nichts tun!« Oliver war nun mit seiner Geduld am Ende. Er hüpfte auf einen Stuhl und brüllte Luthien ins Gesicht: »Absolut nichts!«

»Man schleppt ihn jetzt ins Bergwerk«, entgegnete

Luthien und kehrte dem Freund den Rücken zu. »Aber ich werde ihn da rausholen; darauf kannst du Gift nehmen.«

»Bei allen Heiligen von Avon«, prustete Oliver. Resigniert ließ er sich auf einen Stuhl fallen und zog die schwarze Perücke ins Gesicht.

20. KAPITEL

Für den Lohn
eines Kusses

Seit über einer Stunde warteten Luthien und Oliver auf einer Felszunge hoch über der schmalen Straße, die zum Bergwerk führte. Flußtänzer und Schäbig grasten auf einer nahegelegenen Weide. Im Norden, kaum eine Meile weit entfernt, war die äußere Stadtmauer von Montfort zu sehen. Oliver rechnete damit, daß das Fuhrwerk mit den Verurteilten erst nach Abschluß der Steuereintreibung die Stadt verlassen würde; wahrscheinlich war, daß Morkney noch den einen oder anderen »Freiwilligen«, der die Abgaben nicht entrichten konnte, mit auf die Reise schickte.

Luthien hatte das Fuhrwerk hier, unmittelbar hinter der Stadt überfallen wollen, doch Oliver wußte von vornherein, daß dieser Plan nicht aufgehen würde.

Die Miene des jungen Bedwyr verdüsterte sich merklich, als der Wagen herbeirumpelte, eskortiert von zwei Dutzend Zyklopen auf feurigen Maulsäuen.

»Können wir jetzt endlich ins Zwelf gehen?« fragte der Halbling müde. Doch statt zu antworten, rannte Luthien wütend los, um sein Pferd zu holen.

In sicherem Abstand folgten die beiden dem Fuhrwerk. Hin und wieder sahen sie es auf der kurvenreichen Straße vor sich auftauchen.

»Wir sollten die Finger davon lassen«, riet Oliver zum wiederholten Male, doch Luthien antwortete nicht. Nun schien dem Halbling endgültig der Geduldsfaden zu reißen. Er zügelte sein Pony und blieb stehen.

Luthien schaute sich verärgert um. »Der Zwerg ...«, hob er zu sagen an und stockte, denn Oliver warf die Hand in die Luft und gebot ihm zu schweigen. Der Halbling hatte die Augen geschlossen und den Kopf in den Nacken gelegt. Es schien, als habe er irgendeine Witterung aufgenommen.

Plötzlich gab er dem Pony die Sporen, worauf es mit einem mächtigen Satz von der Straße sprang und im Gebüsch verschwand. Luthien starrte entgeistert vor sich hin, bis auch ihm das Gestampfe etlicher Maulsäue zu Ohren kam, die sich von vorn näherten.

Für eine Flucht in die Richtung, die Oliver eingeschlagen hatte, war es zu spät. Luthien duckte sich tief auf den Hals seines Hengstes, trieb ihn heftig an und ritt im gestreckten Galopp zurück nach Montfort. Nach einer Meile fand er Gelegenheit, von der Straße abzubiegen, doch das Pferd stolperte auf holprigem Gelände und warf ihn aus dem Sattel. Blitzschnell war Luthien wieder auf den Beinen und langte nach dem Zügel, um das nervöse Pferd zu beruhigen.

Oben auf der Straße donnerte die Horde der Zyklopen entlang. Die Hufschläge und das Gepolter des leeren Fuhrwerks übertönten jedes andere Geräusch.

Nach kurzer Verschnaufpause führte Luthien sein Pferd zur Straße zurück, stieg in den Sattel und ritt in entgegengesetzter Richtung los, um den Freund zu suchen.

»Es wird aber auch Zeit«, schnaubte der Halbling. »Wir müssen den Zwerg raushauen, bevor er in den Schacht einfährt. Wenn er erst einmal da unten ist ...« Jedes weitere Wort war überflüssig, denn Luthien zögerte keinen Augenblick und preschte voraus.

Der Eingang zum Bergwerk bestand lediglich aus einem unscheinbaren Loch in der Felswand; die Seitenwände waren mit schweren Hölzern abgestützt. Die Freunde ließen ihre Reittiere in einem Gebüsch abseits der Straße zurück und kletterten bergan bis zu einer Stelle, die einen geschützten Ausblick bot auf das Gelände ringsum. Zyklopen waren nicht zu sehen. Nichts rührte sich.

»Von Bewachung keine Spur«, bemerkte Luthien.

»Warum wohl?« fragte Oliver nach.

Luthien zuckte mit den Achseln und trat aus dem Versteck hervor. Oliver packte ihn beim Arm und deutete auf eine zweite Öffnung im Fels, rechterhand des Eingangs zum Bergwerk. »Das könnten die Wohnquartiere sein«, flüsterte er. »Womöglich werden die Gefangenen dort festgehalten, bevor man sie nach unten schickt.«

Luthien blickte von einem Felsloch zum anderen. »Was machen wir jetzt?« fragte er.

Oliver nickte in Richtung auf den Bergwerksstollen. »Da legen wir uns auf die Lauer. Wenn Shuglin noch nicht drin ist, wird er da durch müssen.«

Von Oliver dicht gefolgt, kletterte Luthien den Hang hinauf. Vor dem Eingang angelangt, zog er die Kapuze seines blutroten Umhangs tief ins Gesicht. Es war dunkel in dem Tunnel, sehr dunkel. Auch als sich seine Augen an die Düsternis gewöhnt hatten, waren kaum Konturen auszumachen.

Oliver schlüpfte unter Luthiens Umhang, und gemeinsam rückten sie in den Stollen vor. Nach wenigen Schritten kamen sie an eine Biegung; rechts zweigte ein Nebengang ab, der allem Anschein nach zur anderen Öffnung im Berg führte. Aus der Tiefe des Hauptstollens flackerte plötzlich ein schwacher Lichtschein. Schritte waren zu hören.

Die Freunde huschten in den Seitengang. Den Rücken an die Wand gepreßt, klappte Luthien seinen Bogen auseinander. Oliver legte sich auf den Bauch, robbte bis zur Felskante vor und spähte in den Stollen.

Das Fackellicht nahm an Helligkeit zu. Zwei Zyklopen tauchten auf; sie sprachen unbekümmert miteinander. Oliver hob die Hand, um Luthien ein Zeichen für den Angriff geben zu können.

Der junge Bedwyr legte einen Pfeil auf die Sehne. Das Licht wurde heller, das Stampfen der Schritte lauter. Als dann der Halbling die Hand herunterfahren ließ, trat Luthien vor und spannte den Bogen.

Die Zyklopen waren nur noch wenige Schritte entfernt. Vor Schreck sprangen sie auseinander.

Luthiens Geschoß verfehlte sein Ziel.

Er konnte es kaum glauben: Der Zyklop, auf den er angelegt hatte, war herumgewirbelt und dem Pfeil ausgewichen, der unter hochgerissenem Arm die Achselhöhle streifte, ohne größeren Schaden anzurichten.

Luthien starrte auf den Bogen, als fühlte er sich durch ihn betrogen. Und schon stürmten die Zyklopen wutschnaubend herbei. Gewiß hätten sie Luthien niedergestreckt, wäre Oliver nicht dazwischengefahren.

Rapier und Dolch führten einen wilden Tanz auf, und noch ehe die Monstren von ihm Notiz nahmen, hatte der Halbling den einen schwer, den anderen leicht verletzt.

Der verwundete Zyklop ließ die Waffe fallen, hielt die Rechte an die Rippen gepreßt und versuchte, mit der Fackel auf den Halbling einzudreschen. Sein Kumpan stieß wilde Flüche aus und schwenkte eine schwere Keule.

Oliver ließ sich nach links in den Seitenstollen fallen und rollte über die Schulter ab. Der mit der Keule hatte sein glubschendes Auge starr auf den Halbling gerichtet und schrie vor Entsetzen auf, als sich ihm Luthiens Schwert in den Brustkorb bohrte.

Oliver war schon wieder auf den Beinen, wich der Fackel aus, die auf ihn niedersauste, und stach mit dem Rapier zu. Tödlich getroffen, glotzte das Monstrum entgeistert auf den kleinen Gegner herab und sackte zu Boden.

Die Freunde beeilten sich, die Fackel zu löschen,

denn aus dem Tunnel flackerten weitere Lichter auf. Sie schlichen durch den Seitengang, der an einer Felskante endete, vierzig Fuß über dem ebenen Boden einer großen, ovalförmigen Kammer. Darin hielten sich fünf Zyklopen auf, die zwei Zwerge bewachten, wovon einer – wie die Freunde erleichtert bemerkten – einen buschigen, blauschwarzen Bart und ein ärmelloses Lederwams trug. Beide waren an Hand- und Fußgelenken festgekettet. Die Zyklopen standen am Rand der Kammer vor einem großen Ausschnitt im Felsboden. Darüber erhob sich ein Holzgerüst samt Flaschenzug und Winde. Zwei Seile führten durch das Loch nach unten.

Während einer der Zyklopen, über den Rand des Ausschnitts gebeugt, eins der Seile durch die Hand laufen ließ, bediente ein anderer die Winde.

Luthien nockte einen Pfeil auf, doch Oliver mahnte ihn wortlos zur Vorsicht und machte darauf aufmerksam, daß nicht weniger als drei weitere Stollen in die hell erleuchtete Kammer mündeten.

Luthien begriff, was ihm der Freund anzudeuten versuchte. In den höher gelegenen Regionen des Stollenkomplexes hielt sich wahrscheinlich eine Vielzahl von Wachen auf, die sofort zur Stelle sein würden, sobald Geräusche eines Kampfes zu vernehmen wären.

Unschwer zu erraten war aber auch, was es mit dem Flaschenzug und der Winde auf sich hatte. Luthien ahnte, daß an den Seilen eine Hebebühne hing, und wenn Shuglin und der andere Zwerg darauf nach unten befördert würden, käme jede Hilfe für sie zu spät.

Der Zyklop am Schacht reckte den Hals nach vorn und rief nach unten, und aus der nächst tieferen Etage wurde Antwort gegeben. Plötzlich kippte er kopfüber ins Loch. In seinem Rücken steckte ein Pfeil. Vier seiner Kumpane blickten erschrocken durch den Raum und sahen Luthien auf der Felskante knien, der gerade einen zweiten Pfeil abgeschossen hatte. Der prallte von der Winde ab, bewirkte aber immerhin, daß der Einäugige an der Kurbel schreiend zurückwich.

Unterdessen hatte Oliver die magische Dregge unter die Decke der Kammer geworfen; jetzt hüpfte er auf die Schulter des Freundes, der den Bogen zusammenklappte, das Seil ergriff und von der Kante absprang in Richtung auf die Winde. Blut- und purpurrot flatterten die Umhänge der beiden durch die Luft, als sie herbeigeflogen kamen.

Dank Olivers geschickter Berechnung, war die Dregge günstig fixiert. Als das Pendel durch den tiefsten Punkt schwang, ließ sich der Halbling zu Boden fallen und purzelte umeinander. Luthien flog weiter dem Zyklopen an der Winde entgegen und trat mit dem Fuß nach ihm aus. Indem er sich duckte, konnte der Zyklop diesem Angriff noch ausweichen, nicht aber dem, der nun von Oliver ausging. Dessen Rapier schnellte vor, durchstieß seinen Bauch und schlitzte die Decke auf bis zur Lunge. Er stürzte zu Boden und rang erstickend nach Luft.

Der Tritt hatte Luthien am Seil herumwirbeln lassen. Er flog über den Schacht hinaus und sah, wie erwartet, eine große Hebebühne in fünfzehn Fuß Tiefe an den Seilen hängen. Darauf stand ein halbes Dutzend Zyklopen, die vergeblich darauf warteten, nach oben gehievt zu werden.

Der äußerste Pendelausschlag war erreicht, und nun schleuderte es Luthien zurück – drei bewaffneten Zyklopen entgegen. Es blieb ihm nichts anderes übrig, als abzuspringen. Mit flatternden Armen stürzte er auf die klaffende Schachtöffnung zu und prallte schließlich im Hüftknick gegen den Rand. Blitzschnell wälzte er sich darüber hinweg, zog aufspringend sein Schwert und rannte zur anderen Seite des Schachtes hin. Einer der Zyklopen nahm sich den Halbling vor, die anderen versuchten, Luthien in die Enge zu treiben. Und wie aus einem Halse schrien alle um Hilfe und warnten vor dem »Blutroten Schatten«.

»Aha, der dickste Koloß hat's auf mich abgesehen«, bemerkte Oliver; und tatsächlich: Ihm stand ein Exemplar gegenüber, das die meisten seiner Artgenossen sowohl an Körperfülle wie auch an Häßlichkeit in den Schatten stellte. Schlimmer noch: Dieses Monstrum führte eine riesige, doppelschneidige Streitaxt und war mit einem Panzer geschützt, den kein Rapier der Welt würde durchstoßen können.

Und schon hackte die Bestie mit der Axt zu. Oliver hechtete nach vorn, kugelte durch die gegrätschten Beine des Gegners und sah Funken sprühen, als das Eisen den felsigen Boden traf und erschüttern ließ.

Brüllend fuhr der Zyklop herum und sah sich abermals genarrt, denn Oliver war bereits auf demselbem Weg zurückgerollt. Dann standen sie einander gegenüber. Oliver hatte die Winde im Rücken und den offenen Schacht vor sich.

Derweil schlug sich Luthien wacker gegen die beiden anderen Zyklopen. Die waren ebenfalls gut gerüstet und verstanden es, mit ihren Schwertern umzugehen, was ihnen der junge Bedwyr schon nach dem ersten Schlagabtausch zugestehen mußte.

Mutig sprang er vor, doch der eine wehrte seinen Angriff ab, während der andere Gegner mit der Klinge zustach. Es hätte nicht viel gefehlt, und Luthien wäre aufgespießt worden. Herumwirbelnd schlug er mit der eigenen Waffe die des Zyklopen zur Seite und attackierte erneut – wiederum vergeblich.

Oliver hoffte darauf, den schwergewichtigen Koloß ermüden zu können; immer wieder stach er zu, doch das Rapier vermochte den Panzer nicht zu durchstoßen. Bald geriet auch der Halbling ins Keuchen, so sehr strengte es ihn an, den gewaltigen Axthieben auszuweichen.

Er musterte den Gegner auf der Suche nach einer

Lücke, einem Spalt in der Rüstung. Doch davon war nichts zu sehen; statt dessen entdeckte er einen Schlüsselring, der am Gürtel des Monstrums hing. Der Halbling warf einen Blick auf den jungen Freund und wartete auf einen günstigen Augenblick.

Luthien wurde hart bedrängt, schlug aber trotzig zurück und hielt die Gegner auf Abstand. Er entdeckte, daß die beiden Zwerge die langen Fußfesseln entwirrten, und was sie im Schilde führten, war nicht schwer zu erraten.

Luthien trug Angriffe vor, die leicht zu parieren waren. Es kam ihm fürs erste nur darauf an, die Gegner zu beschäftigen.

Die Zwerge kamen von hinten und warfen sich wuchtig mit den Schultern in die Kniekehlen der Zyklopen. Luthien sprang zur Seite, als die beiden an ihm vorbeistolperten. Einem von ihnen versetzte er flugs einen Stoß in die Rippen. Der prallte mit dem Kumpan zusammen, worauf beide schreiend in den Schacht stürzten.

Luthien hörte sich bei seinem Namen gerufen, warf einen Blick zurück und sah den Freund mit dem Rapier zustechen. Die Klinge fuhr geradewegs durch den Schlüsselring, riß ihn, seitlich weghebelnd, vom Gürtel des Gefängniswärter ab und schleuderte das Ding im hohen Bogen durch die Luft – in Luthiens wartende Hand.

Luthien zögerte keine Sekunde lang und eilte auf die Zwerge zu. Glücklicherweise paßte schon der zweite Schlüssel ins Schloß, und im Nu waren die beiden Gefangenen von ihren Fußketten befreit. Sogleich wandte er sich mit erhobenem Schwert dem einzig übriggebliebenen Gegner zu.

Die Freunde hatten sich einen klaren Vorteil erkämpft, doch der drohte ihnen nun wieder verlustig zu gehen, denn aus den Seitengängen drang tumulthafter Lärm. Fackellicht flackerte an den Wänden.

Auch die Wachen auf der Hebebühne versuchten, in den Kampf einzugreifen. Am Schachtrand tauchte ein einäugiges Gesicht auf, dann ein zweites. Die Monstren waren an den Seilen des Flaschenzugs emporgeklettert.

In rasender Wut über den Verlust des Schlüsselrings schlug der Koloß mit der Streitaxt um sich. Oliver hüpfte wendig hin und her, verzichtete auf jede Parade, denn es war nur allzu klar, daß ihm sein Rapier von der mächtigen Waffe zerschlagen oder aus der Hand gerissen würde.

Einem neuerlichen Hieb ausweichend, sprang er über die Kurbel auf die Walze der Winde. Schon war der mächtige Zyklop wieder zur Stelle; er holte aus, hob die Axt hoch über den Kopf und schlug zu. Der Halbling rettete sich mit einem Sprung zur Seite, als die Schneide niedersauste, das aufgewickelte Seil durchtrennte und dann in der Winde steckenblieb. Der genarrte Gefängniswärter zwinkerte verdutzt mit dem Auge, sah das gekappte Seil wegschnellen und durch den Flaschenzug flutschen. Die Bühne und mit ihr ein Dutzend Zyklopen stürzte in die Tiefe.

»Besten Dank auch«, feixte Oliver.

Brüllend zerrte das Monstrum die Axt frei und schleuderte sie mit entfesselter Kraft in seine Richtung, doch der Halbling war längst in Deckung und zurück auf die Windenwalze gesprungen. Er setzte zum Stoß an und traf ins Auge des Zyklopen, als der Gegner, von der schieren Wucht des Hiebs getrieben, um die eigene Achse wirbelte und sich frontal dem Halbling stellte.

Der geblendete Gefängniswärter tobte wie von Sinnen, ließ einen Axthieb auf den anderen folgen. Das Eisen krachte gegen Felsgestein, vor die Winde, ohne auch nur einmal dem Halbling gefährlich nahe zu kommen. Der hatte, wie's schien, Gefallen an dem Spiel, tanzte behende umher und verspottete den wütenden Gegner in der Absicht, ihn an den Rand des Schachts zu locken. Prompt tappte dieser herbei.

Auf ein Zeichen von Oliver hin kam Shuglin angerannt und stieß den Riesen über die Kante. »Schade um die Axt«, grummelte er, als der Zyklop in den Schacht stürzte.

Luthien hatte nur wenig Probleme damit, die ungestümen Angriffe seines zyklopischen Gegners zu parieren. Geduldig wartete er auf seine Chance. Und als die Kräfte des anderen nachließen, ging Luthien mit gezielten Schlägen zur Gegenwehr über.

Das Monstrum sah ein, daß es nur noch verlieren konnte, und reagierte in typischer Manier für seinesgleichen: Es nahm Reißaus und floh – direkt in die Arme seiner Kumpane, die nun durch die Seitengänge die Kammer betraten.

Es wurde für eine Weile ganz still. Lautlos formierte sich der Trupp aus über zehn Zyklopen. Oliver riskierte einen Blick in den Schacht. Das schwarze Loch war unermeßlich tief, als Fluchtweg ungeeignet, zumal Dregge und Seil nach wie vor unter der Kammerdecke hingen. Luthien nutzte die kurzfristige Waffenpause, um Shuglin die Handfesseln abzunehmen. Dann half er auch dem anderen Zwerg aus den Eisen, während Shuglin loseilte, um sich das Schwert jenes Zyklopen zu sichern, den Oliver getötet hatte.

Noch machten die Gegner keine Anstalten loszuschlagen. Luthien ahnte warum. Sie warteten auf weitere Verstärkung.

Oliver schien gleiches zu bedenken. »Wir müssen uns was einfallen lassen«, sagte er und krauste die Stirn.

Luthien steckte das Schwert in die Scheide, klappte blitzschnell den Bogen auseinander und legte einen Pfeil zurecht. Die Zyklopen erkannten sogleich, was der junge Mann mit dem seltsamen Stecken vorhatte, und beeilten sich, in Deckung zu gehen.

Luthiens Geschoß traf in den Hals eines Monstrums, das schreiend zu Boden ging. Unter lautem Gebrüll stürmten die anderen vor, ehe Luthien einen zweiten Pfeil auflegen konnte.

»Das war kein gescheiter Einfall«, meinte Oliver trocken.

Bei dem Tumult, der nun einsetzte, war nicht zu hören, was an anderer Stelle vor sich ging. Mehrere Angreifer rissen plötzlich die Arme in die Luft, torkelten umher und stürzten zu Boden, ein jeder mit einem Pfeil im Rücken. Alles blickte nach oben zur Kante des Ausstiegs, durch den auch Oliver und Luthien gekommen waren. Dort kauerte eine Handvoll schlanker Bogenschützen – Elfen, wie es schien –, die in schneller Folge einen Pfeil nach dem anderen auf die Zyklopen schleuderten.

Die Einäugigen rannten in heller Aufregung davon, nicht wenige waren bespickt mit mehreren Pfeilen. Aus den Seitengängen wurde bald darauf heftig zurückgeschossen mit Armbrustbolzen und Speeren, und obwohl sich erneut bestätigte, daß Zyklopen miserable Schützen waren, stellte allein die Anzahl der fliegenden Geschosse eine ernstzunehmende Gefahr dar.

»Lauft los!« tönte eine helle Stimme, die Luthien sofort erkannte.

»Siobhan«, sagte er zu Oliver und zog den Freund hinter sich her.

Luthien packte Olivers Seil und löste mit dreimaligem Ruck die Dregge von der Decke. Inzwischen hatte Siobhan von sich aus ein Seil heruntergeworfen, an dem Shuglins Gefährte eilig emporklomm. Ein Pfeil bohrte sich in die muskelbepackte Schulter des Zwergs, doch der verzog nur das Gesicht und kletterte unbeirrt weiter.

Luthien warf die Dregge neben die Einstiegskante an die Wand und reichte Shuglin das Seil. Der Zwerg forderte Oliver auf, sich auf seinem Rücken festzuhalten. Luthien staunte nicht schlecht, als er sah, mit welcher Kraft und Schnelligkeit Shuglin Höhe gewann.

Unmittelbar neben Luthiens Füßen schlug ein Speer auf dem Felsboden auf. Wie auf ein Kommando stürmten plötzlich aus allen drei Seitengängen die Zyklopen vor, geduckt hinter Schilden, um sich vor den Pfeilen zu schützen, die nun wieder scharenweise von oben herabflogen.

Luthien hatte warten wollen, bis Shuglin und Oliver an der Kante angelangt waren, weil er nicht wissen konnte, wieviel Last die Dregge würde halten können. Aber ihm blieb keine Zeit mehr. Er sprang an dem Seil hoch, stopfte das Ende in den Hosenbund, stemmte die Beine gegen die Wand und kletterte.

Was bei den kräftigen Zwergen wie ein Kinderspiel ausgesehen hatte, kostete Luthien große Mühe; er kam sehr viel weniger schnell voran, und wahrscheinlich wäre er von einer langen Lanze abgefangen worden, hätte Shuglin, kaum daß er oben angekommen war, nicht sofort zugepackt und mit Hilfe seines Artgenossen das Seil eingeholt.

Pfeile surrten von oben herab, dicht an Luthiens Kopf vorbei; doch weitaus bedrohlicher waren die Geschosse von unten. Er spürte einen Schlag unterm Stiefel und sah, daß sich ein Pfeil in den Absatz gebohrt hatte.

Dann packten ihn rauhe Hände bei den Schultern und hievten ihn über die Kante in Sicherheit. Unverzüglich rannten die Freunde los. Als sie den Eingangstunnel erreichten, wo die beiden Zyklopen lagen, die Oliver und Luthien erschlagen hatten, hörten sie den Lärm hinter sich. Die Verfolger waren ihnen schon auf den Fersen.

»Unsere Pferde stehen da drüben!« erklärte Luthien. Siobhan nickte, gab ihm einen flüchtigen Kuß und drängte ihn, dem Halbling nachzueilen. Mit ihren

Schröpfer-Gefährten und den beiden Zwergen floh sie in entgegengesetzter Richtung und verschwand im Gebüsch.

»Ich kann es kaum glauben, daß sie uns zur Hilfe gekommen sind«, sagte Luthien, als er zu Oliver aufgeschlossen war, der bereits mit einem Fuß im Steigbügel stand.

»Du scheinst gut küssen zu können«, antwortete der Halbling und gab seinem Pony die Sporen.

Die beiden hatten die Straße erreicht, als die zyklopische Horde vor dem Bergwerk ins Freie stürmte, heulend vor Wut. Doch Luthien und Oliver hörten nur noch das Hufgestampfe ihrer fliehenden Pferde.

21. Kapitel

Unerwünschte Aufmerksamkeit

Wie verabredet, ging Oliver allein voraus ins Zwelf; Luthien folgte wenig später. Der Halbling war seit dem Ausbruch aus dem Bergwerk sehr vorsichtig geworden und hielt es für ratsam, daß er und Luthien getrennte Wege gingen, um nicht als unzertrennliches Gespann Aufmerksamkeit zu erregen. Luthien konnte diese Maßnahme nicht so recht einsehen, denn Oliver war beileibe nicht der einzige Halbling in Montfort, der mit einem Menschen umherzog. Falls die prätorianische Garde tatsächlich einen Verdacht gegen sie hegte, würde sie Dutzende ihresgleichen observieren müssen.

Aber Luthien verzichtete auf jeden Einwand, zumal es nie verkehrt sein konnte, Vorsicht walten zu lassen.

Wie an jedem Abend dieser Woche war das Zwelf voller Gäste. Elfen, Zwerge, Halblinge und Menschen hockten dicht gedrängt beieinander und sparten nur die eine Ecke aus, die eine Gruppe von Zyklopen in Beschlag nahm, Prätorianer, mit schweren Waffen und finsteren Mienen.

Luthien bahnte sich einen Weg durch die Menge und fand Oliver am Tresen sitzen. Günstigerweise war neben ihm ein Hocker frei.

»Oliver!« rief Luthien erfreut. »Wie schön, dich wieder mal zu sehen. Wann haben wir das letzte Mal miteinander angestoßen? Muß schon mehrere Wochen her sein.«

Oliver sah ihn verwundert an und krauste die Stirn.

»Ihr habt doch noch gestern abend hier gehockt«, sagte Tasman.

Luthien grinste verlegen und zuckte mit den Achseln. »Die Bude ist wieder mal gerammelt voll«, bemerkte er mit Blick in den Schankraum.

»Es gibt ja auch so manche bemerkenswerte Neuigkeit zu erfahren«, antwortete Tasman und schob Luthien einen Krug Bier zu.

Nachdem der junge Bedwyr einen kräftigen Schluck daraus getan und den Krug wieder abgestellt hatte, fiel ihm auf, daß Oliver ungewöhnlich schweigsam war und mit nachdenklicher Miene vor sich hinstarrte.

»Interessante Neuigkeiten also ...« Luthien griff das Stichwort auf in der Hoffnung, informiert zu werden. Doch aus dem Stimmengewirr im Raum schnappte er genügend Gesprächsfetzen auf, um sich selbst einen Reim machen zu können. Allenthalben war vom Blutroten Schatten die Rede. Ein zerlumpter, alter Kerl torkelte betrunken, wie er war, auf den Tisch der Zyklopen zu, schnippte provozierend mit den Fingern und grölte: »Der Schatten lebt!« Eins der Monstern sprang dem Strolch an die Kehle, wurde aber von einem seiner Kameraden zurückgehalten.

»Es riecht nach Keilerei«, meinte Luthien.

»Das wäre nicht die erste in dieser Woche«, entgegnete Oliver mürrisch.

Über eine Stunde lang blieben sie in der Schenke. Während der Halbling schlechtgelaunt über seinem Bier brütete, lauschte Luthien den aufgeregten Gesprächen, und immer wieder kam ihm zu Ohren, daß die armen Leute von Montfort Mut schöpften und sich aufrichteten an den verheißungsvollen Gerüchten um den legendären Helden.

Als Oliver ging und dem Freund mit winkender Hand bedeutete, ihm zu folgen, eilte Luthien mit leichtem Schritt nach draußen. »Wir hätten noch eine Weile bleiben sollen«, sagte er. »Womöglich kommt es zum Kampf, und die Schurken sind sehr viel besser bewaffnet als unsere Freunde.«

»Sie fordern den Streit heraus«, erwiderte Oliver, kurz angebunden.

Luthien blieb stehen und blickte dem Halbling nach, der weiterging, ohne sich umzuschauen. »Was hat er nur?« murmelte der junge Mann vor sich hin, dabei ahnte er die Antwort längst. Den Halbling verstörte das zunehmende Aufsehen, das er und der Freund in der Stadt erregten.

Und in der Tat, Oliver war besorgt und fürchtete, daß der Wirbel um den Blutroten Schatten außer Kontrolle geriet. Zwar hatte er vollstes Verständnis dafür, daß sich das Volk über Morkneys Tyrannei empörte, doch als Dieb und Einbrecher konnte ihm die allgemeine Unruhe, die er und Luthien heraufbeschwörten, alles andere als recht sein. Aufhebens um seine Person gefiel dem eitlen Halbling nur, wenn er es aus anderen Gründen selbst darauf anlegte.

Schnell schloß Luthien zu dem Freund auf. »Hast du für heute nacht etwa einen Ausflug in die Oberstadt geplant?« Tonfall und Fragestellung machten deutlich, daß Luthien von einem solchen Plan im Grunde nichts wissen wollte.

Der Halbling sah ihn an und kniff die Brauen zusammen. Seit Shuglins Befreiung hatten sie keinen Coup mehr gelandet, und es war längst abgemacht, daß für die nächsten zwei, drei Wochen kein Beutezug in Frage kam. Trotzdem wußte Oliver, worauf Luthien mit seiner Frage abzielte.

»Mir scheint, du hast selbst Pläne«, sagte er und ahnte auch, welche. Der junge Freund sehnte sich danach, Siobhan wiederzusehen.

»Ich werde mich mit den Schröpfern treffen, um zu sehen, wie es Shuglin und seinem Freund so geht.«

»Den Zwergen geht's bestimmt prächtig«, antwortete Oliver. »Elfen und Zwerge kommen gut miteinander aus, denn sie teilen ein ähnliches Schicksal, seit sie von Menschen unterdrückt und verfolgt werden.«

»Ich will mich nur vergewissern«, sagte Luthien.

»Natürlich«, entgegnete Oliver schmunzelnd. »Komm nur früh genug nach Hause zurück. Die Nacht wird kalt, und im Zwelf wird's sicherlich Krach geben, noch ehe der Mond untergeht.«

Luthiens verdatterte Miene reizte Oliver zum Lachen, obwohl ihm danach eigentlich nicht zumute war. Es fiel ihm allerdings nicht ein, Luthien von seiner Verabredung abzubringen. Er wollte ihn nur ein bißchen hinhalten und zappeln lassen, denn aus Erfahrung wußte er, daß solche Neckereien das Verliebtsein um so süßer machten.

»Also dann«, sagte der Halbling, als das hinausgezögerte Schweigen zwischen ihnen unangenehm wurde, »komm beizeiten zurück.«

Luthien eilte davon, und Oliver machte sich schmunzelnd auf den Nachhauseweg; sein romantisches Schwelgen machte alle Sorgen vorläufig vergessen.

Bis tief in die Nacht hinein brannten die Kerzen in Herzog Morkneys Privatgemächern. Eine Gruppe von Kaufleuten hatte ihn um Audienz ersucht, doch der Herzog war den ganzen Tag über so sehr beschäftigt gewesen mit der Bilanzierung der ausgehenden Geschäftssaison, daß er sie nicht früher hatte empfangen können.

Der Grund ihres Kommens war für Morkney unschwer zu erraten. Ganz Montfort kannte zur Zeit nur ein Thema: den Ausbruch aus dem Bergwerk. Doch dieser Zwischenfall beunruhigte den Herzog kaum. Es war schließlich nicht das erste und würde auch nicht das letzte Mal sein, daß ein Gefangener entfliehen konnte. Die Kaufleute aber, die nun mit grimmigen Gesichtern vor dem sagenhaften Schreibtisch Morkneys standen, schienen mehr als besorgt zu sein.

Der Herzog lehnte sich im Sessel zurück und hörte den Männern aufmerksam zu, die sich wieder einmal jammernd über den mysteriösen Unruhestifter, den Blutroten Schatten, beklagten.

»Man hat mein ganzes Geschäft mit roter Farbe beschmiert«, erboste sich einer.

»Meins auch«, riefen zwei andere gleichzeitig.

»Und überall in der Stadt sind Parolen zu lesen wie ›Der Schatten lebt!‹«

Morkney nickte bedächtig. Auch er hatte Beispiele für solche Schmierereien gesehen. Er wußte auch, daß nicht der Blutrote Schatten dafür verantwortlich war, sondern all jene, die seinem legendären Ruf folgten. Und daß diese immer zahlreicher wurden, wuchs zu einem Problem aus, an dem auch Morkney nicht länger vorbeikam.

Eine geschlagene Stunde lang hörte er dem Gestammel der Kaufleute zu, und obwohl diese sich ständig wiederholten, blieb er geduldig. Er versprach, mit aller Entschiedenheit für Abhilfe zu sorgen, hoffte aber im stillen darauf, daß die Unruhen von allein wieder abnehmen würden.

Sorgen hatte er ohnehin genug. König Grünspatz war wieder einmal unzufrieden mit den Steuereinnahmen aus Montfort, und sämtliche Seher stimmten darin überein, daß der kommende Winter mit äußerster Härte zuschlagen würde.

Als er am nächsten Morgen beim Frühstück saß, brachte der Oberst seiner prätorianischen Garde eine Nachricht, die den Herzog aufatmen ließ: Die Wagenkarawane, mit vier Gefangenen nach Avon unterwegs, war auf offener Straße überfallen worden. Der Oberst legte Morkney ein zerrissenes rotes Tuch vor, voll von dunklen Blutflecken.

»Wir haben den Strolch«, sagte der Zyklop. »Mit

dem Blutroten Schatten ist's aus und vorbei. Den Halbling, der, wie es hieß, sein ständiger Begleiter war, konnten wir ebenfalls schnappen und sieben andere dazu.«

»Und die Karawane?«

»Rollt weiter auf Avon zu«, antwortete der Oberst fröhlich, »die Leichen der Strolche im Schlepptau. Vier meiner Soldaten sind gefallen, aber immerhin haben wir zwei weitere Gefangene machen können.«

Morkney musterte den roten Fetzen und versprach dem Oberst und seinen Truppen eine angemessene Belohnung. Dann entließ er den Zyklopen und stellte fest, daß ihm das Frühstück plötzlich sehr viel besser schmeckte.

Aber schon bald darauf regte sich ein ungewisser Verdacht. Er nahm den zerrissenen Stoffetzen mit in sein Studierzimmer, suchte in der Bibliothek nach einem speziellen Buchband und half seinem Gedächtnis auf die Sprünge. Der Blutrote Schatten markierte seine Beutezüge mit unzweideutigen Zeichen, Schemen, die sich auf magische Art an Wänden und Fensterscheiben niederschlugen. Die Ursache dafür, so räsonierte Morkney, mußte in diesem Stoffetzen zu finden sein.

Er kramte in der Schublade nach geeigneten Zaubermitteln, streute exotische Kräuter und Pulver über das Beweisstück und las aus dem Buch die passende Formel ab. Für einen kurzen Augenblick schimmerten die Zaubermittel als ein silbrig blaues Glimmen auf.

Morkney wartete zwei, drei Minuten, doch es tat sich nichts weiter. Der blutbefleckte Lappen war ohne magische Wirkung und nie verzaubert gewesen.

Wie die Schmierereien in der Stadt so war auch der versuchte Überfall das Werk gemeiner Strolche, die den mysteriösen Schatten nachzueifern versuchten.

Morkney ließ sich in seinen Sessel fallen und langte

sich mit zittriger Hand ans Kinn. Der Blutrote Schatten wuchs sich tatsächlich zu einem schwerwiegenden Problem aus.

Unter den Gästen im Zwelf herrschte den ganzen Tag über gedrückte Stimmung. Grund dafür waren Meldungen, wonach ein Halbling, der auf den Namen Klößchen Dickwanst hörte, und sein Menschenfreund alias Dreckspatz Abner auf dem Fuhrweg nach Osten getötet worden seien. Und schon glaubte jeder, daß es den Blutroten Schatten erwischt habe. Oliver deBurrows zeigte sich von diesen Gerüchten wenig beeindruckt, als er am Abend die Schenke betrat, um mit Luthien zusammenzutreffen.

»Tja, den Blutroten Schatten gibt's nicht mehr. So heißt es jedenfalls«, sagte Tasman und schenkte den Freunden ein.

Luthien bemerkte, daß die Miene des Wirts ganz und gar nicht übereinstimmte mit der Ernsthaftigkeit seiner Worte. Und wann, so fragte er sich, hatte Tasman das letzte Mal die Zeche von ihnen verlangt? War er etwa deshalb so großzügig, weil sie ihm die Wohnungsmiete immer pünktlich auszahlten?

Tasman rückte von ihnen ab, um einen anderen Gast zu bewirten, doch sein Blick – sein wissender Blick, wie Luthien befand – blieb lange auf dem jungen Mann und den Halbling an seiner Seite liegen.

»Ein Jammer, daß Klößchen tot ist«, sagte Oliver. »Er war so ein netter Kerl, hatte ein herrlich rundes Bäuchlein.« Auch bei Oliver waren Gemüts- und Tonlage merklich verschieden voneinander.

»Tu nicht so«, antwortete Luthien vorwurfsvoll. »Daß die beiden tot sind, dauert dich doch kaum.«

»Auf Montforts Straßen werden tagtäglich Diebe umgebracht«, entgegnete Oliver und schaute dem jungen Freund in die zimtbraunen Augen. »Wir müssen an die Vorteile denken, die sich für uns daraus ergeben.«

»Vorteile?« Luthien verschluckte sich fast an diesem Wort.

»Unser Geld wird nicht über den Winter reichen«, erklärte Oliver. »Und die Aussicht darauf, bei Frost und Schneetreiben durchs Land vagabundieren zu müssen, gefällt mir überhaupt nicht.«

Luthien setzte den Bierkrug ab und blickte verdrossen drein. Olivers Kommentar zu den traurigen Ereignissen stieß ihm sauer auf.

»Es wäre gut, wenn sich irgendwie verhindern ließe, daß dein Umhang diese verräterischen Schatten wirft«, meinte der Halbling.

Luthien nickte grimmig. Ihm war klar geworden, daß das ehrlose Leben als Dieb seinen Preis verlangte, einen Preis auf Kosten des Gewissens. Daß manche Diebe in der Maske des Blutroten Schattens auf Beutezug gingen, war einigen schon zum Verhängnis geworden, und Oliver sah darin einen Vorteil. Luthien leerte den Krug und bat Tasman um eine weitere Füllung.

Oliver stieß ihn von der Seite an, nickte in Richtung Eingangstür und meinte, daß es besser sei, das Weite zu suchen.

Eine Gruppe von Prätorianern betrat die Schenke; die häßlichen Visagen trugen eine selbstgefällige Miene zur Schau.

Bald nachdem Luthien und Oliver in ihre Wohnung zurückgekehrt waren, brach im Zwelf eine mörderische Schlägerei aus. Drei Männer und zwei Zyklopen wurden getötet, etliche verletzt, und am Ende gelang es, die Prätorianer in die Oberstadt zurückzutreiben.

Herzog Morkney blieb wieder einmal lange wach. Die Mitternacht war der günstigste Zeitpunkt für das, was er im Sinn hatte, denn zu dieser Stunde ließen sich magische Kräfte am besten entfalten.

In seiner Studierkammer zog er den großen Wandteppich beiseite und enthüllte einen goldumrandeten

Spiegel. Unmittelbar davor setzte er sich auf einen Stuhl, rezitierte aus einem seiner Zauberbücher und schleuderte eine Handvoll kristallinen Pulvers gegen das Glas. Schlagartig verschwand das Spiegelbild, und statt dessen wirbelte grauer Rauch durch die eingerahmte Fläche.

Morkney setzte den Singsang aus magischen Formeln fort und schickte seine Gedanken – Gedanken über den Blutroten Schatten – durch den Spiegel. Der bewegte graue Rauch nahm Form an. Morkney beugte sich in seinem Sessel vor, hoffend, nun endlich die Identität des gefährlichen Strolchs in Erfahrung bringen zu können.

Plötzlich aber breitete sich ein roter Fleck auf dem Spiegel aus und überdeckte die hervorgezauberten Konturen.

Morkneys Augen weiteten sich vor Erstaunen. Noch eine volle Stunde lang haspelte er seine magischen Formeln herunter, streute ein ums andere Mal das kostbare Kristallpulver auf den Spiegel, doch der unkenntlich machende Schleier ließ sich nicht entfernen.

Voller Ärger kehrte er an den Schreibtisch zurück und blätterte erneut in seinen Büchern und Pergamenten, über die er schon den ganzen Tag lang gebrütet hatte. Er war bereits auf etliche Hinweise gestoßen, aus denen hervorging, daß der Blutrote Schatten in den Tagen der gasconischen Okkupation als Dieb und Widersacher der Besetzer gewirkt hatte. Doch all diese schriftlichen Indizien waren genausowenig aufschlußreich wie die Spuren, die der Nachfolger des legendären Diebs zurückließ. Aus einer Quelle aber war immerhin von einem blutroten Umhang zu erfahren, der aufgrund magischer Kräfte seinen Träger unsichtbar machte.

Morkney schaute zurück in den Spiegel. Offenbar tarnte dieser Umhang auch vor hellsichtigem Zauberblick.

Vorläufig gab sich Morkney zufrieden mit den Er-
kenntnissen, die er in dieser Nacht gewonnen hatte,
wußte er nun doch mit Gewißheit, daß die erschla-
genen Banditen nichts weiter als Hochstapler gewesen
waren und daß der echte Blutrote Schatten immer
noch lebte. Der fehlgeschlagene Versuch, die leibhaf-
tige Gestalt dieses Schattens kenntlich zu machen, ließ
den jahrhundertealten, weisen Hexer nicht verzagen.
Wenn auch der Spiegel untauglich war – vielleicht bot
sich ja, so hoffte er, eine andere Möglichkeit, Einblick
zu nehmen: zum Beispiel durch einen Riß im Umhang
des gewieften Diebes.

22. KAPITEL

Der Köder

Ein paar Tage später ging Oliver allein ins Zwelf. Wie üblich war der Schankraum voller Gäste, und wieder einmal kreisten alle Gespräche um den Blutroten Schatten. Oliver hockte am Tresen und hörte einen Zwerg sagen, daß der Held getötet worden sei bei dem Versuch, vier versklavte Männer zu befreien.

»Er ist nicht tot!« widersprach heftig ein Mensch am Nebentisch. »Er hat erst letzte Nacht ein Ding gedreht, 'nen Händler beim Wickel genommen.« Er wandte sich seinen Zechbrüdern zu, die eifrig mit dem Kopf nickten.

»Jawohl, und zwar genau hier«, fügte ein anderer hinzu und zeigte mit dem Finger mitten auf die Brust.

Oliver hatte mit solchen Reaktionen gerechnet und erinnerte sich an ähnliche Geschichten aus Gascony. Berühmt berüchtigte Diebe wurden gern zur Legende stilisiert und durch Nachahmer künstlich am Leben erhalten. Das geschah weniger aus Verehrung denn aus eigennütziger Taktik: Kleine Ganoven waren erfolgreicher, wenn sie, als der notorische Dieb verkleidet, ihre Opfer einzuschüchtern vermochten. Oliver seufzte; es bekümmerte ihn, daß sich da wieder einmal ein Halunke als Blutroter Schatten aufgespielt und einen Kaufmann erschlagen hatte. Wenn man ihn, Oliver, und Luthien jemals schnappte, würde ihnen wahrscheinlich auch dieser Mord in die Schuhe geschoben werden. Aber all diese Geschichten hatten auch etwas Gutes. Nachahmer verwischten die Spur der Freunde, und falls die Händlerfritzen wirklich davon ausgingen, daß der Blutrote Schatten tot sei, würden sie es demnächst womöglich wieder an Vorsicht mangeln lassen.

Zufrieden blickte sich der Halbling in der Schenke um, denn ihm stand der Sinn danach, einer Frau den Hof zu machen. Weil ihm aber unter denen, die er sah, keine attraktiv genug erschien, wandte er sich wieder seinem Bierkrug zu. Tasman stand unmittelbar vor ihm, wischte Gläser trocken und betrachtete ihn mit skeptischem Blick.

»Du bist allein gekommen«, bemerkte der Wirt.

»Luthien muß sein Mütchen kühlen und hat sich mit der Liebsten verabredet«, antwortete Oliver. »Zu einem Stelldichein bei Mondschein.« Olivers Miene verriet, daß er dafür großes Verständnis hatte. Er dachte zurück an jene Zeit in Gascony, wo er, seiner romantischen Natur gemäß, landein, landaus Frauenherzen im Sturm erobert und gebrochen zurückgelassen hatte.

»Du erwartest ihn also beizeiten zurück, oder?«

»Ach was«, entgegnete Oliver und winkte mit der Hand ab. Aber dann wurde er hellhörig, denn der Wirt schien ernstlich besorgt zu sein. »Wieso fragst du?«

Tasman beugte sich über den Tresen. »Siobhan, die Halbelfe«, flüsterte er. »Sie wird morgen vor Gericht gestellt.«

Oliver kippte fast von seinem Hocker.

»Man wirft ihr vor, die Gefangenen aus dem Bergwerk befreit zu haben«, erklärte Tasman. »Ihr Herr ist heute nachmittag mit ihr zum Herzog hin und hat sie angezeigt. Darauf war sie, wie es aussieht, nicht gefaßt gewesen.«

Oliver versuchte, die Nachricht zu verdauen und

deren mögliche Folgen abzuschätzen. Siobhan verhaftet? Warum ausgerechnet jetzt? Dem Halbling drängte sich sofort der Verdacht auf, daß in dieser Frage Siobhans Komplizenschaft mit dem Blutroten Schatten und ihr persönliches Verhältnis zu Luthien eine gewichtige Rolle spielten. War es möglich, daß der Hexerherzog Luthiens Doppelspiel durchschaute?

»Manche behaupten sogar, daß sie der Schatten sei«, fuhr Tasman fort. »Dazu wird sie morgen im Ministerium bestimmt Stellung nehmen müssen.«

Oliver war sichtlich entsetzt über diese Nachricht. »Woher weißt du all das?« fragte er, obwohl ihm sehr wohl bekannt war, daß Tasman seine Ohren überall hatte und über sämtliche Vorgänge in der Unterwelt Montforts bestens Bescheid wußte. Es gab einen Grund dafür, daß er und Luthien seit Wochen von Tasman bewirtet wurden, ohne bezahlen zu müssen. Es gab auch einen Grund dafür, warum Tasman – wie Oliver – Gefallen zeigte an den vielen Geschichten derer, die unter dem Deckmantel des Blutroten Schattens ihr Unwesen trieben.

»Das ist längst kein Geheimnis mehr«, antwortete der Wirt. »Die Spatzen pfeifen's von den Dächern. Mich wundert, daß du noch nicht davon gehört hast.«

In Montfort wurden fast täglich mutmaßliche Diebe verhaftet, ohne daß die Öffentlichkeit davon erfuhr. Oliver fragte sich deshalb, warum ausgerechnet diese Festnahme allseits bekannt gemacht worden war.

Er glaubte, die Antwort zu wissen, und für den Rest der Nacht ging ihm das Wort ›Köder‹ nicht mehr aus dem Sinn.

Kaum hatten er und Luthien am nächsten Morgen die Wachen vorm Portal des Ministeriums passiert, verschwand das ›Jungmädchen-Lächeln‹ vom Gesicht des Halblings. In der Vorhalle blickte er mißmutig auf sein lächerliches Kostüm herab, verärgert darüber, daß es ihn erneut hierher in die Höhle des Löwen verschlagen hatte. Doch daran ging kein Weg vorbei, was ihm bereits klar gewesen war, als er den Freund in der vergangenen Nacht über Siobhans Verhaftung aufgeklärt hatte.

»Es könnte sein, daß wir ihr nur noch mehr schaden«, gab der Halbling zu bedenken, als er die magische Dregge über den Seiteneinstieg schleuderte. Luthien war im Nu oben und hievte Oliver am Seil zu sich empor.

»Morkney hat wahrscheinlich nur einen vagen Verdacht auf ihre Komplizenschaft mit dem Blutroten Schatten«, fuhr der Halbling fort. »Wenn man uns hier erwischt, geht's deiner Liebsten an den Kragen.« An die drohenden Folgen für die eigene Person wollte er lieber nicht denken. Er strich die langen schwarzen Perückenhaare aus dem Gesicht und ordnete das beim Klettern verrutschte Kleidchen.

»Ich muß wissen, was Sache ist«, entgegnete Luthien entschlossen.

»Ich habe schon vor vielen Fallen gestanden, in denen ähnliche Köder ausgelegt waren«, sagte Oliver.

»Hast du jemals eine Liebste so schmählich im Stich gelassen?«

Oliver gab keine Antwort. Die Frage des Freundes versetzte ihm einen tiefen Stich, denn dergleichen hatte er sich tatsächlich vorzuwerfen. Er war damals noch sehr jung gewesen, lebte in einem kleinen Dorf auf dem Lande, begann gerade seine Karriere als Dieb und hatte einen reichen Landbesitzer ausgeraubt. Der Geprellte bekam ihn nicht zu fassen, schnappte sich aber statt dessen jenes Halbling-Mädchen, von dem er wußte, daß es mit Oliver verbändelt war.

Im nachhinein hatte er sich oft gefragt, wie es dem Mädchen wohl ergangen sein mochte, und was er damals als »taktischen Rückzug« zu rechtfertigen versucht hatte, kam ihm dann als Feigheit an.

Er folgte nun Luthien hinauf ins Trifcrium. Den Weg kannten sie ja schon von ihrer ersten Exkursion in die große Kathedrale. Im Unterschied zu damals waren jetzt, wie Oliver bemerkte, sehr viel mehr zyklopische Wachen und Zuschauer im Hauptschiff versammelt. Morkney plante offenbar einen Schauprozeß vor großem Publikum.

Oliver forderte den Freund auf, den magischen Umhang anzulegen. Er selbst warf sein purpurrotes Cape über das geblümte Kleidchen und setzte den verbeulten Hut auf den Kopf, bevor sie auf den von steinernen Scheusalen gesäumten Laufgang hinaustraten.

Lautlos schlichen sie bis zur Ecke des südlichen Querhauses voran, wo sie hinter einem der dämonischen Standbilder in Deckung gingen.

Die Szene im Chor unterschied sich kaum von dem, was sie während ihres ersten Besuches im Ministerium zu Gesicht bekommen hatten. Hinter dem Hochaltar thronte Herzog Morkney in roter Robe und blickte gelangweilt drein, während seine Lakaien die Steuerpflichtigen aufriefen und deren Abgaben nachzählten.

Luthien war an diesem Vorgang wenig interessiert und wandte seine Aufmerksamkeit der vordersten Sitzreihe zu. Von Zyklopen bewacht, hockten dort mehrere Gefangene in grauen Kutten. Ein Zwerg war darunter; an den blonden Locken, die unter der Kapuze zum Vorschein traten, erkannte Luthien, daß es sich zum Glück nicht um Shuglin zu handeln schien. Daneben kauerten sechs menschliche Gestalten von unterschiedlicher Größe, aber ob Mann oder Frau, war nicht auszumachen.

»Wo bist du?« flüsterte Luthien und starrte nach unten. Plötzlich regte sich eine der Gestalten und ließ ihr langes, weizenblondes Haar unter der Kapuze hervorwallen. Impulsiv drängte Luthien vor, und es schien, als wollte er von der Brüstung springen.

Oliver packte ihn beim Arm und verzog keine Miene, als ihn der junge Bedwyr mit wütenden Blikken bedachte. Doch dann sah auch Luthien ein, daß wirklich nichts zu machen war.

»Es ist wie beim ersten Mal«, flüsterte Oliver. »Ich weiß wirklich nicht, warum wir hier sind.«

»Ich muß doch wissen, was passiert«, empörte sich Luthien.

Oliver seufzte, hatte aber durchaus Verständnis für den Freund.

Über eine halbe Stunde lang wurden Steuern eingetrieben. Alles nahm seinen gewohnten Gang. Dennoch glaubte Oliver deutlich spüren zu können, daß der heutige Tag im Ministerium eine besondere Überraschung bereithielt. Hinter Siobhans Verhaftung steckte ein anderer Grund als der vorgeschobene, und die Meldung von ihrer Festnahme war gewiß mit Absicht ausgestreut worden. Daran hatte Oliver keinen Zweifel. Shuglins Prozeß war noch als bloße Warnung zu verstehen gewesen; mit dem Verfahren gegen Siobhan sollte nun der Blutrote Schatten aus der Reserve gelockt werden.

Voller Mitleid betrachtete er den Freund und sah ihn schon wie eine Forelle im Netz zappeln.

Der Steuereintreiber nahm nun seine Unterlagen vom Lesepult und machte einem anderen Büttel Platz. Der gab den Wachen ein Zeichen, worauf diese die sieben Angeklagten aufforderten, sich zu erheben.

Als erster aufgerufen wurde ein alter Mann von über sechzig Jahren. Er konnte sich kaum auf den Beinen halten und mußte von zwei Zyklopen vor den Altar geschleppt werden. Die Anklage lautete auf Diebstahl; der Alte hatte einen Mantel gestohlen. Als Zeuge trat nun auch der geschädigte Händler vor.

»Sieht nicht gut aus für den armen Kerl«, meinte Oliver. »Den Händler kenne ich; er ist ein Freund des Herzogs.«

»Wurde in diesem Haus denn je ein Angeklagter freigesprochen?« fragte Luthien und preßte die Lippen aufeinander.

Oliver schüttelte den Kopf.

Wie zu erwarten war, wurde der Alte für schuldig befunden und dazu verurteilt, seine gesamte Habe einschließlich der kleinen Hütte, die er in Montforts Unterstadt bewohnte, an den klagenden Händler abzutreten. Der erhielt außerdem die richterliche Erlaubnis, dem Alten die linke Hand abzuschlagen, um sie zur Abschreckung von Dieben über die Tür seines Ladens zu heften.

Zaghaft meldete der Verurteilte Protest an, wurde aber sogleich von den Zyklopen davongezerrt.

Als nächster kam der Zwerg an die Reihe. Luthien schaute sich nervös um. »Wo stecken eigentlich die Schröpfer?« fragte er. »Warum sind sie nicht hier?«

»Vielleicht sind sie's«, antwortete der Halbling, um den Freund zu beruhigen. »Aber wie wir werden sie den Prozeß nur beobachten und sich hüten, einzugreifen. Wer als Dieb erwischt wird, ist auf sich alleingestellt.«

Entrüstet wandte sich Luthien von Oliver ab und blickte hinunter in den Altarraum, wo gerade der Zwerg schuldig gesprochen und zu zwei Jahren Zwangsarbeit im Bergwerk verurteilt wurde. Der junge Bedwyr sah ein, daß die Worte des Halblings praktisch Sinn machten, denn wenn sich jede Diebesbande verpflichten würde, einem festgenommenen Mitglied zur Hilfe zu eilen, hätte der Herzog leichtes

Spiel und in kürzester Zeit sämtliche Diebe der Stadt in Haft genommen.

Daß Siobhan als letzte der Angeklagten aufgerufen wurde, bestätigte Olivers Verdacht, einer genau geplanten Inszenierung beizuwohnen. Sie trat aus der Bank hervor, und obwohl ihre Hände gefesselt waren, wehrte sie sich energisch gegen die Zugriffe der Zyklopen, die sie nach vorn vor den Altar stießen.

»Die Sklavin Siobhan«, verkündete der Ankläger am Lesepult und warf einen Seitenblick auf den Herzog. Morkney zeigte sich nach wie vor gelangweilt.

»Sie war am Überfall auf das Bergwerk beteiligt.«

»Wer behauptet das?« fragte die Halbelfe mit fester Stimme. Der hinter ihr stehende Zyklop versetzte ihr einen Stoß mit dem Knüppel in den Rücken, worauf sie mit dem Kopf herumfuhr und ihm vernichtende Blicke zuschleuderte.

»Sie ist zu hitzköpfig«, flüsterte Oliver mißmutig und hielt Luthiens Umhang gepackt, weil er fürchtete, daß der Freund die Fassung verlieren und von der Brüstung springen könnte.

»Du hast erst dann das Wort, wenn du gefragt wirst«, herrschte sie der Ankläger an.

»Welchen Wert hätte eine Antwort auf Eure Fragen?« entgegnete Siobhan und handelte sich damit einen weiteren Knüppelhieb ein.

Luthien fing vor Wut zu zittern an. Oliver schüttelte verzweifelt den Kopf und wünschte sich dringlichst an einen anderen Ort.

»Sie war dabei, als das Bergwerk überfallen wurde!« rief der Büttel mit Blick auf den Herzog. »Und außerdem ist sie eine Vertraute des ...«

Morkney warf die Arme in die Höhe, um seinen vorlauten Lakaien zum Schweigen zu bringen. Die namentliche Erwähnung des Blutroten Schattens paßte ihm offenbar nicht ins Konzept. Interessant, dachte Oliver bei sich.

Morkney wandte der Halbelfe sein runzliges Gesicht zu. Die blutunterlaufenen Augen glimmten wie ein magisches Feuer. »Wo sind die Zwerge?« fragte er betont gleichmütig.

»Was für Zwerge?«

»Die beiden, die ihr, du und deine ... Komplizen, aus dem Bergwerk befreit habt«, antwortete Morkney, und sein auffälliges Stocken inmitten des Satzes bestätigte Oliver wieder einmal, daß Siobhans Verhaftung und Prozeß inszeniert worden waren, um ihn und Luthien zur Strecke zu bringen.

Siobhan schmunzelte und schüttelte den Kopf. »Ich bin Dienerin und komme pünktlich meiner Arbeit nach.«

»Wer ist der Herr dieser Sklavin?« rief Morkney. In der zweiten Bankreihe stand ein Mann auf und hob die Hand. »Du bist ohne Schuld«, erklärte der Herzog, »und wirst deshalb angemessen entschädigt für den Verlust der Arbeitskraft.« Der Angesprochene atmete erleichtert auf, nickte mit dem Kopf und setzte sich wieder.

»O nein«, stöhnte Oliver; ihm war nun alles weitere klar – im Gegensatz zu Luthien, dessen ratlose Blicke zwischen Händler, Herzog und Siobhan hin und her irrten.

»Und du«, knurrte Morkney, der sich nun nach zwei Stunden zum ersten Mal von seinem Thron erhob, »du bist überführt. Freue dich auf fünf denkwürdige Tage in meinem Verließ.« Und nach diesen Worten nahm er grinsend wieder Platz.

Fünf Tage? fragte sich Luthien im stillen. Was war das für eine Strafe? Als Oliver ein weiteres Mal aufstöhnte, ahnte Luthien, daß Morkney seinen Urteilsspruch noch nicht beendet hatte.

»Denn es werden deine letzten Tage sein«, fuhr der

Hexerherzog fort. »Nach deren Ablauf mußt du hängen, und zwar auf dem Platz, der meinen Namen trägt.«

Ein Raunen ging durch die Versammlung. Die zyklopischen Wachen langten nach den Waffen und blickten sich nervös nach allen Seiten um, auf der Hut vor drohender Gefahr. Mit diesem Urteilsspruch war nicht gerechnet worden. Während Morkneys Herrschaft hatte es bislang nur ein einziges Todesurteil gegeben, und zwar wegen Mordes, und wäre das Opfer nicht ein einflußreicher Mensch gewesen, hätte selbst dieses Kapitalverbrechen nur, wie üblich, eine Bestrafung zur Zwangsarbeit nach sich gezogen.

Und erneut drängte sich für Oliver der Verdacht auf, daß hier ein Köder ausgelegt wurde. Er dachte voraus an die schweren Prüfungen, die ihm und dem Freund nun bevorstünden, denn Luthien würde eine solche Ungerechtigkeit nicht hinnehmen und zumindest den Versuch einer Rettung riskieren. Im stillen verplante der Halbling die nächsten fünf Tage. Zunächst galt es, Verbindung zu den Schröpfern aufzunehmen und zu all denjenigen, die bereit waren zu helfen.

Doch sogleich mußte er all seine Pläne wieder über den Haufen werfen, denn Luthien hatte die Deckung verlassen und den Bogen gespannt.

Mit einem Schrei der Entrüstung schleuderte der junge Bedwyr seinen Pfeil dem Herzog entgegen, der verwundert zum Triforium aufblickte. Plötzlich zuckte ein silbrig gleißender Blitz durch den Raum, und aus dem einen Pfeil, der durch die Vierung schnellte, wurden fünf; ein weiterer Blitz verfünffachte diese fünf, und schließlich machte ein dritter Blitz aus diesen fünfundzwanzig Geschossen hundertfünfundzwanzig.

Und sie alle flogen zielstrebig auf den Herzog zu. Luthien und Oliver trauten den eigenen Augen nicht.

Doch das Pfeilgeschwader war nichts weiter als ein Trugbild, Lichtsplitter, die sich teils in Nichts auflösten, teils den Herzog durchdrangen, ohne Wirkung zu zeigen. Denn der beugte sich hämisch grinsend auf seinem Thron vor und deutete mit ausgestreckter Hand auf Luthien.

Luthien bereute sofort seine närrische Tat. Der Halbling schlug in die gleiche Kerbe, als er sagte: »Ich glaube, das war nicht sehr gescheit.«

23. KAPITEL

Sag's ihnen!

Eins der dämonischen Standbilder wurde plötzlich lebendig. Luthien sprang zurück, drosch mit dem Wurfarm des Bogens auf das steinerne Scheusal ein und warf hilfesuchend einen Blick auf Oliver. Der hatte seinen großen Hut aufgesetzt und das Rapier gezückt, bedrängt von unheimlichen Gegnern. Sämtliche Skulpturen zwischen den Säulen des Triforiums waren dem Ruf ihres Hexenmeisters gefolgt und zum Leben erwacht.

»Immer auf die Kleinen«, jammerte der Halbling. Einer Klauenhand, die auf ihn einzuschlagen versuchte, wich er aus und setzte mit dem Degen zum Stoß an, doch die Klinge drohte an der harten Haut des Scheusals zu zerbrechen.

Alle im Hauptschiff Versammelten waren auf den Tumult im hohen Laufgang aufmerksam geworden. Zyklopen brüllten durcheinander. Morkneys Büttel am Lesepult verlangte schreiend den Tod der Verbrecher und ließ sich dann zu einer Torheit hinreißen, indem er lauthals in den Raum brüllte: »Tod dem Blutroten Schatten!«

»Der Blutrote Schatten!« tönte es wie ein Echo aus den Bankreihen, wo das gemeine Volk saß. Der junge Bedwyr nutzte die Gunst des Augenblicks, da alles zu ihm aufblickte, schlug dem angreifenden Scheusal das Schwert in den Nacken und stieß es von der Brüstung. Es flatterte, an einem der Flügel verletzt, hilflos in der Luft und trudelte nach unten.

»Der Blutrote Schatten!« riefen immer mehr, und manche schrien auf vor Entsetzen über die lebendig gewordenen Steinskulpturen.

Von zwei geflügelten Dämonen gejagt, eilte der Halbling Luthien nach, zur Ecke des südlichen Querhauses hin, und kramte verzweifelt nach Dregge und Seil.

Luthiens Schwert krachte funkensprühend ins Gesicht eines der teuflischen Unholde. Verbissen kämpfend, versuchte der junge Bedwyr, die mächtigen Gegner auf Abstand zu halten. Doch es kamen immer mehr über das Triforium herbeigestürmt; andere segelten auf ihren Flügeln durch den offenen Chorraum auf sie zu.

Unten rotteten sich die Zyklopen zusammen, um die aufsässig gewordenen Leute in Schach zu halten. Viele rannten schreiend auf den Ausgang zu. Einer der Zyklopen versuchte, Siobhan zu packen, doch die trat ihm mit Wucht zwischen die Beine. Den anderen, der sie zu bewachen hatte, erwischte es noch schlimmer: Ihn traf ein Pfeil zwischen die Rippen, abgeschossen von jemandem zwischen den Bankreihen.

Die Rufe nach dem Blutroten Schatten wurden immer zahlreicher, und hoffnungsvoll blickten die Augen vieler zum Laufgang auf.

Oliver wußte um die Bedeutung dessen, was sich da unten zusammenbraute. »Ja!« brüllte er aus vollem Hals. »Der Blutrote Schatten ist zurückgekommen! Es schlägt die Stunde der Freiheit!«

Auch Luthien stimmte mit ein. »Für Eriador!« rief er. »Für Bruce MacDonald!« Und an den Freund gewandt, ängstlich und leise: »Beeilung, Oliver!« Denn die Scheusale rückten näher.

»An die Waffen!« forderte der Halbling die Menge auf und schleuderte die magische Dregge unter das Kreuzgewölbe. »Kämpft für eure Freiheit! Erweist euch als Helden. An die Waffen, ihr braven Bürger von Montfort!«

Ächzend zuckte Luthien zusammen, als ihm der schwere Arm eines Scheusals auf die Schulter schlug. Er taumelte zurück und stolperte über den Freund. Doch sofort waren beide wieder auf den Beinen. Oliver hielt sich an Luthien fest, während der nach dem Seil langte und von der Brüstung absprang.

Als sie mit blut- und purpurrot flatternden Umhängen durch den Chorraum in Richtung Altar und dem Thron des tyrannischen Herzogs schwebten, jubelte die Menge, und aus ihrer Angst wurde Mut. Der erste, der sich ein Herz faßte, war ein Händler. Er schlug einen Beutel voll Münzen, die er als Steuer hätte abgeben sollen, einem Zyklopen ins Gesicht. Sofort machte sich die Menge über ihn her; einer entriß ihm die Waffe.

In unmittelbarer Nähe ging ein zweiter Zyklop unter den Schlägen der aufgebrachten Männer zu Boden.

Aus den hinteren Reihen erhoben sich nun Siobhans Freunde, die Schröpfer, und schlugen die angreifenden Wachen mit Pfeil und Bogen zurück.

Mit einem Dolch in der Hand sprang der Ankläger über den Altar; offenbar wollte er die Halbelfe niederstrecken. Doch als sich der verurteilte Zwerg schützend vor sie hinstellte, machte der Büttel auf dem Absatz kehrt und schrie um Hilfe.

Siobhan und der Zwerg sahen den Gefängniswärter hinter einer der ersten Bankreihen in Deckung gehen und liefen los, um den Schlüssel zu ergattern, der ihre Fesseln lösen würde.

Oliver und Luthien waren auf halbem Wege nach unten und pendelten auf die Apsis zu, als ihnen ein Scheusal in die Quere kam. Luthien setzte sich mit wütenden Schwerthieben zur Wehr. Aber schon flatterten weitere Dämonen herbei.

Oliver erkannte die Ausweglosigkeit ihrer Lage, denn nicht zuletzt waren sie, solange sie am Pendel hingen, ein leicht erreichbares Ziel für den Hexerherzog, der unten auf sie lauerte. Seufzend schaute er zu Boden und zerrte dann entschlossen dreimal am Seil.

Das Scheusal verkeilte sich mit Luthien, und zu dritt stürzten sie über fünfzehn Fuß nach unten. Im freien Fall kletterte Oliver geistesgegenwärtig auf den Buckel des Unholds und setzte ihm die Dolchspitze auf den Schädel. Die Wucht des Aufpralls trieb dem belebten Monstrum die Klinge in den Kopf.

Luthien war blitzschnell auf den Beinen und hielt mit schwingendem Schwert die aufgerückten Zyklopen auf Abstand. Die waren nur auf das Freundespaar fixiert und achteten nicht auf die Gruppe, die von hinten herbeidrängte. Doch die umherschwirrenden Dämonen machten leichte Beute unter ihnen. Ein Mann wurde in die Luft gezerrt, dann aber von steinharten Armen zu Tode gewürgt.

Im gesamten Langhaus tobte der Aufstand. Alles, was Waffen finden konnte, stürzte sich in den Kampf, und immer wieder tönten die Rufe: »Der Blutrote Schatten!«

Herzog Morkney ballte die knochigen Fäuste vor Wut, als Luthien und Oliver, seine gefährlichsten Widersacher, vom Seil fielen und im Getümmel untertauchten. Er unterbrach seinen beschwörenden Gesang, den er angestimmt hatte, um den beiden einen vernichtenden Blitzstrahl entgegenzuschleudern. Er blickte sich um und erkannte, daß es unklug wäre, allein auf den jungen Mann und seinen Halbling-Freund zu achten. Die aufsässige Menge war seinen Zyklopen zahlenmäßig überlegen, und zu seinem Erstaunen hatten nicht wenige Waffen parat. Seine steinernen Ungetüme waren tüchtig, aber gering an Zahl und nicht schnell genug im Vollstrecken seiner Anweisungen.

Wieder surrte ihm ein Pfeil entgegen, doch auch der traf auf die magischen Schranke, vervielfältigte sich und zersplitterte dutzendfach, bis von der Schlagkraft des Originals nichts übrigblieb.

Morkney schäumte vor Wut, obwohl er nicht im geringsten daran zweifelte, den Aufstand niederschlagen zu können. Daß es früher oder später dazu kommen würde, hatte er vorausgesehen, und so war er bestens darauf vorbereitet. Das Ministerium stand seit Hunderten von Jahren, und von denen, die durch Arbeit oder großzügige Spenden am Aufbau mitgewirkt hatten, lagen Hunderte unten den Steinplatten am Boden oder in den dicken Wandmauern begraben.

Herzog Morkney versenkte sich in die Schattenwelt und rief die Geister wach. Das ganze Ministerium erzitterte. Die Steinblöcke verschoben sich, verfaulte und skelettierte Hände langten darunter hervor.

»Was haben wir da bloß angezettelt?« keuchte Luthien, als ihm eine kurze Verschnaufpause vergönnt war.

Der Halbling hatte nur noch Zeit, mit den Schultern zu zucken, bevor er entsetzt zurückweichen mußte vor einem halb verwesten Totenkopf, der sich grinsend aus einer Spalte im Boden emporreckte und seine hohlen Augenhöhlen auf ihn richtete.

Luthiens Schwert schlug den Schädel des Untoten entzwei.

»Das sind Morkneys Kreaturen! Uns bleibt nur noch dieser eine Weg«, rief Oliver mit Blick auf die Apsis.

Luthien rannte los, wurde aber nach wenigen Schritten von zwei Zyklopen abgefangen. Mit geradem Stoß nach oben und einem Schlenzer aus dem Handgelenk entwand er dem einen die Waffe und plazierte einen so wuchtigen Fausthieb ins Gesicht des Zyklopen, daß der rücklings zu Boden ging.

Instinktiv duckte er sich unter der seitlich herbeisausenden Klinge des zweiten Gegners weg, wirbelte herum und rammte ihm das Schwert in den Leib.

Oliver kam in einer Hechtrolle hinzugeflogen, sprang mit beiden Beinen vom Boden ab und warf sich mit vorgestrecktem Dolch einem weiteren Prätorianer entgegen. In den Bauch getroffen, knickte die Bestie vornüber und spießte sich am Rapier des Halblings auf.

Luthien sprang über den sterbend zu Boden sackenden Zyklopen hinweg, und schon war der nächste Gegner zur Stelle, das Schwert hoch über den Kopf erhoben. Doch schnell wie er war, kam der junge Bedwyr dem drohenden Schlag zuvor, ließ mit seitlich geführtem Hieb die Klinge des Angreifers abblitzen, wirbelte mit demselben Schwung auf dem Standbein im Kreis herum und trat mit rechts dem Gegner so nachdrücklich in die Rippen, daß der in voller Länge hart auf den Steinplatten aufklatschte. Als er sich wieder berappelte, zog er es eilends vor, an anderer Stelle weiterzukämpfen, und lief davon.

Die beiden Freunde hatten nun den Altarraum vor der Apsis erreicht. Ihnen unmittelbar gegenüber erhob sich Herzog Morkney von seinem Thron.

Luthien sprang links am Altar vorbei; Oliver tauchte darunter weg. Urplötzlich ließ der Herzog den Arm vorschnellen und schleuderte ihnen eine Handvoll kleiner Kugeln entgegen.

Auf den Boden prallend, explodierten diese Kugeln rings um den Altar. Funken sprühten auf, und eine dicke Rauchwolke umhüllte das Freundespaar. Oliver schrie vor Schmerzen auf, als die Funken durch seine Kleider drangen und auf der Haut verglühten, doch geistesgegenwärtig schlüpfte er unter Luthiens schützenden Umhang. Hustend und japsend vor Atemnot drangen die beiden weiter vor, und als sich der Rauch endlich verzogen hatte, mußten sie feststellen, daß Morkney verschwunden war.

Oliver sah, daß sich der große Wandteppich vor der Rundung der Apsis bewegte, und machte den Freund darauf aufmerksam. Luthien fackelte nicht lang, war in wenigen Schritten zur Stelle und riß den Teppich beiseite. Dahinter verbarg sich eine hölzerne Tür. Die führte zu einer engen Steinstiege hinaus, über die der höchste Turm des Ministeriums zu erklimmen war.

Siobhan und ihre acht Mitstreiter teilten sich auf; in zwei Gruppen versuchten sie an jeweils anderer Stelle die tobende Menge zu beruhigen und den Aufstand zu koordinieren. Einer der Schröpfer warf der Halbelfe Bogen und Pfeile zu, zog das Schwert und stellte sich dem Kampf gegen zwei Zyklopen, von denen einer schon bald, von Siobhans Pfeil getroffen, die Waffen streckte.

Insgesamt hätten die zyklopischen Wachen schon längst das Nachsehen gehabt, wären da nicht die Untoten und die belebten Steindämonen gewesen, die die Widerständler in Angst und Schrecken versetzten.

Mit nur einem Knüppel bewaffnet, schlug eine Frau einem Skelett den Schädel ab, und erstarrte vor Entsetzen, als das enthauptete Gerippe weiter auf sie zu kam. Es hätte ihr gewiß den Garaus gemacht, wäre nicht der verurteilte Zwerg, von seinen Fesseln befreit, zur Hilfe gesprungen. Er warf sich dem schädellosen Ungeheuer entgegen, zwang es zu Boden und zerstampfte das spröde Gebein.

Siobhan blickte sich um und sah, wie eine Frau und ihre drei Kinder, von einem der scheußlichen Flügelwesen angegriffen, hinter einer Bank in Deckung gingen. Die Halbelfe schleuderte einen Pfeil in das fliegende Monstrum, kurz darauf einen zweiten; und als es sich der Bogenschützin zuwandte, sprangen mehrere Männer auf, packten das Ungetüm und zwangen es mit ihrem Gewicht zu Boden.

Wohin sich Siobhan auch wendete, überall wurde gekämpft. Sie lief in Richtung Apsis, weil sie Luthien und Oliver dort vermutete und voller Hoffnung war, einen guten Schuß auf Herzog Morkney abgeben zu können. Sie hatte sich gerade aus dem Getümmel freigekämpft, als sie ihren Liebsten und den Halbling hinter dem zurückfallenden Wandteppich verschwinden sah.

Eng und steil wand sich die Stiege in der Außenmauer des Turms empor, so daß Luthien und Oliver immer nur wenige Schritte voraussehen konnten. In den Fensterschächten steckten kleine Steinskulpturen, und Luthien hielt sein Schwert erhoben aus Furcht, daß auch sie lebendig werden und den Kampf aufnehmen könnten.

Nach etwa siebzig Stufen blieb Luthien stehen und drehte sich zu Oliver um, der immer noch damit beschäftigt war, das Seil seiner Dregge aufzuwickeln. Luthien ließ ihn für einen Moment innehalten und lauschen.

Nicht weit über ihnen war ein Singsang magischer Formeln zu hören.

Luthien warf sich flach auf die Stufen und forderte Oliver auf, in Deckung zu gehen. Doch bevor der Halbling reagieren konnte, rollten in rascher Folge Donnerschläge über sie hinweg nach unten; ein Blitzstrahl zuckte herab, prallte zwischen den Seitenwänden hin und her – Luthien spürte den heißen Schwall im Rücken – und erlosch. Luthien schaute nach unten, voller Sorge um den Freund.

Doch der stand aufrecht da, rückte den Hut zurecht und versuchte, den abgeknickten Federschmuck zu ordnen. »Es ist mitunter von Vorteil, nicht allzu groß zu sein«, bemerkte er gelassen.

Die beiden eilten weiter. Luthien nahm jeweils zwei Stufen auf einmal; es drängte ihn, den Herzog einzuholen, bevor der zu weiteren Zaubertricks würde greifen können.

Angesichts der tiefen Risse, die der Blitz in die Steine geschlagen hatte, bekam Luthien zunehmend Angst. Auf was hatte er sich da eingelassen? Wieso jagte ausgerechnet er, der Sohn des Grafen von Bedwydrin, einen Hexerherzog durch den höchsten Turm des mächtigsten Bauwerks von ganz Eriador?

Er verstand sich selbst nicht mehr und rannte trotz aller Bedenken weiter, immer weiter durch die enge Spirale, die nicht enden zu wollen schien. Plötzlich schreckte er entsetzt zurück, als eine schwere Axt von oben herabsauste und dicht über seinem Kopf krachend gegen die Wand prallte. Hintereinander stehend, versperrten ihm zwei Zyklopen den Weg.

Luthien stieß mit dem Schwert zu, doch der Zyklop schützte sich mit einem großen Schild und hatte außerdem den Vorteil der erhöhten Stellung. Erneut hackte das Monstrum mit der Axt zu und zwang den jungen Bedwyr zurück.

»Setz dich durch!« brüllte Oliver von hinten. »Wir müssen den Hexerfritzen erwischen, bevor der neue Gemeinheitenausheckt.«

Leichter gesagt, als getan. Die Gegner boten kaum einen Angriffspunkt. Auf ebener Erde hätten er und Oliver die beiden Zyklopen gewiß überwinden können, doch hier, im engen Treppenschacht hatten sie keine Chance.

Luthien dachte bereits an Rückzug. In der Schlacht, die unten in der Kathedrale tobte, würden er und der Halbling mit ihrer Kampfkraft mehr ausrichten können.

Unmittelbar neben Luthien prallte ein aufwärts fliegender Pfeil von der runden Außenwand ab und durchschlug die Brust des Zyklopen, der den Schild zu tief gehalten hatte, um sich der fortgesetzten Schwerthiebe des jungen Mannes zu erwehren. Das Monstrum taumelte zurück und riß instinktiv den Schild in die Höhe. Luthien ließ sich die günstige Gelegenheit nicht entgehen und rammte dem Gegner das Schwert ins Knie. Der Geschlagene sackte rücklings auf die Stufen, während der zweite Zyklop in heilloser Flucht nach oben stürmte.

Doch schon nach wenigen Schritten stoppte er jäh, als ihn Olivers Dolch in den Rücken traf. Während sein Kumpan den tödlichen Stoß von Luthiens Schwert empfing, wirbelte er heulend herum und machte so die Brust zum Ziel des zweiten Pfeils, der, von der Wand abgelenkt, auf ihn zuschnellte.

Luthien und Oliver wußten, wem sie die Schützenhilfe zu verdanken hatten. Siobhan lauerte hinter der gewölbten Mauer.

»Beeilung!« drängte Oliver, denn er fürchtete, daß der Freund seiner geliebten Retterin allzu lange schöne Augen würde machen können. »Wir müssen den Hexerfritzen erwischen …«

»… bevor der neue Gemeinheiten ausheckt«, ergänzte Luthien, der sich längst wieder in Bewegung gesetzt hatte und eilend über die gefallenen Zyklopen hinwegstieg.

Nachdem sie weitere zweihundert Stufen hinter sich gelassen hatten, taten Luthien die Beine so weh, daß sie unter ihm einzuknicken drohten. Er legte eine Pause ein und schaute sich nach dem Freund um.

»Weiter, weiter«, rief der Halbling und wischte sich die schwarzen Perückenhaare aus dem Gesicht. »Wir dürfen keine Zeit verlieren, sonst erwartet uns Morkney mit einer ganz bösen Überraschung. Da bin ich mir sicher.«

Luthien schnappte nach Luft und ließ sich weiter nach oben drängen.

Hundert Stufen höher schimmerte ihnen Tageslicht entgegen. Sie erreichten den oberen Treppenabsatz und nach fünf weiteren Stufen den Ausstieg auf eine runde Plattform, die an die fünfundzwanzig Fuß durchmaß und von einer niedrigen Brüstung umgeben war.

Dort lehnte Morkney; er kicherte wie von Sinnen, und seine Stimme wechselte in eine andere Tonlage über, wurde tiefer, kehliger. Luthien erstarrte vor Schrecken, als sich Morkneys Körper vor seinen Augen unter heftigen Zuckungen verwandelte.

Und sich ausdehnte.

Die Haut wurde dunkel, bildete an Armen und Hals Schuppen aus. Das Gesicht verformte sich auf groteske Weise; aus dem zugespitzten Mund zuckte eine gespaltene Zunge. Der Kopf glich nun der einer Riesenschlange, und aus der Stirn wucherten große, geschwungene Hörner. Im Verhältnis zu seiner verdoppelten Körpergröße schien es, als sei das rote Gewand auf das Maß eines kurzen Kleidchens geschrumpft, und die Nähte drohten zu platzen, so mächtig wölbte sich die normalerweise schmächtige Brust. Aus den Ärmeln ragten lange, kräftige Arme hervor. Die hoch erhobenen Klauenhände krümmten sich krallend, während der Hexerherzog seine offenbar schmerzvolle Verwandlung fortsetzte.

Aus dem Schlangenmaul tropfte Geifer, konzentrierte Säure, wie es schien, die zischend auf die Steine fiel zwischen die zerfetzten Stiefel, aus denen dreigliedrige Füße mit spitzen Krallen hervorgebrochen waren. Zuckend befreite sich das Monstrum von der roten Robe, entfaltete im Rücken große, ledrige Flügel, und der ganze schwarze Schuppenleib dampfte vor Hitze.

»Morkney«, flüsterte Luthien.

»Von wegen«, entgegnete Oliver. »Wir sollten uns schleunigst davonmachen.«

24. Kapitel

Der Dämon

Ich bin nicht länger Morkney«, verkündete das Monstrum. »Fürchtet euch, denn ihr erblickt keinen geringeren als Praehotec!«

»Praehotec?« Luthien fürchtete sich sehr wohl.

»Ein Dämon«, erklärte Oliver und schnappte nach Luft – nicht nur, weil ihm vom Treppensteigen die Puste ausgegangen war. »Der Hexer hat einen Dämon in seinen Körper schlüpfen lassen.«

»Der kann doch auch nicht schlimmer sein als der Drache Balthasar«, flüsterte Luthien, sich und Oliver Mut machend.

Doch Oliver erinnerte ihn: »Den haben wir nicht besiegt.«

Der Atem, den die Bestie ausstieß, dampfte in der kühlen Oktoberluft. »Ah«, seufzte sie. »Es ist gut, wieder auf der Welt zu sein. Ich werde mich gütlich tun an euch und Hunderten anderer, bevor Morkney den Willen aufbringt, mich in den Abgrund zurückzuschicken.«

Luthien zweifelte keinen Augenblick daran, daß es der Dämon ernst meinte mit dem, was er sagte. Er hatte schon Riesen gesehen, die so groß waren wie dieser Praehotec, aber keiner, nicht einmal Balthasar, hatten eine so mächtige, so unsäglich böse Ausstrahlung gehabt wie dieser. Wie viele Menschen mochten diesem gefräßigen Dämon schon zum Opfer gefallen sein? fragte sich Luthien erschaudernd, ohne die Antwort wissen zu wollen.

Da hörte er Schritte hinter sich auf den Stufen, drehte sich um und sah Siobhan, mit dem Bogen bewaffnet, auf die Plattform hinaustreten.

Um Fassung bemüht, holte Luthien tief Luft. Das Erscheinen der Liebsten kam für ihn einer Erhöhung des Einsatzes gleich. »Komm mit, Oliver«, stieß er zwischen zusammengepreßten Zähnen hervor und umklammerte sein Schwert in der festen Absicht, dem Dämon entgegenzutreten.

Der hob die Klauenhand und ballte sie zu einer mächtigen Faust zusammen. Ein heftiger Windstoß brauste von Westen über die Brüstung und fegte Siobhans Pfeil, den sie in diesem Moment abgeschossen hatte, weit weg von seinem Ziel.

Luthien stemmte sich gegen den Sturm, hob schützend den Arm vors Gesicht, und sein Umhang flappte Oliver ins Gesicht. Als dem Halbling der Hut vom Kopf flog, sprang er spontan auf, um ihn zu fangen. Dabei verlor er das Rapier, und von der gewaltigen Bö gepackt, riß es ihn hoch in die Luft und über die Brüstung hinaus. Grinsend hob Praehotec sein Schlangenhaupt, und auf sein Zeichen hin legte sich der Sturm.

Schreiend stürzte Oliver in die Tiefe.

Mit dem Mut der Verzweiflung schlug Luthien mit dem Schwert zu, während Siobhan Pfeil um Pfeil gegen den Feind schleuderte, doch es schien, als schüttelte Praehotec sie ab wie lästige Schmeißfliegen.

Luthien landete einen wuchtigen Hieb mit dem Schwert, tauchte weg unter der Klauenhand, die nach ihm langte, und sprang zurück, denn schon schnellte der andere Arm des Dämons vor.

Mit wütendem Zischen quittierte er ein Pfeilgeschoß, das ihn auf den Hals traf und davon abprallte.

Und sofort war Luthien wieder zur Stelle mit vorstoßendem Schwert, das sich in die fleischige Innenseite des mächtigen Schenkels bohrte. Schnell wich er vor dem zuschnappenden Schlangenmaul zur Seite aus, war aber nicht gefeit vor den Klauen, die ihn zu Boden streckten und an der Schulter verletzten. Im Fallen noch langte er mit dem Schwert zu und traf mit der Schneide auf die Knöchel des Dämons.

Er ahnte, daß dieser Treffer nicht ohne Wirkung geblieben sein konnte, doch sogleich bereute er seine Attacke, denn als er in Praehotecs Gesicht blickte, sah er unbändige Wut wie Feuer aus den Schlangenaugen lodern.

Gleichzeitig aber wurde er gewahr, daß das Maul des Reptils zu zucken anfing, und ein Flackern durchkreuzte seinen drohenden Blick.

Da streifte ein Pfeil am Hals des Dämons entlang.

Wieder zeigte sich dieses Flackern und Zucken, und Luthien hatte den Eindruck, als fühlte sich Praehotec in seiner anverwandelten Haut nicht mehr sicher.

Als wollte er Luthiens hoffnungsvollem Verdacht Hohn sprechen, bäumte sich der Dämon zur vollen Größe auf, richtete den Blick auf Siobhan und schleuderte ihr aus glühenden Augen einen zuckenden Lichtstrahl entgegen, der sie rücklings die Stufen hinunterstieß.

Luthien fürchtete, sein Herz würde zu schlagen aufhören.

An der Wand des Turmes hängend, drückte Oliver den Hut in den Nacken zurück, doch es lag nicht an der Kopfbedeckung, daß ihm die Sicht verstellt war. Die Perücke hatte sich verschoben, und es hingen ihm lange, schwarze Haare vor den Augen. Beine und Hüfte schmerzten vom Aufprall gegen die gemauerte Wand, und auch die Hände taten ihm weh, mit denen er verzweifelt festhielt am Seil der magischen Dregge.

Dem Halbling war klar, daß er auf Dauer so nicht würde hängen bleiben können. Er schüttelte die Haare aus dem Gesicht und wagte einen Blick nach oben. Seine Dregge – dieses wunderbare Geschenk – steckte fest verankert an der gewölbten Turmmauer, aber weit unterhalb der Brüstung, die zu erreichen darum unmöglich war. Auch reichte die Länge des Seils bei weitem nicht aus, um daran auf die Straße hinabzugleiten.

Auf fast gleicher Höhe und etliche Fuß nach links versetzt, entdeckte er einen Fensterschacht.

»Du bist doch ein tapferer Bursche«, sprach er sich selbst Mut zu, stemmte die Beine gegen die Wand, holte, an ihr entlanglaufend, Schwung und pendelte dem Fensterausschnitt entgegen. Es gelang ihm, mit den Fingerspitzen der linken Hand auf den Sims zu langen, daran emporzuklimmen und in den Schacht zu kriechen.

Groß war seine Enttäuschung, als er feststellen mußte, daß der Fensterausschnitt mit festen Eisenstangen vergittert war. Murrend schaute er über die Schulter nach unten. Vor dem Turm war eine vielköpfige Menge zusammengelaufen. Alle Augen richteten sich auf ihn. Über die Allee kam ein Trupp prätorianischer Wachen anmarschiert, die offenbar zur Verstärkung gerufen worden waren und mithelfen sollten, den Aufstand im Ministerium niederzuwerfen.

Der Halbling schüttelte den Kopf, rückte den Hut zurecht und löste, dreimal am Seil zupfend, die Dregge aus der Verankerung. Er dachte an Flucht und hoffte, sich so schnell wie möglich abseilen zu können, doch zu seiner eigenen Verwunderung schleuderte er die Dregge hinauf an die Wand und in die Nähe eines anderen Fensterausschnitts.

Er brachte es einfach nicht übers Herz, den Freund im Stich zu lassen, und beschwingt von den Jubelrufen aus der Tiefe, kletterte er die Mauer hinauf.

»Einen Freund zu haben ist doch bisweilen ganz schön lästig«, murmelte er vor sich hin.

In der Kathedrale herrschte ein heilloses Durcheinander. Viele Zyklopen lagen tot am Boden; der Rest hatte

Reißaus genommen und sich verkrochen. Die belebten Scheusale aber und Morkneys entsetzliche Brigade der Untoten gaben nicht nach. Sie stellten den Aufständischen nach, die wie aufgeschreckte Hühner umherrannten. Die Schröpfer versuchten vergeblich, die Reihen zu schließen.

Alles drängte nach draußen. Die Zyklopen sahen sich wieder im Vorteil, verließen die Deckung und versperrten sämtliche Ausgänge.

Mit wildem Schrei trat Luthien dem Feind entgegen. Er hatte nur einen Gedanken: die Bestie zu erschlagen, und es kümmerte ihn nicht, was ihm widerfahren mochte. Die Klauenhände langten zu, ergriffen ihn, doch gezielt schlug er mit der Klinge drein, Wunden reißend, aus denen grünlicher Saft sickerte.

Geduckt warf sich Luthien mit der Schulter gegen die Bestie, schlug und trat auf sie ein, die seine Wut nunmehr zu fürchten schien, denn sie flatterte mit den ledrigen Flügeln und stieg auf in die Luft.

»Nein!« schrie der junge Bedwyr. Nicht daß er fürchtete, nun überwältigt zu werden; im Gegenteil, er hatte Angst, der Dämon könnte ihm entwischen. Und so setzte er nach, stieß zu mit dem Schwert und nahm den unausweichlichen Klauenhieb in Kauf, der ihn wuchtig in den Rücken traf.

Er empfand keinen Schmerz, bemerkte auch nicht, daß er blutete. Er spürte nur die Wut im Bauch, und all seine Kraft konzentrierte sich auf den Arm, der das Schwert führte und tief in Praehotecs Leib rammte. Grüne Schmiere quoll daraus hervor. Wie von Sinnen stach Luthien immer und immer wieder zu in der Absicht, die Bestie auszuweiden. Erneut machte sich in deren Blick jenes Flackern bemerkbar, das Luthien den Eindruck vermittelte, als wollte der Dämon raus aus der verwandelten Hülle des Hexers.

Einem Keulenhieb gleich traf Praehotecs mächtiger

Arm auf die Schulter des jungen Mannes, der benommen zu Boden ging, während sich der Dämon auf den Flügeln erhob und wie ein Adler über der Beute schwebte.

Wie von ferne tönte Siobhans Stimme. Luthien hörte sie rufen: »Du häßlicher Bastard!«

Praehotec sah den Pfeil kommen, vom Verlassen des Bogens bis zum Einstich ins Auge.

Am Boden liegend, pflanzte Luthien unwillkürlich das Schwert auf, als der Dämon herabstürzte, in die Klinge fiel und sich bis zur Querstange daran aufspießte. Verwundert starrte Luthien auf die Hand, mit der er das Heft umschlossen hielt und den Herzschlag der mächtigen Bestie spürte.

Mit markerschütterndem Schrei und unter krampfhaften Zuckungen, die das Schwert an der Querstange abbrechen ließen, warf sich Praehotec zurück gegen die Brüstung.

Siobhan gab einen weiteren Pfeil auf das Monstrum ab, was aber nicht mehr nötig gewesen wäre. Der Dämon verströmte rotes und grünes Blut; die Gedärme drängten aus ihm hervor.

Luthien richtete sich vor ihm auf, wehrte Schwindel und Schmerzen ab und blickte der Bestie, die er besiegt zu haben glaubte, ins häßliche Gesicht.

Zu spät bemerkte er das glimmende Feuer, das sich zu einem rot glühenden Energiestrahl bündelte und als verheerender Kraftstoß hervorbrach, dem Luthien erst im allerletzten Moment auszuweichen vermochte. Dennoch geriet er in dessen Sog, der ihn quer über die Turmplattform schleuderte. Auch Siobhan blieb nicht verschont; ein zweites Mal stürzte sie durch die Ausstiegsluke und landete unsanft auf dem steinernen Treppenabsatz, wo sie ächzend und hilflos liegenblieb.

Luthien schüttelte benommen den Kopf, und als er die Orientierung wiedergewonnen hatte und zur anderen Seite blickte, sah er Praehotec aufrecht vor der

310

Brüstung stehen. Er kicherte hämisch und rief: »Du hast doch wohl nicht im Ernst geglaubt, mich mit deinen jämmerlichen Waffen schlagen zu können?« Das Monstrum langte mit den Klauen in die klaffende Bauchwunde und zog Luthiens Schwertklinge daraus hervor. »Ich bin Praehotec, seit ungezählten Jahrhunderten lebendig und unbezwungen!«

Luthien hatte all seine Kräfte verausgabt und gab sich geschlagen. Er dachte an Brind'Amour und sah nun dessen Behauptung durch Morkneys Wandlung bestätigt: König Grünspatz und seine Vasallen waren im Bund mit solch mächtigen Dämonen wie Praehotec. Wahrhaftig, über ganz Eriador würde sich bald ein tödlicher Schatten legen.

Luthien raffte sich auf; er wollte in Würde sterben.

»Nein!« knurrte Praehotec, und Luthien gewahrte, daß das Monstrum nicht auf ihn blickte, sondern seltsamerweise in die Luft starrte. »Er gehört mir. Ich werde ihn verschlingen.«

»Nein«, war die Antwort, unmißverständlich in der Stimme von Herzog Morkney. »Das Bürschchen eigenhändig umzubringen lasse ich mir nicht nehmen.«

Praehotecs Schlangenkopf geriet aus den Fugen, verzerrte sich und nahm die Züge Morkneys an. Dann schien es einen Moment lang, als würde Praehotec wieder überhand nehmen, doch bald verkehrte sich die Wandlung erneut zugunsten des Herzogs.

Der Kampf zwischen beiden dauerte an. Luthien sah eine letzte Chance für sich gekommen, versuchte, neue Kraft zu schöpfen, hielt nach einer Waffe Ausschau.

Als er den Blick zurückwendete, sah er statt Praehotec den Herzog dürr und nackt vor der Brüstung stehen; er langte nach der Robe, die vor seinen Füßen lag

»Alle Achtung, daß du noch am Leben bist«, sagte Morkney. »Kannst stolz darauf sein, einem Dämon wie Praehotec so lange standgehalten zu haben. Aber jetzt leg dich hin und stirb!«

Luthien war geneigt, der Aufforderung zu folgen. Er konnte sich kaum auf den Beinen halten. Nie zuvor war er so geschwächt gewesen, so schwer verwundet. Er wähnte sich am Ende und ließ den Kopf hängen. Da sah er etwas am Boden liegen, was ihn zwang, sich noch einmal zusammenzureißen: Olivers Rapier.

Morkney lachte höhnisch, als der junge Bedwyr die kleine, schlanke Klinge aufhob, sich unter sichtlichen Mühen wieder aufrichtete und das Gleichgewicht zu halten versuchte. Mit schleppenden Schritten näherte er sich dem Gegner, das Rapier auf dessen nackte, schmächtige Brust zielend.

»Meinst du wirklich, mich bezwingen zu können?« lachte Morkney. »Meinst du, daß ich Praehotec oder irgendeinen anderen Dämonen nötig hätte, um mich eines Bürschchens deines Schlages zu erwehren? Ich habe die Schlange davongeschickt, weil ich will, daß du durch mich stirbst.« Er hob die dürren Arme, krallte die Finger und fing zu singen an.

Luthiens erstarrte und glaubte zu spüren, wie ihm das Blut in den Adern stockte. Durch seinen Körper ging ein Prickeln, und er hatte den Anschein, als saugte der Hexer alle Lebensenergie aus ihm heraus, zu sich hin.

»Nein!« hauchte er, wissend, wie sinnlos dieser Protest war.

Wie ein Parasit raubte der Herzog Luthiens Kraft und kicherte voller Häme. Seine Boshaftigkeit stand der des Dämons, den er gerufen hatte, in nichts nach.

»Es war allzu frech von dir zu glauben, mich bezwingen zu können«, feixte der Herzog. »Weißt du überhaupt, wer ich bin? Hast du eine Ahnung von der Macht unserer Bruderschaft?«

Und dann tönte wieder dieses verspottende Gelächter. Dem Tode nahe bekam Luthien kein Wort mehr über die Lippen. Sein Herz pochte wie wild, und er fürchtete, es könnte zerspringen.

312

Plötzlich flog eine Seilschlinge über Morkneys Kopf, legte sich fest um seine Schulter und schnürte die Arme an den Oberkörper. Der Herzog sperrte die Augen auf, folgte dem Seilverlauf mit alarmiertem Blick und sah Oliver deBurrows über die Brüstung klettern.

Der Halbling zuckte mit den Achseln, lächelte verschmitzt und winkte dem Herzog sogar zu. Morkney ließ ein unheilvolles Knurren verlauten, und weil er glaubte, den jungen Mann besiegt zu haben, richtete er seine Wut nun auf den kleinen Kerl.

Doch kaum hatte sich Luthien aus seiner Erstarrung gelöst, sprang er nach vorn und stieß dem Herzog die Rapierspitze in die Brust.

Einen Moment lang standen die beiden Auge in Auge einander gegenüber. Entgeistert starrte Morkney auf den, der ihm gerade den Todesstoß versetzt hatte. Aus unerfindlichen Gründen fing er ein letztes Mal zu kichern an und sackte dann tot in Luthiens Arme.

Unten in der Kathedrale verwandelten sich schlagartig alle geflügelten Scheusale zurück in Stein und stürzten krachend zu Boden. Die Skelette und verfaulenden Leichname legten sich wieder zur ewigen Ruhe in ihre Gruften.

Oliver blickte hinunter auf die Straße, wo inzwischen eine riesige Menge zusammengelaufen war. Über den Vorplatz des Ministeriums rückten Dutzende von Prätorianern an.

»Komm, wir hängen ihn in die Turmwand«, rief Oliver dem Freund zu.

Luthien krauste die Stirn; er verstand nicht, worauf der Halbling abzielte.

Kauernd wartete Oliver am Rand der Brüstung. »Los, schaff ihn her! Sie sollen ihn baumeln sehen.«

Luthien zeigte sich entsetzt.

Der Halbling eilte herbei und stieß den Freund beiseite. »Begreifst du nicht?« fragte er. »Sie müssen ihn sehen.«

»Wer?«

»Die Leute! Dein Volk!« rief Oliver und hievte den toten Herzog über die Brüstung. Die Schlinge rutschte über die Schulter und legte sich um den Hals, als der dürre, nackte Leichnam über die Außenmauer nach unten stürzte und baumelnd auf halber Turmhöhe hängen blieb.

Das arme Volk von Montfort, das viele Jahre unter seiner üblen Herrschaft gelitten hatte, erkannte ihn sofort. Aus der Pforte des nördlichen Querhauses strömte der siegreiche Mob und trug den Aufstand in die Straßen. Viele schlossen sich ihm an.

»Was haben wir nur getan?« seufzte Luthien und starrte hilflos hinab auf das brutale Schlachtengetümmel.

Oliver ließ die Achseln zucken. »Wer weiß? Aber gewiß sind unsere Diebsbrüder nun besser gestellt, da der Herzog aus dem Weg geräumt ist«, antwortete er, wie immer das Praktische und Nützliche vor Augen.

Luthien schüttelte den Kopf. Zum wiederholten Male fragte er sich, in was er da eigentlich hineingeraten war. Wie hatte all das bloß geschehen können?

»Luthien?« meldete sich eine Stimme aus der Einstiegsluke. Er drehte sich um und sah Siobhan. Sie lehnte matt an der Mauer; ihre grauen Kleider waren zerfetzt. Doch sie lächelte.

Eine dicke Schneedecke lag auf Montforts Straßen, an vielen Stellen rot verfärbt von Blut. Luthien hockte auf dem Giebel eines hohen Hauses in der Unterstadt und blickte nach Norden.

Noch immer wütete der Aufstand, und er, der Blutrote Schatten, war, ohne je gefragt worden zu sein, als Anführer auserkoren worden. Es belastete Luthien schwer, daß so viele hatten sterben müssen, doch er schöpfte Zuversicht und Kraft aus dem tapferen Kampf derer, die so lange unter der Tyrannei gelitten hatten und nun ihr Leben dafür einsetzten, daß ihre Freiheit unumkehrbar war.

Noch hielt eine schwer bewaffnete Armee aus Zyklopen den Stadtbezirk jenseits des trennenden Walles besetzt zum Schutz der Kaufleute, die als Günstlinge der Herzogs zu Wohlstand und Reichtum gekommen waren. Gerüchten zufolge hatte Vicomte Aubrey das Oberkommando über die Streitkräfte übernommen.

Luthien konnte sich an diesen Mann genau erinnern und hoffte, daß die Gerüchte zutrafen.

In den ersten Wochen nach Morkneys Tod war es zu grausamen Schlachten gekommen mit täglich Hunderten von Opfern auf beiden Seiten. Mit Einbruch des Winters nahmen Kälte und Hunger überhand. Zunächst hatte es den Anschein gehabt, als käme der Frost den Kaufleuten und Zyklopen zupaß, denn sie bewohnten die warmen Quartiere der Oberstadt. Doch dann erkannten Luthiens Leute ihren Vorteil. Sie kontrollierten den äußeren Stadtwall und somit alle Lieferungen, die nach Montfort gebracht wurden.

Unablässig führte Siobhans Gruppe im Bunde mit kämpferischen Zwergen die Attacken gegen den Feind fort. Zur Zeit wurde ein groß angelegter Angriff auf die Bergwerke geplant, um den Rest von Shuglins versklavtem Volk zu befreien.

Luthien aber wurde seine Zweifel nicht los. Waren seine Taten wirklich ehrenwert, oder ließ er sich vor den Karren von Narren und Banditen spannen? Wie viele würden noch sterben müssen, weil seine Entlarvung als Blutroter Schatten das Volk in jenem schicksalsträchtigen Moment im Ministerium zum Aufstand angestachelt hatte? Der Winter versprach besonders streng zu werden, und im Frühjahr würde ein Heer, von König Grünspatz auf den Weg geschickt, aus Avon anrücken und die Stadt zurückerobern.

Und alle Aufständischen bestrafen.

Luthien seufzte tief, als er einen Reiter durch das Nordtor aus der Stadt hinausgaloppieren sah, unterwegs zu den umliegenden Dörfern, um neuste Nachrichten zu verbreiten und um Hilfe – vor allem in Form von Lebensmitteln – einzufordern. Nach jüngsten Meldungen waren in Port Charley, der Hafenstadt im Osten, Kämpfe ausgebrochen, doch davon versprach sich Luthien nicht viel.

»Ich wußte, daß ich dich hier oben finde«, meldete sich Olivers Stimme aus dem Hintergrund. »Du thronst wohl gern über deinem Königreich?«

Luthien sah den Freund herbeiklettern und krauste die Stirn.

»Schon gut«, meinte der Halbling. »Ich wollte dir nur mitteilen, daß du Besuch hast.«

Luthien kniff die Brauen zusammen, als er eine weibliche Gestalt hinter dem Giebel auftauchen sah. Die Augen waren so grün wie die von Siobhan, die Haare aber leuchteten feuerrot. Stolz richtete sie sich auf, schaute dem Freund ins Gesicht und bot ihm auf ausgestreckten Händen ein längliches Bündel dar.

»Katerin«, flüsterte Luthien, dem es plötzlich die Stimme verschlagen hatte.

Katerin trat herbei und überreichte ihm das Geschenk.

Vorsichtig nahm er es entgegen, und als er das verhüllende Tuch lüftete, gingen seine Augen über. Er hielt den *Blender* in der Hand, das kostbare Familienschwert.

»Von Gahris, deinem Vater und rechtmäßigem Grafen von Bedwydrin«, sagte Katerin O'Hale, und ihre Stimme war so klar und fest wie die eines Herolds.

Luthien betrachtete sie mit fragendem Blick.

»Avonese liegt in Ketten«, erklärte sie. »Und auf der ganzen Insel von Bedwydrin lebt kein einziger Zyklop mehr.«

Luthien war sprachlos. Gahris hatte sich also doch nicht entmachten lassen. Der junge Mann schaute in Katerins lächelndes Gesicht, dann auf Oliver, der ebenfalls lächelte, und schließlich hinaus über die schneebedeckten Dächer der stillen Stadt.

Luthien sah sich wieder vor eine Entscheidung gestellt und war nun nach all den fremdbestimmten Ereignissen, die ihn bis an diesen Punkt gebracht hatten, erstmals in der Lage, aus eigenem Entschluß zu handeln.

»Mach dich auf den Weg, Oliver«, sagte er. »Sprich den Leuten Mut zu. Sag ihnen, daß ihr Kampf, ihr Kampf um Freiheit, nun erst richtig begonnen hat.« Luthien richtete den Blick zurück auf die stolze Frau aus Hale.

»Mach dich auf den Weg, Oliver«, wiederholte er. »Sag ihnen, daß sie nicht allein stehen.«

Peter Hooper

Die große Hirschvolk-Trilogie

Ein Blick in das magische Herz Neuseelands

Die Berge des Morgens
Das Hirschvolk
01/10139

Fremde Brüder
Das Hirschvolk
01/10140

Die Chronik der Väter
Das Hirschvolk
01/10141

Der junge Tama, der sich den Riten und Bräuchen der Ahnen widersetzt, ist der Außenseiter seines Stammes. Doch als dem Hirschvolk nach einer grausamen Kälteperiode der Hungertod droht, folgt es Tamas Vision von reichen Jagdgründen – und bricht in unbekannte Fernen auf... Ein mitreißendes Epos von der Frühgeschichte Neuseelands.

H e y n e - T a s c h e n b ü c h e r